秘められた宝は…

神頼 義和
KAMIYORI Yoshikazu

文芸社

目次

秘められた宝は…

プロローグ　日本人のこころ

春の桜と並んで、秋の紅葉《もみじ》は日本人のこころである。紅葉の季節ともなれば、あちこちの寺社の境内や庭園、山々の山麓は多くの観光客で賑《にぎ》わう。

だが、これは必ずしも紅葉の名所でなくとも、市街地でも愛《め》でることができる。

十一月の中頃であったろうか、柊は忙しさにかまけて、外の景色を眺《なが》める余裕もなく、自宅と職場との間を車で行ったり来たりの毎日であった。

ある朝のこと、彼の妻が言った。

「街路樹が紅葉《こうよう》してとてもきれいよ！　ケヤキかしらね」

「えっ？　そりゃ気付かなかった」

次の朝、彼は妻の言葉に促されて通りのケヤキを眺めながら、素直にきれいだと思った。

彼らは毎日六時に起床し、二人で朝のラジオ体操をする。最近は、寝るのが遅くなると朝、目が覚めても身体《からだ》は眠っている。そのうえ、元気であった頃より十キロも体重が減ったので血圧も低い。とにかく全身がだるいのだ。それでしばしばラジオ体操をさぼる。

一方、妻のほうはごく普通にラジオ体操を始め、元気な時は彼もそれに付き合う。ラジオ体操が終わってもしばらく音楽は続いている。その時、彼は妻をハグして「いつもご苦労さん、ありがとう、愛しているよ！」と声をかける。彼女はそれが一日の力になると言う。最近の研究によると、ハグされてオキシトシンというハッピーホルモンが出るらしい。祈りの時にも出るそうなので、キリスト教徒の彼らは何かしら得《とく》したような思いである。

その後、軽い朝食をするが病気のため胃を切ったので、食事は戦いである。加えて食後ダンピング症状が起こる。つまり、食べた物の浸透圧の関係で体内の水分は腸管の中にどっと移動する。さらに、腸を動かすために血液はそちらに振り向けられて移動し、筋肉など全身に分配される血液が相対的に疎《おろそ》かになり、脱水と同じような状態になるわけだ。そのため身体は極端にだるくなり血圧も下がる。やせた人では体内水分量が少ないのでその症状はより強くなる。腹ごしらえの逆で、「腹が満ちては戦《いくさ》ができぬ！」のだ。一杯のコーヒーは交感神経を刺激し、血管を収縮させて血圧を上げ、少しは症状改善の役に立つ。しばらく待つが、良くならないまま身体にむち打って七時半前後に彼は車で職場に向かう。

自宅を出て街路樹を見ながら南へ進み、都市高速の内回りに乗って、途中で一般道に下りてから環状線を経由し四十五号線をしばらく走り、その後それと平行に走るユニバ通りを通っていく。平成七年、ユニバーシアードの開催時に整備された道路だ。サッカー球場もこの道沿いにある。

ユニバ通りに入ると、右後方から朝日に照らされて青空に映える紅《あか》や黄色に色づいた街路樹の楓《かえで》が鮮やかで、実に美しいと彼は改めて思った。

大した風がなくても、紅葉し終わった葉がはらはらとこぼれる。日本の四季の移り変わりはすばらしい、これこそ日本人のこころなのだ。よくぞ神は地軸を二十三度半傾けてくださったものだ。

そう思いつつも、すっかり忘れていた。忘れるのも忙しいのも心を亡ぼすことなのだ。日本、いや先進国全体がそのような、ゆったりできない効率優先の社会になっている。さらに今の時代は、興味をかき立てるものに溢れている。それを追いかけ回すには、一日二十四時間では足りず、何事も短時間で処理しないと追いつかない。「はい次！　はい次！」と時間に追い立てられて、ゆっくりと一分間が待てない日本人になってしまっている。

三十数年前に彼がニューヨークへ行った時、人の歩くスピードが速いのに驚いた。女の人でもそうで、スラリとした女の人がカツカツと靴音を響かせながら急いでいるのだ。南国育ちでゆったりしていた彼もいつしか歩くのが速くなっている自分に気が付いた。

歩く速さだけではなく、食事を食べるのも現代人は速い。彼が勤める病院の職員食堂では患者さんと同じものを提供しているが、胃を切っている彼が食事をとる三十～四十分の間に、恐らく三人ほどは食べ終わってさっと仕事に、いや、スマホに戻るのかもしれぬ。まだ昼休みなのだから。

何をそんなに急ぐのだろう？　皆、そのような自分に気が付いているのだろうか？

忙しい生き方は、本来は楽しむべき星空や沈む夕日の美しさ、四季を彩《いろど》る草花の美しさ、その花にひらひら飛んで来る可憐な蝶などすばらしいものを置き忘れさせている。

いや、それだけではない。日本という国の先行きや世界の動向、トータルな自分の人生のことを少しは考えているのかな？　と思うのだ。つまり、自分は何のために生きているのか、その行き着く先はどこかなど、もっと大切なものを見る目を眩《くら》まされているのだ。

その忙しい日本社会が、目先の競争主義や能率一辺倒で、非効率的なものには目もくれず、目標に向かって一直線、にならざるを得ない社会になっているのである。

その目標が正鵠《せいこく》を得ていれば良いが、そうでなかったら大変なことだ。人生は一度きりなのだから。しかし人は、その時、その身になってみなければ実感できないものである。

在原業平ほどの人でも、次のような辞世の句を残さねばならなかった。

つひにゆく道とはかねて聞きしかど昨日今日とは思はざりしを

第一章　人の世のいのちとその営み

一．人生のはかなさ

さて、毎朝、出勤する時、朝日に照らされ青空に映える紅葉を眺めながら、柊はふと紅葉の進み具合に一本一本違いがあることに気が付いた。あるものは紅《あか》く、あるものは黄色、あるものはまだ青々としているではないか。けれども、楓がいくら頑張っても、その青い葉もいつかはさっと紅葉して散ってゆくに違いない。時間の問題ではないか！

彼は高校時代に習った『方丈記』の書き出しの部分を思い出した。

ゆく河の流れは絶えずして、しかももとの水にあらず。淀みに浮かぶうたかたは、かつ消えかつ結びて、久しくとどまりたるためしなし。

有名なその冒頭の解説を聞きながら、当時は、そんなものかなと思っていた。

しかし、彼が自分の人生を『方丈記』に重ね合わせた時、身に沁《し》みて思い知らされる。

鴨長明は、京都の二つの大火で焼け落ちた政治の中枢部分や、養和の大飢饉、元暦の大地震を目の当たりにし、かつ、平家滅亡の予兆であった平清盛の福原遷都を見聞きした。そうした、自然の猛威や歴史の移ろいの中で、人のいのちやその営みが如何にはかないかを、描いているのだ。

長明だけではない、松尾芭蕉も次のような句を残している。

やがて死ぬけしきは見えず蟬の声

芭蕉、亡くなる四年前、四六歳の時の句である。

わびさびを十七字に詠み込み、俳諧を和歌や茶道など、他の芸道と同じ水準にまで引き上げた芭蕉の晩年の句である。

「さび」の境地とその高嶺を究《きわ》めようとしてきた芭蕉も、無常やはかなさといったものは、若い頃には感じなかったであろう。しかし、きっとこの頃にはわびさびとはまた少し異なる、人のいのちやその営みのはかなさを感じていたはずである。

高校で習った時は、そんなこともあるのかな？　くらいにしか思わなかった柊も、その年齢になってみると、その言葉の重みがずっしりと堪《こた》えて、一抹の寂寥《せきりょう》感を覚えるではないか。

他方、芭蕉は次のような句も詠んでいる。

よく見ればなづな花咲く垣根かな

芭蕉四十四歳の時の句である。ペンペン草ほどの小さな花にも目を配り、いのちを与える方の存在を感じていたのではないかとは、柊の思いである。この感覚は、今も昔も変わらないはずである。

芭蕉自身が、造物主を知っていたかどうかは定《さだ》かではないが、彼ほどの人ともなると人知を超えた存在を感じていたのではなかろうか。

芭蕉が奥の細道の旅に出たのも、俳諧の道を究めるためであったのであろうが、同時に森羅万象とそれを司る方を追い求める、求道の旅だったのではなかろうか? 彼が『笈の小文』で「造化」という言葉を使ったのも、単に『古事記』からの引用ではなく、いわゆる「造物主」を念頭に置いていたのではないかとも、柊には思えるのだ。

『古事記』の主人公たちは、後述するように実は渡来人で、造物主を知っていたのだという。

人はその年齢やその身にならなければ、物事の真の意味を悟り、実感し得ない。

彼の病院が立ち上がった頃から内科や外科、泌尿器科を支えてくれた先生方、経営を担当していたA元院長、ホスピスを担当したB副院長、一緒に食事をしながら甲状腺疾患について教えてくれた一級下のT副院長、彼は甲状腺では日本より世界でのほうが知られていた。また、歴代の事務長、総婦長、うち何人かは既に他界されている。

現在の名誉会長、理事長、病院長、他、病院を支えている病棟や外来の先生方、内科や外科、ホスピスを学びに来て、この病院を踏み台にして今も各地で活躍中の先生方……。

思い出の糸を手繰《たぐ》り寄せながら四十年来のことを考えていると隔世の感を禁じ得ない。

彼が外来や病棟で診ていた患者さんたちも、その多くが先に亡くなり、残った患者さんたちも、外来で顔を合わせると、「ワー、先生、元気そうね！」とか、「オッ、先生、元気？」と声をかけてくれる。思いのほか元気そうに歩いている柊を見てそう言うのだろう。

「いや、エンジンはいいが、羽も胴体もボロボロ、低空飛行でどうにかこの数年間、落ちずに飛んでいるだけだよ」

「あなたは、今日はどうしたの？」と問えば、「先生の息子さんに診てもらってるんです」とのこと。

彼が体調を崩してから、長男とその妻、長女も週一回、加勢に来てくれているのだ。彼の出身医局からも外来に二人の医師がそれぞれ週一回、来てくれている。家族とは、医局とは、同門とは本当に有り難いものである。

思い巡らせば、第一線で元気に働いていた当時の懐かしい思い出とともに、自分もその先や後ろを走っているのだという現実感に襲われる。

二、結核を経験して

それには訳がある。彼がまだ元気に働いていた十年前、結核にかかり五カ月も入院した。その時のいきさつはこうである。

彼は胃を切っているので胃の容量が少なく、げっぷが出やすい。身体を上に向けていれば、赤ちゃんの授乳後のように問題ないが、食べてすぐ横になり眠ってしまうと大変だ。夢の中でゲップと思って、ゲボッと吐き出すと、空気ではなく胆汁や食物残渣《ざんさ》である。すぐ起き上がって洗面所に向かうが、時既に遅し。咳き込んで、吐き出してものどはヒリヒリ、声はガラガラである。これでは、気管支炎や肺炎になりかねない。実際、彼は同様の経験をしたことがある。

彼は病院に行き、抗生剤の点滴を受けようと喀痰《かくたん》の細菌検査と感受性を調べた。しかし、途中で「ちょっと待てよ」と結核菌の検査も追加してもらった。

毎年の健診（健康診断）で胸部X線の右肺の上のほうに古いやや厚めの胸膜病変があったのだ。そこに眠っていた結核菌が、高齢になって免疫力が低下して目を覚まし、結核が再燃（再発）するという事実を彼は知っていたからである。

運良く？　悪く？　パニックデータ（緊急報告）として返ってきたのは、抗酸菌ガフキー二号という結果であった。つまり、排菌している状態である。ＰＣＲ法で調べた結果は結核菌であった。

彼は、国立病院の呼吸器科の隔離病棟にすぐ入院させられた。後始末をしてくれた病院や先生方には、大変なご迷惑をかけた。新型コロナの感染対策同様、濃厚接触者を洗い出すなど面倒な作業がある上、彼が担当していた業務を病院内外の医師で充当しなければならないからだ。

その後、柊は隔離病棟で五カ月の監禁生活を余儀なくされた。売店にも行けず、訪ねてきてくれた当時の理事長、医局長、薬局長、医師会のＭ先生、文通していたＨ青年も、厳重なマスク姿である。

時間はあっただろうと思われるかもしれないが、意外にそうでもない。ほうっておいてくれれば聖書やその他の本も読めるが、定期的な検温や血圧の測定、三度三度の食事との戦い、食後の安静、運動、入浴、消灯とある。何冊かの本は読めたが、リンカーンのライバル閣僚たちとの生きざまを描いた本(1)、これは、リーダーシップ・パートナーシップについて教科書的に書いてある本より、彼のリーダーとしての顔が見えて面白かった。

筋力が落ちないように室内ラン、腕立て伏せ、スクワット、二リットルのペットボトルに水を入れての天突《てんつ》き運動も欠かせない。これらの運動は、二人部屋に一人であったからこそ可能であった。

五カ月の治療と監禁生活で菌が出なくなり、退院した。体重は七〜八キロも落ちていた。

三．肺アスペルギルス症

しかし、退院後一年も経たないうちに、今度は、肺アスペルギルス症にかかり、その治療でまた五カ月入院することになった。アスペルギルスはごく一般的なカビなのだが、その胞子が肺に入ると空洞に棲《す》みつき、咳や喀痰、呼吸困難を引き起こすのである。

医学生の頃、呼吸器科の授業でその病気のことを聞いてはいたが、まさか自分がそのような病気になろうとは夢にも思っていなかった。

「病気になってみなければ健康の有り難みが分からない」という言葉は、自分がその身になって初めて実感する言葉である。健康人がその言葉を使っても上《うわ》っ面《つら》しか撫《な》でていない。ある程度良くなってきたので、完璧《かんぺき》に良くなろうと思って、感染している空洞の外科的手術を検討してもらった。だが、拡張した気管支などにも感染があり、肺活量が足りないことなどを理由に、手術はリスクが高いという宣告を受けた。

彼は高校時代に体操をやっていたので胃を切ったとはいえ、七十歳頃までは健康に自信があり、逆立ちもできていた。しかし、その後は石が坂を転がり落ちるように次々と病気を経験し、元のところには戻れない医師になってしまったのである。

右肩下がりの慢性の呼吸器疾患に死ぬまで耐えなさい、と言われたのと同じである。このことを通して慢性疾患の方の気持ちが少しは分かり、自分もその心境になった。聖書に次のような言葉がある。

苦しみに会ったことは、私にとってしあわせでした。私はそれであなたのおきてを学びました。

（詩篇一一九篇七一節）

あなたとは誰か、おきてとは何であろうか。人間の力や叡智《えいち》の及ばない方がおられ、その方の前に膝を屈《かが》め、その方を知り、その声を聞き、そのおきてを学ぶ。いずれも、厳しい苦しみに会って初めて言える言葉である。元気な時は神なんて必要ないと思っているのである。これまでの柊は知的能力もないではなく、体力にも自信があった。そのような者に、この詩篇の言葉の真意、深みが分かろうはずがない。

しかし今なら、その心境が分かる。人は大きな艱難《かんなん》を通して初めて神に出会うのだ。若い人はまだ何も知らないので論外としても、一体、「私には神なんか必要ない」と言える人間が本当にいるだろうか？　いのちと幸せはお金では買えないのだ。

四．細菌性ショック

そのアスペルギルス症の治療で、柊は前述の病院に入院した。缶詰め状態ではなかったが、妻は十数キロメートルもある病院までバスで週に何度も見舞いに来てくれた。

治療はそこでなくても可能なので、妻は直訴《じきそ》して柊が勤務する病院に転院させてもらった。主治医の先生には感謝している。女性は強いと思うのは柊だけではないだろう。保身のために（？）上下関係や周囲との関係のしがらみ、義理人情、はたまた他人の目に縛《しば》られている男性たちの思いでもある。

さて、彼が自分の病院に転院してまだ入院中のことであった。

やせたこけたうえに食欲が全くなかったので、栄養をつけるために胸の静脈にはＩＶＨと呼ばれる高濃度輸液用の管（カテーテル）が入っていた。

年明け間もない頃、その管を引き抜いてもらって久しぶりに教会の聖日礼拝（日曜礼拝）で心洗われる思いをして帰ってきて三、四時間後のことである。全身の寒気と震えがきた。いわゆる悪寒戦慄《おかんせんりつ》だ。彼はガクガクと歯の根も合わない声で、「これから高熱が出るよ」と冗談交じりに看護師に言ったものである。

果たして、彼の予言通り高熱を出し、あっという間もなく気が遠くなり意識を失った。血圧は高くても五〇前後を低迷していたという。

カテーテルの周りに棲《す》みついていた細菌が体内に入って起こる細菌性ショックだ。

早速、彼は重患室に移され、点滴が始まり、膀胱にはカテーテルが入れられた。主治医の先生は、抗生剤の点滴と昇圧剤（血圧を上げる薬）をすぐに始めてくれた。

家族が呼ばれ、彼の妻と牧師をしている次男とが駆けつけたが、柊はこれら一切を覚えていない。

妻は、意識がなく、血圧が低迷している夫に驚いた。

膀胱に入っている管からは尿が一滴も出ない。ショックによる急性の腎不全である。

柊は循環器が専門であり、その対処法は分かっているが、彼自身に意識がなければ主治医にアドバイスしようもない。

呼ばれた妻と次男は、神様が癒やしの御手を差し伸べてくださるよう、その部屋で祈っていた。

次男は早速、兄貴に電話をした。

「兄ちゃん？　父さんがショックになって意識がないとよ。すぐ来てくれる？」

「えー！　お父さんが？　すぐ行くよ」

循環器を専門にしている久留米の長男が学術講演会への参加のためにその日は、たまたま福岡に来ていた。神の助けとでも言うべきタイミングであった。

彼はすぐにやってきて、主治医や当直の先生と相談の上、適切なアドバイスをしてくれた。

お蔭で十二時間後、翌日の明け方であった。

「あれっ、家内の声が聞こえる、ここはどこだろう？」

柊はどうにか意識が戻り、重患室にいる自分に気が付いた。そういえば自分の部屋で、これから熱が出ると予言した言葉と看護師の顔は覚えているが、他は何も思い出せない。

昇圧剤は外せないものの、血圧も安定し、尿もちょろちょろ出るようになった。

しかし、相変わらず昇圧剤が必要で、かつ多臓器不全（肝臓・腎臓その他の内部臓器の機能不全）が現われたので、長男は主治医の先生と相談の上、自分の勤めている病院に彼を連れていくことにした。その病院は、柊が以前アルバイトに行っていた病院でもある。

柊は出発を前に、自分の身体に入っている何本かの管をかき分けながらその準備をした。と、電話が来たので携帯を取ると、ボリュームが足りない。おかしいと思って右耳に当てるとよく聞こえる。左の耳の突発性難聴か、中耳炎かだろうとその時は自己診断した。

正月早々で家族が集まっていたので、息子や娘たち孫たち、主治医や院長、理事長に見送られながら、彼の妻が同乗して救急車で運ばれＩＣＵ（集中治療室）に入院させられた。

耳を診てもらおうにもＩＣＵで治療中であったので、耳鼻科には行けなかった。

尿が出始めたので膀胱からの管は外された。尿は自分で蓄尿瓶《ちくにょうびん》にためるのだ。

しかし、腎不全の利尿期に入り、大量の尿が頻回に出るので夜もおちおち眠れない、点滴も外せない。点滴をしなければ脱水になるからだ。

しかしそれも次第に落ち着き、多臓器不全も改善して退院した。

退院しても、左の耳閉感や自分の声が左耳に響くという症状は治らなかった。

そこで後日、彼はある大きな病院の耳鼻科を受診した。すると、耳の穴を覗《のぞ》きもしないでいくつかの聴力検査や閉眼足踏み試験だけして、「これは突発性難聴ですよ。このような仕事に携わっている人に多いのですよ」。さすがに「歳のせいですよ」とは言わなかった。

しかし、後輩の耳鼻科医に聞くと、やせて筋肉や粘膜下脂肪も落ちて起こる「耳管開放症」だろうと言う。呼吸による鼓膜の動きを口の開け閉めで比較すると分かるというのだ。

そういえば、自分の息の音は、口を開けた時と閉めた時で違う。首を下に向けてしばらくすると、耳管の周りの粘膜が充血するためか耳管が閉じ、耳閉感は改善する。色々確かめてみたが、まさしく耳管開放症に間違いない。

その病院の耳鼻科医は真剣さを失い、基本を忘れて、正確な診断ができなかったのだ。

あな恐ろしや！　彼は、自分はそうはならないぞと心に刻んだ。

話は元に戻る。彼はショックに陥り半ば死に損《そこ》ねたわけだ。幸いなことに、日頃、血圧は一〇〇前後と低く、低い血圧には慣れていたので、頭までやられることはなかった。

仕事に復帰して、元のように三つのパソコン画面を見ながら仕事はできたものの、既に七十歳を少し超えて人生の晩秋を迎え、病気で十キロもやせてからは、何かと体力の衰えを感じるようになっていた。胃のダンピング症状は以前にも増して強くなっていた。

だから、なおさら出勤時の、はらはらとこぼれる紅葉を見て、人生のはかなさを感じたのであろう。

五．人の世のはかなさと永遠不変の神

人のいのちやその営み、人間がつくり上げた国や世界が如何にはかないものであるかは、歴史を繙《ひもと》けば、洋の東西を問わず真理であり、何人《なんびと》もこれを免れることはできない。

柊は、その気持ちをこの年齢、このような自分になってよく分かるのだ。

日本の文学だけでなく、彼が親しんできた聖書の中で、古代イスラエル人の優れた指導者であるモーセは次のように述べている。

主よ。あなたは代々にわたって私たちの住まいです。
山々が生まれる前から、あなたが地と世界とを生み出す前から、
まことに、とこしえからとこしえまであなたは神です。
あなたは人をちりに帰らせて言われます。「人の子らよ、帰れ」

まことに、あなたの目には、千年も、きのうのように過ぎ去り、
夜回りのひとときのようです。
あなたが人を押し流すと、彼らは、眠りにおちます。
朝、彼らは移ろう草のようです。
朝は、花を咲かせているが、また移ろい、
夕べには、しおれて枯れます。

（詩篇九〇篇一節～六節）

モーセだけではない。イスラエル王国の三代目の王ソロモンも次のように言う。

空の空。伝道者は言う。空の空。すべては空。日の下で、どんなに労苦しても、それが何の益になろう。

（伝道者の書一章二節、三節）

これは未熟な若造《わかぞう》が吐いた言葉ではなく、シェバの女王が確かめに来た（第一列王記一〇章）、知恵と権力を誇り、富と栄華を謳歌《おうか》し、様々な事業を企《くわだ》て、イスラエル王国の版図《はんと》を最大にしたソロモンが得た結論であった。

他方、仏教の始祖、釈迦は三十五歳の時、菩提樹《ぼだいじゅ》の下の瞑想《めいそう》で悟った結論は、この世界が「空」であり、「無」であり、永遠不滅の実体はないということであった。

彼も、王子として恵まれた環境にいながらも、ソロモンと同じ思いに行き着いたわけだ。百万長者になっても不完全燃焼が続く経験をして初めて分かる虚しさなのであろうか。

我々のように、毎日あくせく働いている者にはこのような経験がないので、分からないのだろう。

釈迦は自分の心と向き合うことによるこの世の煩悩からの解脱を説いたのであり、来世とか神については全く考えていなかった。その意味では、仏教は、本来は無神論である。

つまり古典文学も聖書も仏教も、現世は空であり、無であると、同じことを言っている。

と言っても、仏教の言う「空」とソロモンの言う「空」とは少し違うらしい(2)。

それはそれとして、別の意味でこれらと聖書とは決定的に違う所がある。

それは……聖書は人格を持った創造主・絶対神をその死生観の頂点に据《す》えていることである。

日本人もそのような神を何となく感じているが、その詳細は漠《ばく》としている。

これに対して、聖書の神は天地万物を造り、人格を持った唯一神である。しかも、聖にして義なる神、愛に満ちた神であり、人間に親しく語りかける神である。そればかりか、弱い者の味方でもある。それはそうだろう。すべての被造物の造り主、いわば親なのだから。人間の親ですら、不憫《ふびん》な子にはことさら愛を注ぐではないか！

詩篇の作者は語る。

だれが、われらの神、主のようであろうか。主は高い御位に座し、身を低くして天と地をご覧になる。主は、弱い者をちりから起こし、貧しい人をあくたから引き上げ、彼らを、君主たちとともに、御民の君主たちとともに、王座に着かせられる。主は子を産まない女を、子をもって喜ぶ母として家に住まわせる。ハレルヤ。

（詩篇一一三篇五節～九節）

世とその有り様は過ぎ去るが、神を信じる者にはこの地上で、この神とともに歩むすばらしい世界が、さらに地上の生涯の向こうには天の御国が約束されていると聖書は語る。

先ほど、「空の空」と書き始めたソロモンは結論として、次のように言う。

結局のところ、もうすべてが聞かされていることだ。神を恐れよ。神の命令を守れ。これが人間にとってすべてである。

（伝道者の書一二章一三節）

それは神なしの人生でなく神を視野に入れた人生、いや、神を絶対者として畏《おそ》れ敬い、神とともにある平安な人生なのだ。これが聖書の死生観、世界観、人間観なのである。

紅く、黄色く色づいた紅葉を見ながら改めてそのことを思い、若いうちに救いに導き入れてくださった神に彼は心から感謝した。

第二章　現在の彼

この章で、彼がどんな人間なのかをご紹介しよう。

姓は柊、名は春彦、冬と春が同居しているが、親が冬は寒かろうと春彦としたのだろうか？　循環器専門の、根っからの臨床医である。大学での研究もラットやマウスなどを使った基礎研究でなく、臨床研究であり、専門分野は心エコーであった。

趣味は蝶・トンボ、昆虫採集、また、釣り、工作であり、今も自分が考案した本立てやミニ玉突きゲームなどが残っている。切手収集は卒業した。また彼は高校時代に体操をしていた。

妻も健在で、子ども四人はそれぞれ結婚、独立し、彼は妻と二人暮らしである。時々、息子や娘たちが孫たちを連れて遊びに来るが、それをこよなく楽しんでいる好々爺《こうこうや》である。

一．医師として

大学と、ある国立医療センターで二年間の臨床研修を済ませ、神経科勤務の後、十年間、大学病院で循環器の臨床を学んだ。その後、ある公立病院で三年間の勤務を経て今の病院にやって来た。

副院長、院長の時は猛烈に忙しかったが、今は循環器や救急の診療は若い医師に譲り、健康診断（以下、健診）や内科・循環器科の外来で、ほぼ毎日楽しく仕事をこなしている。

健診は、目先の異常値だけではなく長期的視点で、その人の人生設計を支援する。そのため豊富な知識と経験が必要であり、これらの診療や健診が彼の生きがいでもある。

因みに、健診は国策であり国を挙げて予防医学を目指している。

ターゲットは、一つは「がん」でもう一つは「動脈硬化」である。両者を合わせた死亡数は年間六十万人超である。

日本人の死因は令和元年の時点で、第一位はがんなどの悪性腫瘍、第二位は心疾患、その次は、老衰、脳血管疾患、肺炎などが上位を占めている（厚生労働省のホームページより）。

一位の「がん」は、年間三十万人超が亡くなり、以前からがん検診に国は取り組んできた。

がんは無症状のまま、着実に進行するので、健診で見つけるしかない。ほうっておくと大変なことだ。症状が出た時は大半が間に合わない。終着駅はご想像の通りである。

次に、心疾患と脳血管疾患は、生活習慣病、つまり、高血圧や脂質異常、糖尿病、さらにタバコ、運動不足、肥満、加齢、男性という性、家族的素因などのリスクファクター（危険因子）が絡《から》んでいる。これら心臓・脳血管疾患は動脈硬化が原因なので、その二つを足し合わせると年間三十万人以上になる。

こちらも無症状のまま、着実に進行し、心筋梗塞や脳卒中、動脈瘤破裂等に至る。

この動脈硬化に特化した健診が平成二十（二〇〇八）年から始まった「特定健診」であり、いわゆるメタボ健診だ。内臓脂肪が増えると「高血圧」や「脂質異常」、「糖尿病」などの生活習慣病を併発する。これに「タバコ」が加わると、これらはいずれも動脈硬化を促進し、早く気付いて生活習慣を変えるか治療しないと、人生の盛りに終着駅にたどり着く。

終着駅とは言ったが、動脈硬化の場合は死ではなく、脳卒中や心筋梗塞、動脈瘤破裂等であって、多くは助かるのだ。でも脳卒中で寝たきりともなると、悲惨である。本人も家族も地獄の苦しみが始まるからだ。健康は自分だけの問題ではない、家族もいるのだから。

いや、家族だけに留まらない、どこかの国の最高指導者の場合、その健康は家族だけでなく国家の問題にも及んでくる。彼はテレビで見る限りメタボに見えるので、もしや生活習慣病が既に起こっているかもしれない。忙しいのかダイエットの気配はなさそうである。

彼にはきっと立派な主治医がいて適切な生活指導と治療を受けているに違いない。

以上を総括して、以下がより良い人生を送るための柊医師の二つの処方箋である。

処方箋その一：がんについて

「がんは、症状がないうちに健診で見つけてもらってください！」

「企業の健診でほぼ十分です。四十歳以上は大腸がん検診（便の検査）や腹部エコーを、女性はさらに乳がん検診と子宮頸がん検診をオプションで追加されるとほぼ完璧です」

「特定健診（メタボ健診）にはがん検診はありませんので、それを追加してください」

処方箋その二：動脈硬化について

「ご安心ください！　これも健診で動脈硬化の危険因子、生活習慣病や喫煙習慣等が見つかります」

「まずはダイエットです。それで生活習慣病は改善します。と言っても、今の生活習慣がその状態を作り出しているので、生活習慣そのものを抜本的に変え、一時的ではなくそれを維持するのが、正しい生活習慣です。そうでないとリバウンドが来ます。仲間をつくり、食事指導・運動指導を受けてやってください」

「急に走ったりしないでしないでください。膝関節を傷《いた》めます」

「高血圧も、脂質異常も、糖尿病も最近は良い薬が開発されていますので、治療すれば健康人にそう後《おく》れを取らないと思います」

「ただし！　通院のための時間とお金は相当かかりますよ……」

「ダイエットに本気で取り組めば、薬代は大分安くなります」

「ダイエットには時間がかかります。すぐに薬をやめないでください」以上！

いや、あと二つの処方箋を忘れていた。タバコと骨のことである。

「タバコはあらゆるがんと動脈硬化の、強い危険因子です。禁煙治療を受けてください！」

「更年期を過ぎると骨がもろくなります。高齢や痩身の女性は骨検診を受けてください！」

骨粗鬆症も無症状のまま経過し、一旦、大腿骨や背骨を骨折すると寝込むことになりかねない。これも検診で分かる。転ばぬ先の杖である。「ご用心！　ご用心！」

しかし、これも最近は良い薬が開発されている。「転ばぬ先の薬！」である。

横道にそれてしまったが、話を先に進めよう。


柊の病院は、古い炭鉱病院であったが、四十年前、キリスト教病院に生まれ変わった。

当時のA院長（経営、外科を担当）は、大学病院で輸液の研究をしてきた。やや荒っぽいところはあったものの経営手腕に優れ、一、救急医療　二、地域医療　三、ホスピス　四、健診という四本柱を定め、それぞれに指導者を任命するという明確な目標を持っていた。

B医師（ホスピスを担当）は賢明な医師であったが、もっぱら牧師の仕事をしていた。

そして柊は、大学病院で急性期や慢性期の循環器の臨床をしていた。

A院長は、遠謀深慮のB医師と、臨床で有能な柊医師を擁することになったわけだ。ちょうど三国志の劉備玄徳《りゅうびげんとく》が、関羽、張飛を右と左に擁したようなイメージだ。一番若かった柊は、二人に誘われその設立と運営に参画してきた。

それぞれはまだ人間的に若かった。院長は正論を押し通し、歯に衣着《きぬ》せぬ「もっこす」で、医師会などと時々悶着《もんちゃく》を引き起こした。

B医師も清廉潔白な理想主義者でなかなか譲らない、院長としばしば衝突した。最終的には腹の中に納めて譲ったが、ダメージは半端ではなかったと思われる。

柊は、時にB医師に同調し、侃々諤々《かんかんがくがく》の議論をA院長と戦わせた。

もっとも、A院長は、最年少の柊を敵ではないと思っていたらしく、様々な会合に連れていった。そのようなA院長に楯突くわけにもいかず、また、非常に忙しかったので、その暇もなかった。

当初は外科のH医師やその後を継いだY医師もいて、胃がんなどの手術もやっていた。しかし、時代の流れとともに経済効率が優先され、大型化、専門化が進み、外来手術や外来診療だけになっている。それらの二人の外科医も今は他の病院で活躍している。

日本経済も、それに依っている医療界も、グローバル化の波に飲み込まれた形である。

当時、柊は急性心筋梗塞でも急性腎不全でも、紹介される患者さんは何でも診ていた。そのため周辺の開業医たちからは大変喜ばれていた。大学病院は敷居が高いからである。

設立後の二、三年間は彼の平均睡眠時間は四時間ほどで、しばしば自宅に帰れなかった。因みに、昔、彼が所属していた医局の、ある医師の奥さんが何日も自宅に帰ってこない夫のことで「私の主人を返してください」という電話を医局にかけてきたという逸話がある。

二．キリスト者として

柊は大学一年の時、イエス・キリストを信じて洗礼を受けた。

宣教師はいても牧師がいない教会であったので、数人の社会人や学生でその教会を支えていた。もちろん他にも若い人たちや、婦人たち、奥様方もいた。

社会人になってからも、他の先輩方とともに教会を支えながら医師として働いてきた。

彼は若い頃にキリストを信じたことを神に感謝している。救い主を探し当て、神の御国に属する者となり、さらにその後もキリストとともに歩み、そのご人格と生き方に倣《なら》う者となること、福音のために生きることが彼の目標となったからである。

その後、実は福音のために生きるというより、福音に生かされているのだと悟り、そのすばらしさがだんだん分かるようになった。その道を究めるには経験や年月を要するのである。

三．二足のわらじ

先に述べたように、彼はその病院の医師としての働きをしながら、福岡市内の小さなプロテスタントの教会の世話も他の役員とともに引き受けていた。

五十歳頃からはその教会の牧師の仕事も引き受け十数年ほど院長と牧師を兼務していた。
初めは、「次の牧師の招聘《しょうへい》」と「信徒の信仰生活の自立」という二つの目標を掲げての短期リリーフ役のつもりであった。

しかし、第一の目標、牧師の仕事を次の牧師に継承することほど難しいことはない。

次の牧師の年齢や育った土壌が、その教会の土壌と似ていて、そこにすんなりと植われば良いが、そうでないことも多いからである。

彼は信頼する牧師の紹介で、腐心して立派な牧師を連れてきたが、教会の役員の何人かとの齟齬《そご》が重なり、泣いて馬謖《ばしょく》を斬らざるを得ず、自分が再び後を継いだ。

今考えると、柊を含め、牧師も役員たち双方とも人間的にはまだ若く、「こうあるべきだ！」と主張し、自分の理想主義、固定観念の枠を超えられなかったからだと思われる。

その牧師はもっと居心地の良い教会で、力を発揮しておられると聞く。

最近になって、今の教会で育ち、他所《よそ》の教会の釜《かま》の飯を食い、そこのK牧師夫妻の薫陶を受けた彼の次男を、教会のユース・パスター（青年担当牧師）として招聘した。

数年後、彼は副牧師になり、柊から次第に牧師の仕事を譲り受け、どうにか独り立ちして、最近、牧師としての職を任命する按手礼《あんしゅれい》を受けた。彼は柊の入院中、説教、葬儀他一切の仕事を切り盛りした。

今の柊は協力牧師として教会の運営に協力し、年配の方々の相手をしている。

「医者と牧師と兼任はできますまい」と、よく言われるが、確かにその通りで、一般の牧師のような一対一の魂の世話はとてもできない。

しかし、既にリーダーとしての素養を持っている社会人の先輩たちや彼の妻とともに、主婦や青年たちをリーダーに育成し、そのリーダーたちに牧師のなすべき仕事（牧会）の一部を小グループ制によって分担してもらっている。

人が育つには居り場と出番が必要だが、それは企業も病院も教会も同じである。居り場だけでは人は成長しない。リーダーたちには出番も与えるのだ。

牧師としての柊の仕事は、リーダーたちではできない種類の牧会、聖日の説教（当時は月に二～三回ほど）とリーダーの育成、教会の霊的な組織風土をつくり上げること、基本方針の策定や実務的な仕事のうち他人に委譲できない部分、霊的な教会の運営、祈りや聖書の学びのための平日の集会への出席ぐらいであった。

リーダーたちは平日にメンバーとともに小グループの中で礼拝や賛美、聖書の学びや日頃の信仰生活の分かち合いなどを行う。

これが第二の目標、信徒の自立を促すのだ。聖日には全員が礼拝に集うが、現在はコロナ禍の中でのオンライン礼拝であり、説教者、司会者、他、十名前後の者だけ出席する。

最近は、口出しすると牧師である次男のモティベーションを損なうので、柊は、「いつでも相談に乗る」と窓口はオープンにして、基本的には本人に考えてもらい、自身は一切、口出ししないようにしている。少しずつ息子の説教も牧会も様になってきていると彼は感じている。

一方、教会の組織的運営には年月や経験を要する。自分一人でやる自転車操業ではなく、全体を統括して、細部はそれを得意とするスタッフに委譲し、自分が最終的に目を通すようなやり方が必要であろう。それはこれからの彼自身の課題である。

さて柊にとって教会の仕事は減ったが病院での仕事は相変わらずである。医学会の出席もままならず、持っていた循環器専門医などの資格も返上してしまった。今、持っているのは産業医とスポーツ医の資格だけである。だが、両者も近々返上予定である。

しかし医師免許は当然として「臨床的実力」及び「優しさと誠実さ」が、あるべき医師の姿だと自認している。ペーパー専門医にはなりたくないのである。

そのためには最新の医学的知見を意欲的に取り入れた診療と豊富な経験が必要だ。


医師の仕事も牧師の仕事も全力を尽くしてやるだけのことはあり、いずれも真にやりがいのある務めである。どちらか一つを取れと言われたら、躊躇《ちゅうちょ》なく後者を取るであろう。

医師はこの地上の生涯の「肉体的いのち」を少しばかり延ばすことに貢献する。

一方、牧師は人が、「生きがいのあるいのち」ばかりか、地上の生涯の向こうまで続く「永遠のいのち」を得るのを支援するのが務めだ。

同じく師という名のつく教師は青少年の潜在能力を引き出すことが仕事だ。子どもは誰でも潜在能力を持っている。その少年が平凡な人に終わるか、それとも社会に貢献するすばらしい人になるかは、教師の人格、人を見る目、及び子どもをコーチングなどで啓発できる能力、子どもたちへの愛と情熱にかかっている。

北九州の公立K病院時代は、当直で聖日に福岡に帰れない時は黒崎の病院近くの永犬丸の教会に出席していた。

もう天に召されたが、以前、京都バプテスト病院の理事長もしていた老練のA牧師に彼は次のように諭されたことがある。「おおよそ師と、い、う、名、の、つ、く、者ほど、度しがたい者はいない。他人を教えて自分を教えようとしないからだ」

彼はガツンと頭を殴られたような気がした。

思い返すと、妻や子どもたちは裸の彼を毎日見ていて、きっと気付いていたであろう。「お父さんは立派そうなことを言うけど、自分はどうなんだろうね！」と。そうならないよう注意はしていたが、彼は自分では気付いていなかったのだ。

以来、柊は患者さんに親身に接するよう意識するようになった。そうした彼の姿勢が看護師たちにも伝わるのだろう。優しい看護師も散見する。また、彼はスタッフからも愛されていると感じるようになった。看護師だけでなく、それはお掃除や炊事のおばちゃんたちからもだ。彼のそういう気持ちが、誰にでも伝わるのだろう。

四．キリストの証人として

彼は胃や肺の病気、さらには老いという身体的困難を抱え、苦しんでいるが、それでもハッピーな人生を終えようとしている自分を常々神に感謝している。

それに留まらず、おこがましいがパウロやパスカルのように、自分がキリストとの関わりの中に生かされているすばらしさをどうにかして皆と分かち合いたいと願っているのだ。

つまり、以前の自分はどうだったのか、どのようないきさつでキリストと出会ったのか、どのように信じ、どのように教えられ、どのように生きてきて、どのように変えられ、そして今はどのような心境で歩んでいるのかを分かち合いたいと願っているのだ。

天国への狭き門を探していた「求道者」の自分、その狭き門を探し当て、その道のすばらしさが分かり、分け入るに従ってさらにすばらしいもの、キリストのうちに秘められている宝を究めようとしている「究道者」の自分を紹介しようと思っているのだ。

物事を「神の目」で見る見識、生ける希望や力を与え、天の御国に導くキリストの内にある宝、その内に秘められている、人を突き動かすいのちを紹介しようとしているのだ。

柊は学者ではなく、一介の社会人であり、忙しい臨床医である。他の論文や論説のように、数々の文献を紹介して説明するつもりは毛頭ない。ただし、永年、神とともに歩んできた経験により、キリストの福音については、その本質は掴《つか》んでいるつもりである。

だが、すべての人が自分と同じようであってほしいとは望んでいない。神を信じる生き方には様々な形があるからだ。でも、多くの人にこの宝を掘り当てて救われ、天国への保証ばかりか、さらにその道のすばらしさを味わってほしいのである。

第三章　人間の宗教心

世界中のすべての民族が人生のはかなさを感じ、同時に普遍的に宗教心を持っている。これは人類学者、民俗学者、宗教学者も指摘するところである。

誰でも静かな神社仏閣、誰もいない教会堂にお参りして頭《こうべ》を垂れ、手を合わせる時に、そこを支配する静寂でかつ厳粛《げんしゅく》な雰囲気に心打たれ、謙虚で素直な気持ちにさせられた経験があるのではないかと思う。

宗教心とは、日頃あまり意識してはいないが、人間の存在を超越した存在を神とし、何かの困った時、その神に頼り、心の拠り所とする心である。

これは犬猫などの動物にはなく、人類にだけ与えられた霊的な性質である。

旧約聖書の創世記に、このように記されている。

神はこのように、人をご自身のかたちに創造された。神のかたちに彼を創造し、男と女に彼らを創造された。

（創世記一章二七節）

ゆえに、人には神と同じような霊的な性質があり、その中に尊厳を宿している。

彼は、キリスト教病院の基礎を築こうと、三人の医師を中心に、自分の役割を果たしながらわき目も振らずに仕事をしてきたので、ゆっくり考える余裕がなかった。

最近少し時間の余裕ができて、先達の著した書籍に目を通したり、昼休みなどに病院の庭を散策して、植栽や草花を愛でたりする精神的なゆとりができてきた。

それまで死んだように見えた木々や草花が一斉に萌え出す春にもなると、緑の若葉、数々の草花、ハナアブやミツバチ、時にはクマンバチなどを見ながら、実にきれいで愛らしいと改めて思うのである。毎日それを見るのが楽しみである。そして、創造主の叡智《えいち》に驚くことしばしばである。それは彼の礼拝のひと時でもある。

このような性質、神を思い、感じる霊的感覚は、友人や、親族の死などの機会にも、ようやく意識の上に上ってくるが、しばらくすると、それが何なのかの確かな解答を得ないまま、再びせわしない日常生活に戻ってしまうのが忙しい日本人の現状である。

夏目漱石の時代は、少しはゆっくりしていた。彼は『草枕』の冒頭をこう書き出している。

山路を登りながら、こう考えた。智に働けば角が立つ。情に棹《さお》させば流される。意地を通せば窮屈だ。とかくに人の世は住みにくい。

漱石は人間に、知、情、意、つまり知性、感性、意志があることを気付かせてくれた。けれども不思議なことに、彼は知性、感性、意志以外に人間には良心、言い換えれば霊的性質があると知り、それが彼の文学の中心的なテーマとなっている。

それはそうだろう。彼の専攻は英文学である。欧米の文学に接する時に、キリスト教や聖書の知識なしには真の理解はできないはずである。

柊に言わせれば、その本質は英文学の根底に流れている信仰の世界であり、彼もそれを知的には知っており、英国留学中、必ずや聖書も読んでいたであろうことは論を俟《ま》たない。

聖書の真理を求めるためにか、英文学の理解のためにか、その両者でもあったのだろう。

彼は、日本に帰ってきて、初めは友人に勧められて、退屈しのぎに『吾輩は猫である』などを書いたが、のちには、良心の葛藤を描く作品、『こころ』などを書くようになる。

彼は「霊性」という言葉こそ使っていないが、彼の作品にはそれが表わされている。それは人間の良心と悪魔的な本心との戦いである。それは霊的性質そのものであり、彼自身の心の姿でもあったのではないか。つまり、霊的なことに関するある種の感覚、霊的感性である。

これは、テレビを賑《にぎ》わす、おどろおどろしい、「霊」や「スピリチュアル」なるものとは別物で、ホスピスで重要視される、創造主を念頭に置いた、霊的な感覚である。

霊的感性は感性に非常に近い感覚である。

言い換えると、人の魂を裁かれる神を畏れ、その前に膝を屈め、素直になれる感覚である。

聖書によると、神は自然の美しさや、人の心の優しさや悲しみを感じ取るナイーヴな感性、神のいつくしみや峻厳、聖《きよ》さを感じ取る霊的感性（良心を含めて）を人間に与えられた。

けれども、スピードと能率を優先させる今日の忙しい資本主義社会に無意識に洗脳され、多忙な現代人の間では感性や霊的な感覚は働きようがないのが現実である。

霊的感性が働かないもう一つの理由は、科学万能として、「神は死んだ」と言い放つ、これも知性だけで宇宙や森羅万象を説明しようとする人たちの存在である。

ただ、知性と意志のみが残ったギスギスした人間関係の中で、能率優先を掲げて、左脳がフル回転で働いている社会なのだ。そして自分がその真っただ中に投げ出されているという感覚すら奪われている。

だから、現代人は人間関係とか、対人関係と言えば、ピンときても、人と神との関係とか言っても何のことか、ましてや霊的感性と言っても、すぐには分からない。

いや、現代人だけではなく、日本古来の考え方の根底には、聖書の語る人と神との関係という考え方は湧いてきようがないのだ。

しかし、ホスピスなど終末期医療で、死を間近に感じている患者の持つ痛みやそのニーズを語る時に、身体的苦痛、精神的苦痛、社会的苦痛だけの対応では無理で、それ以外に霊的苦痛への対応を考えざるを得ないのだ。そのためにチャプレン（教会以外の施設や組織で活動する聖職者）がいる。

もちろん先に書いたように、身近な人が亡くなった時には、そのような霊的な感覚を自覚するが、自分が、神を含めた広い世界のどこに心の軸足を置いているかを理解できないまま、すぐに、また忙しい元の世界に舞い戻り、霊的感覚はしぼんでいく。

柊がそのような霊的な世界を意識するようになったのは、思春期の頃以来、漱石を例にとるのもおこがましいが、彼と同じような心の葛藤を持っていたからである。

つまり、性の目覚め以来起こってきた、自分の内にある制しがたい欲情や、やましい思いや行い、他人への嫉《ねた》み、恨み等、儒教的道徳に悖《もと》る心に人知れず悩んでいたのだ。

ただ、それがなぜなのかは当時の彼には、それ以上深くは分からなかった。

第四章　日本人のこころ、二つの源流

昔から言われていることであるが、既に見てきたように、命のはかなさや人が織りなす営みの虚しさは日本人に特有なものではなく、全人類に共通のものである。

しかし、これほど理知的で道徳心に篤《あつ》く、人生のはかなさを知り、心の拠り所となる神の必要を分かりながら、本当の神を持たない民族は、世界に類を見ないのではなかろうか。

正月には神社に参り、クリスマスにはツリーを飾り、結婚式はキリスト教、お盆と葬儀は仏式でというのが宗教行事の定番である。どの神を心の拠り所とすれば良いのであろう。

日本に仏教があるではないかと言われるかもしれない。仏教を信じ、熱心に修行している方々を尊敬こそすれ、否定するつもりは毛頭ない。だが、一般の人が信じている仏教の仏や菩薩はここで言う意味の真の神ではない。釈迦の説いた仏教は無神論であり、その後、様々な時代的・宗教的影響を受け人の手による改変が加えられ大乗仏教として中国を経由して日本に伝来し、さらに変化し今日に至ったものである(3)。

日本人が神を必要としないのには、日本の精神的な風土、日本人の国民性にあると柊は考えている。それが日本人の矜持となっており、それで十分と思っているのである。

それは一般的に考えられているように、一つは儒教・仏教の文化であり、もう一つは稲作文化つまり「和」の文化である。いずれも日本人の国民性をつくり上げてきたものである。

これら二つの精神的な風土、価値観の中で、日本人は自分でも意識しないでその中で育ち、感じ、考え、行動しながら生きてきて、自分たちは正しいと思っているのだ。

儒教の成立に孔子と並んで功績のあった孟子は、「孟母三遷」という言葉のように、その母は精神的・情操的な環境を憂慮し、三回も引っ越ししたと言われている。

人が育っていく環境、言い換えると、その人が育つ精神的風土について考えてみよう。

和辻哲郎(4)は気候・風土が人格の形成に微妙で、しかし、少なからぬ影響を与えるということを説いた。

確かに雪国の人は忍耐強い性格で、南国育ちの彼にとってはうらやましい限りであったろう。そして、恐らく全く逆のうらやましい思いを雪国の方は抱かれるに違いない。

まぎれもなく、地理的特性や、それに影響される気候や風土等の物理的環境が人の性格や、ものの考え方に影響を与えると言うことができる。

いや、それだけでなく、さらにその人を取り巻く環境、家庭、風俗習慣、宗教や教育、文化や芸術、歴史や伝統などの精神的風土が人の成長に影響を与えることも論を俟《ま》たない。

これらの、物理的、精神的要素が入り交じって、その国、その人の育っていく精神的風土をつくり出すのだ。その風土の中で人は、意識することなくその影響を受け、何の疑問も感じないでその価値観や世界観を受け入れ、感じ方、考え方、やり方、立ち居振る舞いなどを刷り込まれながら育つ。誰でもそうするのが当たり前と思って疑うことを知らない。

つまり、これが日本人の思考原理、行動原理であり、国民性と言っていいかもしれない。外国人が日本人を見て、その高い知性と道徳性、その文化、芸術性の高さに驚くという。それを支えてきたのが、以下に述べる、儒教・仏教の文化と稲作に伴う和の文化である。

一・儒教・仏教の文化

日本人が育つ精神的風土の要素として、儒教や仏教は大きな位置を占めていると言える。

第二次世界大戦中に、米国情報局の依頼で、戦争相手の日本人の心を知ろうと研究した女性、R・ベネディクトはその成果である、著書『菊と刀』(5)五章で、日本人は、他人から何かを頂いたりして恩義を受けると、「有り難う」(おぉ、これはあり得ないことだ)とか「すみません」(これでは済みません)という言葉、借りがあるので後でお返しをしなければならないという思いを抱く、という意味のことを書いている。

恩義とお返し、義理、恥、これらは西欧人が理解できないことだとも述べている。

彼女がその題を、『菊と刀』としたのは、十二章の「子供は学ぶ」という章の最後尾に書いている菊と刀のことと思われる。この菊は、秋の品評会のために鉢に植えられ、花弁一枚一枚が整えられ、針金の輪台によって矯め、保たれる。これは女性らしさへの躾《しつけ》で、男らしさへの躾は、刀を帯びる者は最高の栄誉を与えられ、そのために刀を管理する自己責任、克己心、心身を平静に保つことを求められるという。自制心や自律心のことであろう。

儒教と武士道を念頭に置いて、彼女はこれらを書いたと思われる。

もちろん柊も武士道の成立に儒教が深く影響しているであろうことは知っている。さらに、中国で興った儒教そのものも、後述する漢字からも推察されるように、直接・間接的にユダヤ教とその教えがかかわっているであろうと考えている。ユダヤ教はキリスト教の母胎であり、全く同じ唯一神を奉じている。

しかし彼女が指摘したことを、日本人自身はあまり意識していない。

欧米人は当たり前のように「サンキュー」と言って感謝して受け取るが、日本人は恩義を感じることとなしには受け取れないのである。それを美徳と教えられてきたからである。

つまり、義理堅いのである。何かを頂いたら、お返しをするのは半ば当たり前なのであり、お返しをして初めて、心が落ち着くのである。

「キリスト教の救いは神の恵みであり、お返しは要らない」という真理は、にわかには信じられないのだ。お返しにどれほどのものが必要なのだろうかと思うのである。

ここに、決定的な誤解がある。

聖書が語るキリスト教の救いは、人間的方法で手に入れることは到底できないのだ。すなわち、救いはあまりにも高価で人間はその代価を支払えないのだ。
旧約聖書の詩篇の中に、次のような言葉が記されている。

人は自分の兄弟をも買い戻すことはできない。自分の身のしろ金を神に払うことはできない。――たましいの贖いしろは、高価であり、永久にあきらめなくてはならない。――
（詩篇四九篇七節、八節）

つまり、人間は神の前に測り知れないほど罪深く、神の裁き（永遠の滅び）に値し、人間の力では自分の罪の代価を支払えないのだと。
しかし、同じ詩篇に以下のようにも書かれている。

しかし神は私のたましいをよみの手から買い戻される。神が私を受け入れてくださるからだ。
（詩篇四九篇一五節）

イエス・キリスト自身も次のように言われた。

人は、たとい全世界を手に入れても、まことのいのちを損じたら、何の得がありましょう。
そのいのちを買い戻すのには、人はいったい何を差し出せばよいでしょう。
（マタイによる福音書一六章二六節）

では、神はその罪人を買い戻すために、どのような身代金を払われたのであろうか？　それが、神の御子キリストの命だったのである。

バプテスマ（洗礼）を受けたキリスト者ですら、義理堅く、お返し（償いの善行）のことを思って心が休まらない人も山ほどいる。

柊自身も受洗後しばらくは、神様に借りがあるという思いが心につきまとい、善きキリスト者たらんと背伸びして生きていたために、救いの喜びが今ほどには実感できなかった。

しかし、救いは神からの恵みであり、お返しなどは到底できるものではなく、等身大の自分で良いのだと次第に分かるようになって、ようやく感謝して受け取れるようになり、心が安らいだ。

確かに儒教や仏教は日本人の心を支え、他人が見ていようが、いまいが、良心という自分の内に自律的な善悪の基準を持たせてきた。それが日本人の道徳的水準を保たせてきたと言える。

その標準を守っているという矜持《きょうじ》、良い意味のプライドが日本人やその集団を支えてきたのだと思う。つまり、先に述べた日本人の国民性とでも言うべきものである。

けれども、自分はその標準を遵守しているという思い、平たく言えば、道徳を守っているという自覚が強ければ強いほど、自分には救いは必要がないと思わせ、これで十分だと思うのである。つまり、道徳的に自分は正しいという正義感、自尊心である。

これはなかなか厄介な代物《しろもの》で、自分には救いは必要ないと思わせるばかりか、上から目線で周囲を見るようになり、弱い人、悪い人に対して不寛容になりがちである。

けれども、胸に手を当てて自分に正直になってみると、日本人は心の中のどこかで求道の心を持っており、真の救いを求めている。

良心の呵責《かしゃく》が大きければ大きいほど、人は真剣に救いを求めて求道の旅に出る。その意味では先に書いた漱石もその一人であり、芥川龍之介にしても然りである。

昭和二年七月二十四日、芥川は聖書を手許《てもと》に服毒自殺をした。

彼は、『蜘蛛《くも》の糸』で、絶体絶命の時には他人を蹴落とす（犍陀多《かんだた》が掴《つか》まっていた極楽への蜘蛛の糸が切れそうなのを見て下から登ってくる人を蹴落とした）人の心の醜さを描いている。それだけではなく、異性への移り気な男性の罪深い思いを描く作品も残している。

天才と言われた芥川なら、聖書の深読みもしていたはずで、それゆえ、聖書の清く崇高な教えとそれにそぐわない自分を含めた醜い人間世界を生きてゆかなければならないことが、他人《ひと》事《ごと》ではないと友人にも打ち明けていたそうである(6)。

彼はいい加減な人間ではなく求めていたのだ。

彼は日頃聖書を読み、放蕩息子の譬《たと》え（ルカの福音書一五章）を世界最高の短編小説と絶賛していたそうであるから、彼は神の広く深い愛も理解していたはずである。

芥川の自殺を報じた新聞には、宿痾《しゅくあ》（慢性の持病）を苦にしてかと書かれているが、必ずしもそうではなく、人生の宿痾に苦しんでいたのだ。罪と良心とのアンビバレンスである。

彼は聖書の倫理観にそぐわない自分の罪深さを、もしかすると、比較するのもおこがましいが、柊を含め、キリスト者以上に感じていたかもしれない。

しかし、聖書の中心思想である、キリストの贖いによる罪の赦しも頭では理解していたかもしれないが、信じることはできず、ついぞこの放蕩息子をも包み込む神の愛に自分が抱《いだ》かれる幸せに達することはできなかったのである。人生の宿痾の癒やし主に出会うことはなかったのだ。彼も漱石も『菊と刀』の指摘した「恩義とお返し」の呪縛《じゅばく》に嵌《は》まってしまったのだ。

彼は対象については正鵠《せいこく》を得ていたが、霊的な感性でなく恐らく知性でいのちに至る道を求めたのであり、結果、残念ながらその門の入り口に到達できなかったのであろう。

芥川も漱石と同じように、日本人が育まれた霊的風土である、儒教・仏教の戒めを守ろうとしても完璧には守れない心の中のおぞましさに悩んでいたのではないだろうか。

もっとも、ここまで述べてきたことはいわゆる戦前・戦後の儒教的な教育を受けた世代のことであり、平成以降の若い人たちは日本人としての矜持を失いつつあると柊は感じている。

昨今、地震などで避難している人の空き家を狙う不逞《ふてい》の輩《やから》がいる。

また、学校で先生が教えたことと逆のことを社会が教えている。如何にごまかして儲けるか、如何に偽証、隠蔽《いんぺい》して逃れるかを。

二．稲作文化・和の文化

儒教・仏教と並んで日本人の心に影響を与えている精神的風土は、稲作文化、つまり「和」の文化である。

東南アジアは夏に雨が多いモンスーン気候帯の中にあり、その中にある東南アジアの各国では、その巨大な人口を支える主食として、米が栽培されている。

日本に稲作が伝わって以来、米はその命を支える中心的なものとなった。

一般的には、和を尊ぶ日本文化を育んだのはこの米作り（稲作）であると考えられている。

コメが口に入るようになるまでには、「米」という漢字が示すように八十八の工程が必要であるとよく言われた。気候に合わせて、その一つひとつに時があり、周囲の農家と同じ時期にそれを行うことが欠かせない。しかも、短期間にその工程を完了しなければならず、多くの農家が助け合うことが稲作には必須となる。

雨が降らない時には、水路から水を引く。それぞれの苗代のでき具合や気候の進み具合を見計らいながら、村の長老たちが集まり「いつ頃、田に水を入れましょうかね？」と相談し、小川を堰《せ》き止めて田に水を引く相談をし、水は上から順々にすべての田に流れ込むようにできている。

自分の田にばかり水を引く横車を押せば、村八分《むらはちぶ》（仲間外れ）となってしまう。

「我田引水」は結局、争いの元となり、巡り巡って自分も損をすることに気付いたのだ。

行き着いた結論は、田に水を引くにも田植えにも、田の草取りやイナゴ退治にも稲刈りにも、集団で助け合いながら和を乱さないほうが得策だということである。

田植えも一人ではできないので、大家族は別として、小さな家族同士が互いに助け合い、集団で田植えをする。そこで大切なのは和の文化である。

ただし、先に述べたように、人間には自己中心という厄介な本性が宿っている。これと折り合いをつけながら集団に従うという生き方をしている環境の中で、そこに参入していく子どもたちもそれを意識することもなくその生き方を学んでゆく。

世代が替わる頃には以前の子どもたちが立派に大人になって、そのような組織風土をつくり上げる。いわゆる、共同体意識であり、人間に社会性を育てる精神風土である。

その中で、自分だけが変わったことや個性的なことをすると、にらまれ、独創的な発想や個性を発揮しにくい組織風土が出来上がってしまう。しかし、当の本人たちはそれに気付いていない社会である。

「ノーと言えない日本人」になっている自分や社会に気付いていないのだ。

その文化は現代に至って、ある程度崩れたとはいえ共同体の中に残っている。

こんなことを聞いたことがある。ある外国人が日本に来て、中学校や高校の生徒全員が同じ黒い制服を着ているのを見て、異様に感じたという。

これは、自分だけが他と変わったことをしないというだけでなく、それを守らせるという校則等にも及んでいると聞く。校則を優先するのか、人間性を優先するのかということを考えずに、校則に「右へ倣え」で先生たちは従っており、「思考が停止」しているのだろうか？

「和して同ぜず」の自分があるのではなく、様々のしがらみに縛られて自縄自縛《じじょうじばく》に陥っているのも日本人の国民性ではないであろうか？


儒教と仏教の文化、稲作に伴う和の文化の二つが日本人の高い知性と道徳性を保たせてきた、心の源流、思考・行動の原理であると思われる。

ところが、古代日本の精神文化を考える上で、実はその儒教や仏教文化にすら多大な影響を与えてきた渡来人がいるかもしれないことを最近になって柊は知った。

その渡来人の中にイスラエル民族、あるいはイスラエル民族に影響を受けた民族がいるというのである。これは単なる説でなく、知る人ぞ知る真実であるという。

そのイスラエル民族が紀元前後に日本に渡来したなどとは、教科書や事典にすら載っていないのには訳がある。それを公にすると日本人のルーツに関する今までの定説をひっくり返すだけでなく、仏教界や神道、天皇家などにも影響を及ぼしかねないからである。しがらみのない人間、あるいは真に勇気のある人たちしか公言していない。

柊自身も、昭和天皇の終戦直後の潔《いさぎよ》さや平成天皇のご人格等、皇室の方々を尊敬こそすれ、決して貶《おとし》めるつもりはない。他方、在野の研究家たちの研鑽《けんさん》と努力の所産には耳を傾けるべきだとは思っている。これについては第五章「一．日本人の多神教の神々」で詳しく述べたい。

三．儒教・仏教社会の「たが」が外れた

以上の二つの文化が、日本人の品格を保たせ、共同体、ひいては日本という国を支えてきた。最近まで、家庭が、学校が、社会がその二つの文化を基礎とした倫理・道徳を教えてきた。

ところが、近年この儒教・仏教の文化や和の文化が崩れ始めている。

「道徳教育を小学生のうちから」と言いながら、政界をはじめ、教育界、その周辺業界が、逆のことを手本として教えているではないか。自分の身を守ろうと、それぞれ偽証や隠蔽、改竄《かいざん》、偽装、捏造《ねつぞう》の仕方を後輩に教えている。

グローバルな社会となり、それをしなければやっていけない時代になってきていると言えば、身も蓋《ふた》もないが、生き残るためには人を押しのけるのも仕方がない！　そのために手段は選ばない！　という現実がある。それが聖書の言う罪の本性とその結果なのである。

以上のようなことがますます悪質になってきているので、管理を厳しくせざるを得ない。しかし狡猾な人間は新たな手口を考える。罪と管理のイタチごっこだ。

政治家や教育者、警察ですらそうであるから、世の青少年たちがそうならないはずがない。集団リンチで仲間を殺したり、無差別殺人を起こしたり、女性に乱暴し、口封じでその女性を殺したりというニュースは、残念ながらごく普通のことになっている。

まさに今まで日本社会を支えてきた儒教の文化、和の文化の「たが」が外れてしまった。戦後の日本の復興に多大の貢献をした吉田茂首相は、戦争で荒廃した国土、気力を失った国民を目の当たりにしながらも、娘に、「きっと日本は立ち直る」という希望を持って語っていたという(7)。

それは、日本人が儒教的な教えに支えられていたからそう言えたのであって、それを脱ぎ捨てた社会、むしろ逆の狡猾《こうかつ》な手段を教える社会で育った世代には、なかなか将来への希望的観測を持つことができない、と考えるのは柊だけであろうか?

聖書に次のような、イエス・キリストの預言がある。

また、そのときは、人々が大ぜいつまづき、互いに裏切り、憎み合います。
また、にせ預言者が多く起こって、多くの人々を惑わします。不法がはびこるので、多くの人たちの愛は冷たくなります。
（マタイによる福音書二四章一〇節～一二節）

戦後の日本の統治と復興を委ねられたＧＨＱの基本政策は、憲法改正、戦争放棄、財閥解体、天皇の象徴化、教育改革、農地改革等々であったとされている。いずれも狙いは天皇の統帥権と大家族制度に基づいた封建制度の解体であった。

日本の訓練された兵力、大和魂、それを支えた封建的な仕組みを世界は恐れていた。日本が二度と戦争に立ち上がらないようにすることがＧＨＱの政策の要《かなめ》であったわけだ。

具体的には、軍備や封建制度を放棄させ、人間の尊厳、男女同権、言論や信条の自由などの回復であった。それにはキリスト教の背景がある。事実、マッカーサー(8)は封建制度を廃止させ、キリスト教を導入しようと試み、聖書を一千万冊日本に送ったと記している。

ところが、日本人はキリスト教の外枠だけ受け取り、中身は、「間に合っています」と体《てい》よく断った。

日本の興隆を支えてきたものは外ならぬ儒教や仏教、武士道の精神文化、和の文化であった（それも元をたどれば、旧約聖書の十戒の、後半の六戒にたどり着くのではあるが）。

マッカーサーは儒教や武士道を衰退させることには成功したが、代わりに導入すべきキリスト教の導入には完全に失敗した。彼は日本人の例の矜持、国民性を甘く見ていたのだ。

こうして日本人の精神的支柱であった「儒教・仏教」の文化、「和」の文化は、個人の義務や責任が曖昧に理解された「個人主義」「民主主義」に取って代わられた。

親世代も、敗戦によって自信を失い、子どもに今までの価値観を強制しなくなり、こうして、日本人の道徳を支えてきた儒教や仏教のたがは昭和の中頃から次第に緩み始め、戦後世代が祖父母になった今、その子どもや孫の世代には完全に外れてしまった。

平成はまさしく、このたがが外れた時代であった。

新しい令和の時代に入り、彼らが親世代になる頃、子どもに何を教えるのであろうか。そら恐ろしいことである。私たちのあるべき姿、取るべき行動はどんなことであろうか？

誰にその責任はあるのだろう？

マッカーサー？　親たち？　教育界？　言論界？　マスコミ？　政治家？

一番に影響力のあるのは政治家であろう。すべてとは言わないが、政治家たちの体《てい》たらくはどうだ?!　どこに日本を連れていくつもりなのであろう？

我々一般大衆を「どうせ！」と諦めさせ、眠らせてしまった政治家たちの責任は重い。

一度でも吉田茂の堅持していた使信、労苦と努力を読んでもみるべきではないか！(9)

しかし、彼らを選んだ我々の責任も重い。眠りから覚めるべき時が来ている。

さて、話は変わる。二、三年前のことである。時々、「熱が出る」という訴えで、イケメンの二十代前半の青年が、柊の外来を受診してきた。もちろん、外見で人を判断すべきではないのはごく普通の常識だ。

外来受診時には熱もなく、栄養も悪そうではなかった。内科的診察に入る前に、いくつかのことを聞いた。

「仕事はどんな仕事してるんだい？」

「飲食業で働いているんです！」と答えた。

「睡眠時間は足りているのかな？」

「はい七～八時間は寝ています」

恐らく昼に寝ているのだろう。

扁桃腺や頚部、腋窩《えきか》のリンパ節も腫れていなかった。心雑音はなく、背部に乾性ラ音が聞かれ、気管支に痰《たん》が絡んでいるような音も聞かれた。肺炎特有の湿性ラ音は聞かれなかった。腰背部の叩打痛《こうだつう》もなく、腎盂腎炎でもないと思われた。腹部にも特に問題なく、鼠径《そけい》部のリンパ節も腫れていなかった。

柊は、日頃からズバッと本質を突く質問をすることがある。この時もそうであった。

素直そうな男性であり、これなら本当のことを言ってくれると確信がついたので、彼の目を見ながら「女性との関係はないのかい？」と尋ねた。

彼は目を逸《そ》らす風もなく答えた。

「あります」

「相手はたくさんいるのかい？」

「はい」

「それは自分の方からなの、それとも相手から誘われて？」

「両方の場合があります」

ここまで聞いて、柊はエイズのこと、梅毒、淋病、Ｂ型肝炎のことなどを話した。知ってはいるようであったが、他人事《ひとごと》のように聞いていたので、エイズなどにかかると厄介な人生になることと、免疫力の低下や、がんになる可能性もあると話した後、聞いた。

「人生は何回ある？」

柊は、大切なことを伝える時には注意を喚起するために、よく尋ねるのだ。

青年は笑いながら答えた。「一回きりです」

「まだ若いんだから、人生を無駄にしてはいけないよ！」と諭してから、現在の状態を説明した。

「今は、熱はないけど、喘息性気管支炎か何かではないかと思う。時々痰が詰まって気管支肺炎を起こし、その時、熱が出るんだと思うよ」と病態を説明した。

レントゲンも異常なく、白血球も増えてなく、炎症を表わすＣＲＰも陰性であった。

これらを説明し、気管支拡張薬と風邪薬を処方して帰した。

この世代の人には、不特定多数の相手との性的接触に対しての抵抗感があまりないとは聞いていたが、ここまでとは柊も知らなかった。

自分が感染してしまう危険性については話せても、自分が持っているかもしれない性感染症を他人に感染させてしまう可能性までとても話せる段ではなかった。

内科医をしている娘に話すと、自分はそこまでズバリ立ち入ることはしきれないが、エイズその他の性感染症の検査を保健所で受けるように勧めるべきであると言った。

確かにその通りである。保健所ではエイズ（ＨＩＶ）や梅毒、淋病やパピローマウイルスなどの性感染症を無料、匿名《とくめい》で検査してくれる。

数日後にそのことを彼に話そうと、カルテの連絡先に電話したが親が出たので話せなかった。儒教的道徳で育てられた年配のまじめな女性たちにとっては、「えっ、それ本当!?」と思われるかもしれない。

けれども、インターネットなどで調べてみると、中学、高校、大学の性交渉体験率はそれぞれ、二～四パーセント、二〇パーセント前後、六〇パーセント弱なのだ。

この数年はやや低下しているらしいが、その原因は色々考えられている。コミュニケーションが下手になったとか、キャンペーンで知って性感染症を移されてはいやだからとか、それは別の方法で代償しているとか……。

「上から目線」のように思われるかもしれない言い方ではあるが、柊の時代は、結婚するまで女性の手を握ったこともない者が大半であった。しかし、今はそのようなことは通用しない。そのような若者たちが親になると、子どもにどんな教育をするのであろう。これからどのような時代になるのであろう？

一方で、昨今の大人たちの体たらくに義憤を抱き、次世代の世界を憂える若者たちが起こされてきている事実は、将来の日本にも希望を抱かせる。

さて、吉田茂の予想が昭和の時代には実現したが、そう長くは続かなかった。GHQにより日本人の精神的支柱が骨抜きにされ、それに代わるものが入らなかったからだ。

聖書は、人間の本性を罪深いものとして規定し、そしてその人間が生きているこの世界を罪の世界、全人類が神の前に罪人であると定義している。

先に「儒教・仏教社会の『たが』が外れた」とタイトルをつけたが、人間の本性は「たが」で縛れるものでないことは既に述べた。それほど人間の本性は罪深く狡猾《こうかつ》なのだ。

確かにこれまでは儒教や仏教で守られ、仮に親は教えなくても、社会に出ると儒教的・仏教的価値観、和の精神を教え込まれ、それが日本人の道徳、矜持《きょうじ》を保たせていたのだ。

そのたがが外れ、政界も教育界も業界も、偽証、捏造《ねつぞう》、改竄《かいざん》、隠蔽《いんぺい》、パワハラ、セクハラ等々、何でもありの日本の現代の姿である。

外国人が日本の良さを認めてやって来るのは、昭和の終わり頃までは保っていた日本の文化や芸術、その遺産なのであって、決して、昨今のたがの外れた日本ではない。

その日本人の倫理観や文化・芸術、土木・建築技術他、政治・経済、国家体制にまでも影響を与えたのはユダヤ人を核とした渡来人たちであるという。

第五章　日本人の神とキリスト教の神

一．日本人の多神教の神々

伝統的には、日本人も神は持っている。日本には森の神、海の神、神木《しんぼく》に宿る神等々、八《や》百万《お よろず》の神々がいると言われる。

しかし、実際にはその神々には頼れないと昨今の多くの者は考えており、戦後七十年以上も過ぎた現在、お祭りなどの行事として残ってはいるものの、所詮、今どきの若い人たちは、そのような多神教の神を本気では信じていない。

いや、その奥に人間の力を超えた神がいるのであって、そのような神なら、昔の人も信じていたのだ。次の和歌がそれを示している。

何事のおはしますかは知らねどもかたじけなさに涙こぼるる

西行のものとされているが、確かに日本人にも信仰心はあるのだ。

しかし、キリスト教やユダヤ教などの、人格を備えた一神教の神と違って、信仰の対象としての実体は具体性がなく、実に曖昧模糊《あいまいもこ》としている。

恐らく、日本は島国であり、外国の神についてはは知らなかったので、自国の神についても、これまで真剣に考えたことがなかったのではあるまいかと柊は思うのだが……。

さて、前述のように、日本人が多大な影響を受けている儒教や神道、仏教にすら影響を与えたのは、実は紀元前七二二年にアッシリヤに捕囚され、歴史から消えてしまったイスラエルの十部族を含む民族の可能性もあるという。さらに、遅れて渡来した、残りの二部族の可能性があるという。後者は王の家系と祭司の家系が中心であり、その遥か以前から人倫のあり方として神から頂いた十戒を持っていたのだ。

久慈氏(10)は、国を失った彼らは東方へ向かい、何種類かのシルクロードを通って古代中国その他の国々に影響を与えたのだという。その文化や宗教、建築・土木技術、農耕、音楽や芸術、商業、政治機構すらもシルクロードを経て日本に持ち込んだという。

なんと突如、日本の歴史の舞台に登場する蘇我氏、藤原氏も渡来人であると推測している。

また、熊倉氏(11)は、『古事記』『日本書紀』や各地の風土記、氏名録、古代中国の倭に関する記録など、綿密に調べ上げ、東国に住みつき、蝦夷《えみし》に対して防人《さきもり》として遣わされたのは、その渡来人たちだとしている。そこで豪族としての地歩を築き、その功績により貴族として働くようになったのだと。しかも彼らは国政の中枢にも近く、大宝律令の制定や『古事記』『日本書紀』の編纂にも携わる官僚的な役割を担ったのだという。

さらに水谷氏(12)は秦《はた》氏の果たした役割に焦点を当てている。

他にも、池田(13)、久保、ケン・ジョセフ、ラビ・マーヴィン・トケイヤー(14)、坂東(15)などの諸氏も同様のことを述べているが、それぞれに特徴があり、興味深い。

渡来人については諸説があり、それらを繙《ひもと》くと、深山に迷い込み出口すら見失う。

一つだけはっきり言えることは、「火のないところに煙は立たぬ」ということである。

さて、イスラエルという名はアブラハムの次男ヤコブ（またの名イスラエル）に由来し、その十二人の息子が、十二部族を形成していた。

一時エジプトへ寄留したが出エジプトを果たし、神の約束された『乳と蜜の流れる地』へと移住。現在のイスラエル、パレスチナ自治区周辺に古代イスラエル王国を建設した。

その後、偶像を拝むようになって神の怒りを買い、北王国の十部族は紀元前七二二年にアッシリヤに捕囚され、今日では「失われた十部族」として知られている。

残る二部族のユダとベニヤミン、及び、祭司レビ族や他部族の敬虔な人々も加わり（第二歴代誌一一章一三～一六節、同一五章九節）南王国を形成していた。

しかし、その主だった者たちも、度重なる偶像礼拝により、紀元前五八六年にバビロンに捕囚される。その後、バビロンはメディア・ペルシャに滅ばされ、クロス王の勅令により一部の者たちは祖国に戻り神殿を建てた。

　捕囚は七十年に及び、一、二世代経ているので、恐らくバビロンで生まれ子どもをもうけた者たちはその地に残留したであろう。彼らはその後、メディア・ペルシャ、続いてギリシャ・ローマの支配を受けた。彼らのその後の行方は興味をそそる。

　一方、祖国に戻った民はそこでギリシャ・ローマの統治を経て救世主（メシア）イエス・キリストの誕生を迎える。しかし、このメシアを民族独立の救世主として期待していたユダヤ人たちは、どうもそれに違《たが》うイエスを拒み、十字架につけた。このことについては第七章の「キリスト教の全体像」で詳しく述べる。

　この後、彼らは一部のキリストを信じた者と、拒んだ者とに分かれることになる。一方、「異邦人」と呼ばれるユダヤ人以外の人々も、パウロらの働きでキリストを信じるようになった。

　けれども、西暦七〇年にはエルサレムは破壊され、ほとんどのイスラエル民族は国を失い、世界中に離散することになった。ローマ帝国に残ったユダヤ人キリスト教徒及び異邦人キリスト教徒はネロ帝やディオクレチャヌス帝などの大迫害に耐え、燎原《りょうげん》の火のごとく増え拡がり、西暦三九二年、ローマは統治のためにはキリスト教を国教とせざるを得なくなったのである。

　一方、離散したユダヤ人は、キリストを殺したかどで世界中からあらゆる迫害を経験した。しかし、ついに「イスラエル」として西暦一九四八年に再建国を果たし、その後の発展はご存じの通りである。

前述のように、失われた十部族（北王国）は偶像礼拝（神以外のものを拝む）のまま紀元前七二二年にアッシリヤに併合された。この十部族の人々がその後、バビロン帝国、メディア・ペルシャの統治、ギリシャ・ローマの統治を逃れ、その一部がシルクロードを通って日本に来たとしよう。彼らが日本にもたらした信仰や文化は、それに似たものであったに相違ない。ある人によると、「柱」（「木」に「主」）という漢字も、日本人が神を数える時、ひと柱《はしら》、ふた柱と使うのも、柱という発音もアシラ信仰の名残かもしれない。

さて、西暦七〇年のローマ軍によるエルサレム神殿破壊後、キリスト教徒の一部は中国に渡り、景教と呼ばれて中国、ひいては、日本の仏教などにも影響を与えた。一方ユダヤ教徒（ユダとベニヤミンの二部族、及びレビ族その他）はさらに東進し、一時、朝鮮半島に居住したとされる。その二部族の一つユダ族は王の家系であり、もう一つのレビ族は祭司の家系であった。

六世紀以前、ユダ族の出身の秦氏を中心に王家と祭司の部族が万の単位で日本に渡来。時の天皇や聖徳太子にも仕え、土木・建築・農耕、養蚕業などの技術移転に貢献したばかりか、音楽や政《まつりごと》、その民主化にも影響を与えたとされる。その子孫は日本各地に散らばっているという。雅楽の東儀氏もそうだそうである(13)。

因みに秦河勝は、広隆寺の建立を指導した人物として知られている。

ユダヤ人が持っていた紀元前一四〇〇年の「十戒」（出エジプト記二〇章）が、儒教や仏教の倫理・道徳観に影響を与えたと考えるのは、極端な考えではない。

因みに不殺生戒、不偸盗戒など仏教の五戒は、聖書の十戒の後半の六戒と酷似している。これは、古代中国でユダヤ教やキリスト教の影響を受けている可能性があるのだ。

聖書の十戒は最初の四戒が神と人との関係を律する戒め、後の六戒が、人と人との関係を律する戒めなのである。

「敬天愛人」という言葉があるように、神と人との関係、つまり神を畏れ敬うことが死生観や世界観を決定し、それが人間関係を決定するのである。

この初めの四戒こそが決定的に重要であるのに、そのことを知らないどころか、それを与えた方が後半の六戒も与えられたことも知らず、日本人が自分たちの道徳性を誇っているとすれば、それは他人のふんどしで相撲を取っているのと同じである。

日本人は高い道徳性と知性、芸術性や技術力を誇ってきたが、それを根底で支えていたのは実は渡来人であり、その背後に万物の創造主が控えておられるというのは、今や公然の秘密かもしれない。聖書の神は、渡来人を通して知らないところで日本人を豊かな恵みに与《あずか》らせてくださっていた可能性が強いのである。それを知らないどころか、それらが日本人を誇らせ、他民族を見下し、自分には神など必要ないと思わせているとすれば、とんでもない思い違いである。

人は経験しなければ、その実体について知ることもなく、意識することすらない。たとえ神について書かれた本などを読んで、想像はできても、真の神を知り、この方を実感することはできまい。まして、この神に真の礼拝をささげることはないであろう。

聖書の中に「インマヌエル」という言葉がある。以下がその言葉である。

「見よ、処女がみごもっている。そして男の子を産む。その名はインマヌエルと呼ばれる。」(訳すと、神は私たちとともにおられる、という意味である。)

(マタイによる福音書一章二三節)

イエス・キリストはともにいる神として地上に来られた。十字架で私たちの罪の贖い(代価を払う)を成し遂げた後、復活し、今も生きていて救いを受けた者たちとともにおられる。

一九世紀のキリスト者であったカール・ヒルティ(16)が『幸福論』第三部の「二種類の幸福」という項で、お金や権力などの幸せと比較して「神の近くにある幸せ」について述べている。

しかし、ネットで、多くの人が感銘を受けたヒルティの名言集を検索すると、この幸せについては全く触れられず、柊に言わせれば枝葉《えだは》でしかない処世訓などが引用されている。

それほどに、この「神とともにある幸せ」が見逃されるのは、恐らくこの幸せが真の神を知らない日本人にはピンと来ないからである。柊自身も入信前は読み落としていた。

非人格的で漠然とした神しか知らず、儒教的・仏教的な精神風土の中で育った日本人には、人を愛し、人に語りかける聖書の神は想像すらできないのであろう。

先に述べたように、聖書の十戒の最初の四戒は神と人との関係を規定しているが、儒教も仏教も人と人との関係を規定する戒めしか持ち合わせていない。

神がどんな神であるかという神観は、神との交わりを通して、神とともに歩む日常生活や人生体験を積み重ねて、初めて、しかも次第に分かり、形成されてくるものである。

江戸時代、また明治時代や戦後、キリスト教（カトリック及びプロテスタントの信仰）とその文化が入ってきて、日本人も一神教の神に触れることになった。そして改めて自分たちの信じる神を考えた時に、如何にも曖昧で実体がはっきりしないと、賢い人なら気付き、そして恐らく入信したのである。

それでいて、日本人はこの聖書の神を日本人的な神と同列に置いている節がある。

以前、柊は北九州にある公立K病院にリハビリテーション科部長を拝命して赴任した。技師長は数十名ものスタッフを束ねる、有能で優しい人であった。柊はキリスト者として旗幟《きし》鮮明《せんめい》をモットーとしていたので、技師長もそのことを知っていた。

ある時、彼ががんになった。柊は自身ががんになった経験もあり、技師長の気持ちもよく分かるので、断ってから自分の経験をお話しして、キリスト教について紹介した。

感想を尋ねると、「よく分かるし、私は先生がうらやましい。しかし、私については先祖代々受け継いで来た○○宗から、キリスト教に宗旨替えするのは両親に申し訳ない」と言って断った。彼は律儀でまじめな人であったから、そう答えるのは日本人としては当然であろう。柊はそれ以上のことは語れなかった。それから数カ月して彼は亡くなった。

日本人のほとんどの人は聖書の神を知らない。仏教と同列に考え、「宗旨替えできない」とか「間に合っています」と、キリストの救いについて深く考えようとはしない。

人間や天地万物を造り、人間をゲヘナ（地獄）に落とす力のある方、それでいて、弱い者の味方、いつくしみの神を他の宗教と同列に考えるのは日本人としては無理もないであろう。

日本人としてのアイデンティティーについてもそうだ。外国に行きそこの文化や価値観に触れ、その違いを体験して初めて、日本とそこで育った自分がどういう者かが分かるのだ。

同様に、日本を離れ、聖書の神を信じ礼拝する国に行ってその人たちの信仰の姿に触れるに及んで初めてこの神のイメージ、神観が少しはっきりするのである。

とは言っても、それは、信じるにはまだ及んでない理解ではあるが……。

その経験がない大方の日本人はこの峻厳と慈愛の神を知りようがなく、心からの畏敬の念をもって神の御前に膝を屈めることがないのであろう。

第二次世界大戦や東日本大震災を実際に体験した人たちは別だ。その中にはキリスト者になった人が少なからずいることを柊は知っている。今般の新型コロナウイルスでも、それまで考えてもいなかった人たちの中から、神を真剣に求める人も出てくるであろう。

彼も仕事柄、病気を診るのに、患者さんの具体的な仕事、家族背景、生活習慣などとともに、宗教的な背景を尋ねることもある。その中で神についてのイメージについて尋ねると、「何となく世界を創った神がおられる気がします」という答えに接することが少なくない。

これは、戦後のキリスト教文化が入ってきて、教育や社会制度、キリスト教式の結婚式などを通して影響を与えてきたことも関係しているのではないかと思われる。

それでも、日本人が抱く神の実体は漠然としていて具体性を欠く。

二．聖書の神は唯一神・創造主

一九六九（昭和四十四）年七月二十日、月面着陸に成功したニール・アームストロング船長は帰還を前に聖書の詩篇八篇三節以下を読み上げたという。

「あなたの指のわざである天を見、あなたが整えられた月や星を見ますのに、人とは、何者なのでしょう。あなたがこれを心に留められるとは。人の子とは、何者なのでしょう。あなたがこれを顧みられるとは……」

宇宙に行って、非日常的な世界を見たからだとか、彼がキリスト教徒であったからだと言われるかもしれないが、欧米のキリスト教国ではこのような神が当たり前なのである。

　この詩篇の作者は、神を全世界、いや全宇宙をお造りになった方だということを当然のように信じており、その方がこのちっぽけな人間を心に留められることを感動と感謝をもって受け止め、この神を礼拝しているのだ。

　確かに、創造主は途轍《とてつ》もなく巨大なスケールの方である。我々の太陽系は天の川銀河の中にあり、銀河の中を二億年かけて公転しているそうである。

　天の川銀河の大きさは十万光年とも言われ、この銀河系には、太陽系類似のものがさらに二千億個存在するそうである。それだけではない。この宇宙には、銀河系は他にも存在し、二兆個にも達すると言われている。

　一方、このスケールに比べると、太陽でさえかなり小さく、さらに太陽の百九分の一のちっぽけな惑星が地球である。地球を一億分の一に縮尺するとソフトボールの大きさだそうであるが、そのボールを包む地球の表面のアルミホイル二枚分の、ごく薄い範囲が動植物の棲む生態系だそうである。

　この膨大なスケールの宇宙を造られた方が、小さな地球の、ある範囲に住む人間のために太陽を与え、太陽からの適当な距離を保たせ、空気や水、天然資源を与え、配慮しておられるとは？　それだけではない、人間を地球という舞台の主人公にさせるために大きな隕石をユカタン半島に降らせ、恐竜その他の動物や樹木を化石燃料として与えた方でもある。

このような神に背いて、神からの自由を求めてエデンから出てきたのが人間である。出てきた世界は、レフェリー（神）なしの、自己《エゴ》を主張できる自由世界であった。

その結果がどうなるかは想像できる。弱肉強食の、争いの絶えない世界である。人間同士が、アルミホイル二枚分の狭い範囲で争っており、そのうえ、自業自得ながら苦しんでいる……。自由でなく、不自由な世界ではないか？

それを見かねて、救い主イエス・キリストをお遣わしになったのが神である。

このように思い巡らす時に、読者はどうお感じになるだろうか？

日本人でも、先にも述べたように神社や仏閣で厳かな雰囲気に包まれ謙虚になり、素直な気持ちにさせられた経験があるのではないかと思う。

教会堂にも同様な雰囲気がある。ただし、それがキリスト教のすべてと思われては困る。礼拝気分にはなれるかもしれぬが、礼拝そのものではない。

日本人の拝む対象の神は、実体が曖昧である。一方、キリスト教の神は人間を造った神であり、人間に対して具体的に動かれる方であり唯一神、造物主、また、知性・感性・意志・霊的感性を備えた方である。

知性について言えば、その優れた叡智《えいち》により、アダムによって破られた神と人との愛の関係を回復するために、永遠の昔から救いの計画を用意されていた。

感性について言えば、人間が自ら蒔いた種（罪）により苦しむのを見るに忍びず、これを救おうと生身の身体を備えた御子イエスによってその愛を表わされた。

意志について言えば、渾身《こんしん》の意志を持って御子イエス・キリストを罪人である人間の身代わりに十字架で裁き、「人間の裁きは終わった。救い主を信じる者は救われる」と宣言された。

霊的感性については、これまで随所で述べてきた。

戦後入ってきたキリスト教文化（日本国憲法の基本的人権、民主主義、議会民主制、男女平等、人道主義等々）にこれほど囲まれていながら、キリスト教人口は一パーセントにも満たない。

様々な理由でキリスト教から少し距離を置き、信じるには至っていないのだ。西洋の宗教だからとか、家は代々仏教だからとか、敷居が高く、自分みたいな者はとてもだめだろうとか、しっかり分かって納得できてからでないと、とか、如何にも几帳面で謙虚で、理詰めの日本人的な考え方ではある。

また、信じて自由を束縛されはしまいかという思いもあるに違いない。

とんでもない、聖書の中には、次のような一節がある、

キリストは、自由を得させるために、私たちを解放してくださいました。ですから、あなたがたは、しっかり立って、またと奴隷のくびきを負わせられないようにしなさい。

（ガラテヤ人への手紙五章一節）

ガラテヤの人々は、どのような奴隷のくびきを負わせられていたのであろうか？

救いを得るためには行いや宗教的儀式を重んじることが必要だとの固定観念と、それを目指す集団の相互牽制の枠組に縛られていたのだ。

一方、日本人はどうかと言えば、先に述べたように、義理や人情、格式、伝統、かつ、他人の目を気にする同一集団の相互牽制の枠組に縛られているではないか！

日本人の中には、潜在的な求道者と思われる人々が少なからずいる。単なるご利益《りやく》宗教でなく、真の神、真の「救い」を求めている人々である。つまり「求道者」だ。

儒教的な世界観を植え付けられた中高年の人々は、特にそうかもしれない。罪を意識することを余儀なくされるからである。

ただし、聖書の言う罪と、儒教的な罪とは本質的に違う。

先に述べたように、早くから聖書に接していた芥川龍之介や太宰治も求道者であったと言えよう。彼らも真剣に救いや罪の問題の解決を求めていたのである。

しかしキリスト教の神の真の理解と信仰には至らず、二人とも自ら命を絶った。

人は、若いうちは「救い」など眼中にはないが、歳を感じるようになったり、がんなどの病気を経験したりすると、皆、真の求道者になる。人生の総決算を迫られ、神の裁きや罪の問題に向き合わざるを得なくなるからである。

先日、ある外来患者さんから柊は問いかけられた。

「結局のところ、他の宗教もキリスト教も目指している所は同じではないのですか？　キリスト教はどこが違うのですか？」と。

柊の答えはこうである。

「確かに求道の心で救いを求めている所は共通しています。しかし、救いのレベルが人間のレベルなのか、それとも人間の存在を超えた方から与えられる救いなのかという点が違うのです」

つまり、ユダヤ教を別にして、宗教は人間が作ったものであり、所詮、人間レベルの救いを超えることはないが、キリスト教は唯一神とこの方による救いにたどり着くのである。

「ユダヤ教は」と言ったが、ユダヤ人はキリスト教徒と同じ神を信じている。ただし、イエスをまだ自分たちの救い主キリストとして信じるには至っていない。彼らはまだ律法の中に自分のアイデンティティーを見いだし、それに安んじている。

一方、クリスチャンは律法を疎かにするものではないが、キリストの福音の中に自分のアイデンティティーを見いだしそれに安んじている者である。

けれども、聖書は、ユダヤ人もいずれイエスを救い主キリストとして信じる時が来るであろうと預言している（イザヤ書五三章、ローマ人への手紙一一章、他）。

実際、「メシアニック・ジュー」と呼ばれる、律法からキリストによる福音に乗り換え、イエスを受け入れたユダヤ人が世界各地に起こされているという。聖書の中には次のような一節がある。

こうして、律法は私たちをキリストへ導くための養育係となりました。私たちが信仰によって義と認められるためなのです。

（ガラテヤ人への手紙三章二四節）

ユダヤ人が奉じている律法は、養育係であったのだ。物事には順序がある。神が人類救済の壮大な計画を立てるに当たり、段取りをお考えになった。

初めから恵みの福音を与えれば、人間は、神の律法を舐《な》めてかかり、罪を犯しても軽く考え、真摯《しんし》に律法に向き合うことをしないだろう。そうすると、自分がどんなに罪深いかが分からず、ひいては恵みや救いのすばらしさも分からなくなるだろう。そうなると親心があだになる。人間は易《やす》きに流れるからと、神は初めからお見通しだったと見える。

ゆえに神は先に律法をお与えになったのだ。それは、人間がどんなに立派であっても神の律法の標準に到達できず、聖い神の前には自分が罪人であり、このままでは救いに与ることはできないと自覚させるためであった。

聖書の中の戒めに真摯《しんし》に立ち向かえば、自分の罪の深さがさらに分かり、自分の身代わりに神の裁きを受けられたキリストの愛がもっと深く分かり、感謝するはずである。

　こう見てくると、神が順序を如何に大事にされたか、その意味が分かってくる。

　さて、話は元に戻る。柊は先の患者さんに、続けてこう答えた。

「この病院には自分が末期がんだと知って入院する方々がおられます。その方が真剣なまなざしで、『私は助からないのですか？』と聞かれた時、その問いに対して、目を逸らしたりしないで答えることのできる答えを私どもは持っております。救い、つまり天国への永遠のいのちの約束はもちろん、地上でのいのち、つまり心の平安、生ける望み、生きる力、等々についても、です」

　キリストの救いは、知的にも感覚的にも救われているという確信を得ることができ、そのつもりがある人ならすぐにでもこの救いと救いの確信を得ることができるのだ。

「すぐにでも」と言ったが、霊的感覚の鈍い現代人にはなかなか難しい。柊も信じた初めの頃は、そうであった。

　しかし、自分のあらゆる生への可能性が断たれると、人間の霊的感覚は研ぎ澄まされ、霊的なことを説いている聖書の言葉が、砂に浸み込む水のようにその人の心に入ってゆく。

　実際、この病院でたくさんの人たちをがんで看取ったB医師は、このような真剣な求道の心を持っている人に対して、永遠のいのちとキリストを紹介する。そのようにして、永遠のいのちを得て平安のうちに天に召された人が数えきれない。

B医師自身も思春期の頃から自分の罪や偽善に気付き、悩みつつも求めていたのだ。

彼は学生時代にドイツ語を教えていたR宣教師の中にある、彼を突き動かしているものを自分も欲しいと教会の門を叩いた。彼はそれを得るに留まらず、医師の道を途中で中断して牧師になった。そして今は、医師として牧師を兼務しながら人と神とに仕えているのである。

彼を突き動かしているものとは、キリスト者を生かしている「キリストのいのち」である。

第六章　キリスト教に対する誤解

キリスト教に対しては様々の誤解がある。そのいくつかを考えてみよう。

一．どうすれば救われるかに関しての誤解

以下はマタイによる福音書の中のくだりである。


すると、ひとりの人がイエスのもとに来て言った。「先生。永遠のいのちを得るためには、どんな良いことをしたらよいのでしょうか。」

イエスは彼に言われた。「なぜ、良いことについて、わたしに尋ねるのですか。良い方は、ひとりだけです。もし、いのちに入りたいと思うなら、戒めを守りなさい。」

彼は「どの戒めですか」と言った。そこで、イエスは言われた。「殺してはならない。姦淫してはならない。盗んではならない。偽証をしてはならない。

父と母を敬え。あなたの隣人をあなた自身のように愛せよ。」

この青年はイエスに言った。「そのようなことはみな、守っております。何がまだ欠けているのでしょうか。」

イエスは彼に言われた。「もし、あなたが完全になりたいなら、帰って、あなたの持ち物を売り払って貧しい人たちに与えなさい。そうすれば、あなたは天に宝を積むことになります。そのうえで、わたしについて来なさい。」

ところが、青年はこのことばを聞くと、悲しんで去って行った。この人は多くの財産を持っていたからである。


（マタイによる福音書一九章一六節〜二二節）


この青年のように、日本人の多くがキリスト教の救いについて誤解している。

「どんな良いことをしたら永遠のいのち（救い）を得ることができるのだろうか？」と。

世間ずれしていない、品行方正で正義感の強いこの若者は、この世の醜さや不条理に義憤を覚えていたのだ。それでいて心の中に渇きがあったのである。

これに対して、キリストはこの青年に何を求められたのであろう？　キリストは、十戒のうちの後半の六つの戒めのうちの最後の戒めを少し変えて、全体を要約する形で言われたのだが、青年はそれも守っていますと答えた。

キリストが求められたのは、さらに完璧《かんぺき》な行いだったのだろうか？　あるいは、自分を犠牲にする慈善だったのだろうか？

とんでもない！　キリストがこのまじめな求道の心を持った青年に求められたのは……結局、彼自身も利己的な人間に過ぎないことに気付かせ、それが、神の定められた戒め、神を神として畏れ敬い、隣人を自分と同じように愛するという神の標準に到底届かない者、神の前には自分も同罪である、ということを先の言葉によって自覚させることにあった。

柊自身も若い頃そうであったが、善悪の基準を植え付けられて育った優等生的な青少年にとって、正義感や隣人愛は当然のことに思えるので、先の青年同様に、自分の本当の姿に気付かないものである。そのため、正義感やヒューマニズムに溢れてはいても、この青年のように心の渇きが癒やされることはないのだ。

現代社会の政府や教育界の欺瞞《ぎまん》をマスコミは暴き出し、それを見て多くの人が裁く側に立ち、そうだそうだと言っている間は、この青年と同じなのだ。溜飲《りゅういん》を下げることはできても、心の渇きを癒やされることはない。自分の人生の宿痾《しゅくあ》に苦しんでいるのだから。

善行を積むこと、人格を磨くこと、それ自体は立派なことであるが、それにより永遠のいのちに至るとは聖書は語っていない。いくら立派であっても、神の標準には裸同然なのだ。

かの有名な宗教改革者のルターも自ら修道僧として修行しながら、自分の良心にささやきかける悪魔の声との戦いを通して、弱い自分を示され、最終的にたどり着いたのは、行いではなく、本来、聖書が説いている神の「恵み」を信じる「信仰」であった。

キリスト教に特異的な「恵み」とは何であるかと言えば、人間がとても支払い得ない罪の代価を罪もしみもないキリストが身代わりとなり、その命《いのち》によって支払われたのだ。

つまり、善行も立派な人格も神の基準に適《かな》わないことを悟り、神の前に自分の罪を認め、救い主を信じる信仰によって人は神の前に赦しを受け、魂の自由を得るというのである。

さて、話をこの青年の持っていた求道心に戻そう。

人は皆この青年のように、心の片隅に同じような願いを持っており、日本人も例外ではない。それは、不条理がまかり通るこの世の向こうの世界を希求する、求道の心と言って良いであろう。若い時はこの青年のように、真・善・美・清さを憧《あこが》れる思いが強いのだ。

この青年も求道の心を持ってイエス・キリストに近づいた。しかし、家庭的に恵まれていた彼は品行方正で、盗みなどする必要がなく、戒め（十戒の後半の六つの戒め）を優等生的に守っていた。そのためにか、心の奥底に潜む、他人に触《ふ》れられたことのない部分を日頃、意識することは全くなかったのだ。

この意識に上らない部分こそ、神を本心からは畏れ敬ってはいない自分、隣人愛を完全には行えない自分、他人より自分を優先する自己《エゴ》だったのである。それが罪の本質なのだから。

イエス・キリストは青年が日頃意識していないその部分に触れ、真の自分に向き合うようにされたのだ。

以上が日本人のキリスト教に対する第一の、かつ最大の誤解である。

伝説によると、青年はその後、自分の無知と罪に気付き、キリストを信じる者になったバルナバという人物ではないかと言われている。彼は後々、パウロというキリスト教界の巨人を表舞台に引き出す大きな役割を果たした人物でもある。

二.「罪」に対する誤解

誤解のもう一つは、儒教あるいは武士道の言う罪と聖書の言う罪とが異なる点であろう。日本人の罪意識の源流は、儒教あるいは武士道にあると思われる。

支配階級が公家から武家に移行する時、無駄な争いや死を避けるため、お互いの間に不文律のような取り決めが自然に出来上がり、それが儒教によって理論武装された。これが武士道であると柊は思っている。

人に対しては「人様に迷惑をかけてはならぬ」、自分に対しては「人倫に悖《もと》ることをしてはならぬ」という道徳基準、もしくは「恥を知れ！」という恥意識、これらはすべて、人に対する心の態度であって、神に対する意識はない。

本来、日本人は神の前への罪の感覚を持っていない。しかし、良心に対する心の疼《うず》きは持っているので、人間の存在を超えた方へのぼんやりとした意識はあるのかもしれない。

日本人は、罪よりも恥を問題にし、恥になるような言動は慎むべきだとしている。それが昔の日本人の矜持となっていた。しかし、これは、最近はずいぶんレベルが低下している。日本では大企業や何かの団体が隠蔽《いんぺい》していた罪が発覚すると、公の場で深々と頭を下げて謝罪すれば事が足りると思っているのかもしれない。さらに大きな罪であっても返金したり、本人が辞任したり、本人や上司が自分の給料をカットすればそれで事足りて、禊《みそぎ》ができると思っているのであろう。

一方、聖書が語る罪は、ルカによる福音書一五章の放蕩《ほうとう》息子が言ったように、人に対してだけでなく、神に対する罪である。彼が、放蕩に身を持ち崩して初めて父の許に帰ろうと決心したのは、「父と母を敬え」という十戒の第五戒を破っていることに気付いたからに他ならない。いや、初めからそのことは分かっていたが、無一文になってようやく決心がついたわけだ。十戒を破るとは、それを定められた神への不敬罪でもある。

よく考えると柊自身もこの第五戒を破っていると言わねばなるまい。彼の母は百歳を過ぎてもなお、彼のことを何くれとなく心にかけ、忙しさにかまけてこちらから電話しない時は安否を問う電話をくれる。

にも拘らず、彼はその世話を姉夫婦に任せ、年に二、三回しか帰郷しない親不孝者であり、確かにそのそしりは免れず、親への、いや神への不敬罪であり、弁解の余地もない。

しかし、一昨年のことであるが、ある日曜日の朝の八時前、母を世話している彼の姉から電話があった。

「二、三日前からサバちゃん（彼の母）が左の胸部が触ると痛いそうよ。先日内科の先生に診《み》てもらったら、肋骨骨折でしょうと言われたのよ」

サバちゃんとは、彼の母の愛称だ。可愛がっていた姪から、「フサエおばちゃん」と言うべきところを、幼児語で「サバちゃん」と訛《なま》っているうちにそれが皆にも定着したのだ。

「表面にぶつぶつはできてない？」

と、彼が尋ねると、

「先生にも診てもらったけど。それはないようよ」

と姉は答える。

「サバちゃんが、『春彦に帰ってきてもらって診察してくれ！』と言っているのよ、あなたも忙しいでしょうけど」

今まで、柊の安否を問う電話はあっても、彼に迷惑をかけないように、どうこうしてほしいということは、一言《ひとこと》も言ったことはなかった。よほど痛いのに違いない。

「そりゃ、行くよ。今日は教会で説教の当番になっているから、それが済んだら行くよ」

彼はそう答えたのであった。そして、もしやヘルペスかもしれないと、たまたま家にあったパラシクロビルという薬の必要量を用意し、宮崎に帰る準備をした。

説教が終わると、昼食も取らずに病院に寄って仕事を少し済ませ、翌日休むことをメモした。

さて空港に行ったが昼の便はすべて満席という。夜の便を予約し、その日は午後から寒くなるというので、一旦、自宅に帰りダウンジャケットを準備して自宅で休んでいると、彼の妻が聖日礼拝の後の愛餐会（皆で会食すること）を終えて帰ってきた。

「えらい早かったのね」

「いや、夜の便しかなかったので、寒くなると聞いて一旦帰ってきたんだ」

夜九時半頃宮崎に着いた。わき腹を見せてもらうと帯状疱疹《たいじょうほうしん》は満開直前であった。

「サバちゃん、こりゃヘルペスじゃが」

するとと姉が、

「シップ負けと思ってた」

と言う。そこで、「二、三日すれば枯れ始めるよ」と言って、用意していた薬を飲ませた。

こうして日頃の親不孝のそしりを完全ではないが、少しは雪《そそ》ぐことができた。

サバちゃんはいたく喜んでいた。息子が自分の求めを聞いて帰ってきてくれたからだ。

帯状疱疹をあまりに早く診た医師は藪《やぶ》医者になり、後で見た医師は名医になるのである。

しかし、さらに名医になると、「神経痛のような痛みがあるんですね！　帯状疱疹かもしれませんので、毎朝そこを見ていてください。もしぶつぶつができてきたらすぐ来なさい」と言うものだ。治療が遅れると後遺症（痛み）が残るからだ。

三.「キリスト」に対する誤解

さて、話を元に戻し、さらにもう一つの誤解についてここで触れよう。

一般にキリストが十字架に架けられて亡くなったということを知らない人はいないと思う。すべてではないが、十字架のネックレスにはキリストが磔《はりつけ》にされているものだ。

しかし、なぜ十字架につけられたかについては、多くの人の答えは、「キリスト教の教祖で立派な人であったが、時の権力の前にあえなく十字架に架けられて亡くなってしまった」というのが定番である。

けれども、聖書の中のキリストご自身の言葉、旧約聖書の預言などを詳しく読むとそれは全く違う。人間の神に対する罪は死に値するほど極悪で、これを贖う（代価を払う）には御子キリストの命しかなかったのだ。

キリストご自身も、自分が何のために神から遣わされたかをはっきり認識しておられた。

ご自分を「人の子」と称され、福音書の中で次のように言われた。

人の子が来たのも、仕えられるためではなく、かえって仕えるためであり、また、多くの人のための、贖いの代価として、自分のいのちを与えるためなのです。

（マルコの福音書一〇章四五節）

因みに「義」という字は、羊の下に我がある。羊の生け贄《にえ》（犠牲）により、神からの義が与えられたのである。キリストは神が備えられた贖いの子羊であったわけだ。

さらに「犠牲」という字をよくよく見ていただきたい。牛によって義とされ、牛によって生きると読める。そんな馬鹿なという人もあるかもしれないが、現在の中国が漢字をつくったのではない。むしろ中東に近い所から来た人たち（恐らくイスラエルの民を含む人々）によって生け贄の文化がもたらされ、漢字が考案され、昔の中国に伝わったのだ（その頃の中国は高い知性や建築・土木技術、芸能、倫理観などの文化を誇っていた）。

旧約聖書時代のイスラエルでは、祭司を介して民は牛や羊に自分の罪を託してこれを殺し罪が裁かれた。人は犠牲によって義とされたのである（旧約聖書レビ記一章、三章、他）。

これらのことを理解して自分の罪を認め、キリストを信じ、受け入れれば、救われるのである。天国行きの電車の切符を手に入れるわけだ。

聖書が勧めるのは、電車に乗ったとしても眠り込むなということだ。さらに、神のみ言葉に慰めを受け、その勧めを守り、復活されたキリスト（キリストの御霊）とともに歩み、キリストにある豊かな富に与り、これを究めていくこと。これがキリスト教の信仰である。

その富とは、聖書にある「コロサイ人への手紙」を何度か読めば分かる。詳しいことは第七章で述べる。

第七章　キリスト教の全体像

初めに、聖書が説く「神観」「キリスト観」「世界観」「人間観」「救済観（罪からの救い）」だけは、しっかり押さえておかねばなるまい。

一般に、人は、キリスト教が良い宗教だとは分かっていても、「入信して救われるために、あの分厚い聖書をどれほど深く学ばねばならないだろうか」とか、「聖書に書いてあるような立派な人間にはとてもなれない」という思いを持っておられるかもしれない。

また、稲作民族の常として、隣の人と違ったことをするのを遠慮してしまうのが日本人だ。「周囲は仏教もしくは無神論なのに」とか「先祖代々仏教だから」とかいう中で、自分だけキリスト教に鞍替《くらが》えすることはできないと思っているのだ。

さらに、教会に行き、キリスト教の神髄に触れる前に、再び今まで育ってきた風土の中に戻り、時流に流され、教会から離れたたくさんの人がいることも柊は知っている。

神髄と言ったが、それはキリストのうちに秘められている富、そのいのちである。

具体的には、キリストを信じて救い（永遠のいのち）を得ることであり、それは天国への切符であるが、それに留まらず、この地上でもキリストとともに歩んで与えられる知・情・意や霊的感性にまで及ぶキリストのいのちである。それは平安な人生とその人を生かし、動かす力である。パウロはこれを神が計画された奥義と述べている（コロサイ人への手紙一章）。つまり、神からの知恵、神とともにある喜びや平安、生きがい、生きる力である。これらが本当に分かると、芥川や太宰のように自殺など思いつきもしないであろう。

コロサイの信徒にパウロはこう書いている。

あなたがたはすでに死んでおり、あなたがたのいのちは、キリストとともに、神のうちに隠されているからです。

（コロサイ人への手紙三章三節）

クリスチャンの人生は、このキリストのうちに秘められている宝を探し当てるに留まらず、宝の函を開き、宝の一つひとつを身に着けて楽しみながら生きる人生なのだ。スマホやパソコンにだって使いきれない山ほどのアプリや機能があるのだから、この宝にはもっと豊かな、すばらしいものが秘められているはずである。

教会を離れた人やキリスト教シンパの人が、人生をそれで終わってほしくないのだ。秘められた宝を探し当て、その函を開けてほしい。そして、教会もそれに応えてほしいのだ。

ところで、キリスト教に一歩、距離を置いている日本人ではあるが、それでも、聖書の神が救いたいのは当の日本人も例外ではない。

一般の宗教は人間が考え出したものであると柊は思っている。だから「神」という言葉が使われていても、所詮、それは人間の考えが及ぶ範囲内に収まる神である。

一方、聖書の神は、人間を造られた神である。造られた人間が、この神を定義したり、想像したりできるのは、ごく限られた範囲だけなのである。

つまり、キリスト教は人間が考えた宗教と同列には扱うことはできないわけだ。

聖書の神は人間を創造した神であり、その愛着のゆえに自分の許から出ていった人間を救おうと、永遠の昔から計画を立て、救い主キリストを遣わされた方である。

他の宗教と決定的に違うのは神観だけではない。

聖書が語っているのは、神の前に罪人である人間が、如何なる人間的方法でも達成できない罪からの救いを、無代価の「恵み」として与えるとしている点である。

この恵みにより、消そうとしても消えない罪を贖い、主キリストを信じる信仰によって、罪を赦されて天国への約束に与《あずか》るばかりか、この地上でも生きる目的と確信を見いだし、生きる力を与えられ、キリストのうちに隠されている宝、そのいのちに与る人生なのである。

この信仰の道を究めることを神は願っておられる。親がその子にそう期待するように。

一．神観

これについては、第五章で既に述べた。

二．キリスト観

これについても随所（すぐ前の項でも）で述べている。

三．世界観

これについても随所で述べているが、「天上世界」と「地上世界」と「ゲヘナ（地獄）」の三つであり、すべて神がお造りになった世界である。「地上世界」だけがすべてではない。天上世界は神がおられる世界であり、神を信じる者のために用意されている。地上世界は罪の中にあり、神なしの自己中心の競争社会となっている。そのことを人間は自覚しておらず、聖書は、神に裁かれると警告しているが、当の人間はそのことを知らない。罪が人間を霊的な盲目にしたのである。

ゲヘナ（地獄）は、この神を信じず、神に背く者のために用意されている所である。

四．人間観

聖書は、人間をどのように描いているだろうか？　つまり、聖書の人間観である。第三章の「人間の宗教心」にも書いたが再度引用すると、創世記の中には以下のように、記されている。

神はこのように、人をご自身のかたちに創造された。神のかたちに彼を創造し、男と女とに彼らを創造された。

（創世記一章二七節）

神は人をご自身のかたちに創造された。ゆえにどんな人にも神と同じ尊厳が備わっているところがである。その人間がとんでもないことをしでかしたと聖書は事の経緯を描いている。創世記三章を読んでいただきたい。

神が聖域を設けて触れるのを禁じておられた二本の木の一本から、その木の実を取って食べたのである。それは善悪を知る木であった。

人には、以下のようないくつかの意図が想像できる。神と同じような知恵を得たい、神のようになりたい、神なしの自由な世界が欲しい。しかし、これこそが神の前に罪なのだ。

神は事の次第を知りエデンの園から人を追い出し、人はこの世にやって来た。そこは、糊口《ここう》をしのぐ必要はあっても、意外に神の目の届かないと思われる自由な世界であった。

人が、さらにいのちの木からもその実を取って食べないように、神はこのいのちの木を人から隠された。人間に対して与えるつもりであった永遠のいのちを封印されたのである。

次のように記されている。

そこで神である主は、人をエデンの園から追い出されたので、人は自分がそこから取り出された土を耕すようになった。

こうして、神は人を追放して、いのちの木への道を守るために、エデンの園の東に、ケルビムと輪を描いて回る炎の剣を置かれた。

（創世記三章二三節、二四節）

人は神の戒めに背いて罪を犯し、神に勘当《かんどう》されたのだ。言い方を変えると、「神からの自由」を求めて神との関係を振り切ってこの世界に出てきたのだ。

神からの自由を得たわけだ。我々はその子孫であり、世界はこの「神からの自由」という原理で動いている。これが聖書の言う罪と人間の基本的な姿である。

それがどのような結末になるかはよく考えると想像がつく。
レフェリー（神）なしの自由競争、弱肉強食の世界であり、相手との戦い、相手に勝つため努力する自分との戦いで、互いに傷つき、苦しみながらも生きていかなければならない社会である。競争相手に勝つためには、良心に逆らって偽装、捏造《ねつぞう》、改竄《かいざん》、証拠隠滅などの策を弄《ろう》せざるを得ないわけだ。

世界は「神なし、自分第一」の世界である。グローバリズムや新型コロナが人間の本性を奇しくも炙《あぶ》り出した形だ。自分さえ良ければ良いと考えているのである。

世界のリーダーたちは、これからの世界を引き継ぐ若者たちのことは本気で考えていないというグレタ・トゥーンベリさんの言葉の通りである。

聖書は言う、これが罪とその結果であると。これが政界、教育界、経済界、芸能界、スポーツ界、一般社会にも蔓延《まんえん》していることは先に述べた。

神からの自由をそそのかすサタンの声に、「待った」をかける良心の声は麻痺してしまったのであろうか？

いや、鳥に帰巣本能があるように、人間には、神へ回帰しようという、自分でも気付かない本能があり、霊的な渇きがある。この世のものでは満たされない不全感とでも言うべきものだ。求道とは、その霊的渇きの解決を求める旅であるとも言える。

五．救済観

救いは「罪からの救い」であり、悩みや苦難からの救いではない。もちろん罪からの救いを経験すれば、悩みや苦難も乗り越えられるという嬉しい副産物は確かにあるが。

罪が、神と人間との間の関係を遮断してしまっているので、罪からの救いは、即、人間と神との関係回復でもある。

キリスト教の救いの意味や方法を把握するのに、断片的な聖書の言葉だけを見ていては、その姿を見損なってしまう。歴史的な経緯を見て、初めてその真の姿を確かめることができるのだ。

（一）神の人類救済の系譜

まず、時間軸に沿って、神の壮大な人類救済のご計画の全体像を経時的に見てみよう。

聖書は、救いは永遠の昔から計画されていたと説く（エペソ人への手紙一章四節）。イメージして頂きたい。救いは、いわば神が縦横の糸を使って今も織り続けておられる綾織《あや》物である。初めに天地創造の図柄がある。それから何十億年経ったであろう。神が人を創造し、息を吹き入れられた図柄が現われてくる、ノアの箱舟やバベルの塔も出てくるだろう。

どれだけの時間が経過しただろうか。やがて、その織物の中心に、人を救いに導く、十字架に磔にされたキリストの図柄が現われてくる。主役が登場し、これで救いは完成したはずである。

しかし、キリストが十字架に架けられて以来二千年以上、人類の多くはこの救いを受け取ろうとしない。それどころか、数々の戦争を引き起こし、今も繰り返されている。この世界は罪の世界である。

織物は今も織り続けられており、今後の図柄は織り主、神の胸の内にある。それはテサロニケ人への手紙や預言書、黙示録などで想像はできる。

これらの一つひとつはキリスト教の聖画を描く巨匠たちのこの上もない題材となった。

織物の中心にあった十字架は単なるネックレスのモチーフではなく、我々の罪の身代わりの子羊となって神の裁きを受けられたキリストの十字架の死、贖いの死であった。

我々は運良くこのキリストの福音後の世界、織物のフロントラインに生きているのだ。

これは、それ以前の時代に生きていた義人たちが見たいと願っても見られなかったことなのである（マタイの福音書一三章一七節）。

そして、その救いとは、天国への切符ばかりか、人生の意味と目的を見いだし、平安のうちにキリストとともに歩む地上の人生でもあるのだ。そしてその途上でキリストの内にある富を一つひとつ発見して、この方のような姿へ変えられながら生きる究道の人生である。

地上のものでは満たされない心の渇き、不全感、良心の疼《うず》き、地上の生涯の向こうに控えている得体のしれない世界への恐れ等、先に述べた霊的な事柄に関する回答である。

この霊的渇きには人間の罪が絡《から》んでおり、その解決がキリストの十字架であったのだ。

では救いに焦点を当てて、それを支えている縦糸横糸をさらに詳しく見てみよう。

(二) 人類の救いのあけぼの

人類の救いは、あくまで神の側からの人類への働きかけである。

その系譜を素人《しろうと》にでもそれと分かる形でたどることができるのは、アブラハムへの神の語りかけからである(創世記一二章、他)。

アブラハムと言えば、西欧、特にキリスト教圏では知らない人はいない名前で、傑出した第十六代アメリカ大統領リンカーンもその名前をもらっている。

アブラハムは彼とその子孫により世界中の国民が祝福を受けるという約束を受けた。その約束はその子イサク、さらにヤコブ(またの名イスラエル)へと引き継がれ、その子、ユダ(イエスを裏切ったユダとは別人)の家系から、救い主キリストと呼ばれるイエスが生まれたのである(マタイによる福音書一章一節〜一七節)。

ヤコブからイエス・キリストに至るまでに、イスラエル人はエジプトでの奴隷生活、モーセに率いられての出エジプト、二百万とも言える民の荒野での難民生活を送った。そこで食べ物や持ち物のことで争いが起こるのは必至である。

そこで、その民に対して、争いがなく、正しい裁定をするために神は十戒、つまり律法を与えられた（出エジプト記二〇章）。紀元前一四〇〇年頃のことである。その後、約束の地に入りイスラエル王国を築いたが、長くは続かなかった。度重なる偶像礼拝の罪により、彼らはアッシリアやバビロンの捕囚を経験した。その後ようやくローマの支配下に入り平穏な生活を取り戻した。キリストが現われるまでは、イスラエルはこの律法に生きてきたわけである。

十戒の初めの四戒は人と神との関係を、残る六戒は人と人との関係を規定している。後半の六戒はその後に起こる仏教や儒教などに影響を与えている。ローマ法も後半の六戒が基本になっていると言われる。そしてこのローマ法はその後の様々な法律に影響を与えた。

キリスト教が他の宗教と違う所以《ゆえん》は、初めの四戒、つまり人と神との関係を規定している点にある。唯一の絶対神、自分たちの創造主を頂点に頂いている。

「神の民」という崇高な立場を拝命したイスラエルの民（ユダヤ人）にとって、ローマ帝国の一属州として支配され、税金を納めるなどという屈辱は耐えきれないことであった。時には暴動を起こすこともあり、ユダヤの民の救世主の現われを待ち望む気運は否応《いやおう》なしに高まり頂点に達していた。

これらがキリスト誕生のための舞台背景であった。

（三）救い主の誕生

キリストは、一般的な救い主という概念に反し、十字架に架けられるために来られたのである。第六章の「三．『キリスト』に対する誤解」に載せたマルコの福音書のキリストの言葉の通りである。

これはユダヤ民族の王を待ち望んでいたユダヤ人たちの期待をも裏切ることになった。

実は、このことは旧約聖書にも預言されていた。紀元前八世紀のイザヤは次のように預言した。

私たちの聞いたことを、だれが信じたか。主の御腕は、だれに現われたのか。……まことに、彼は私たちの病を負い、私たちの痛みをになった。だが、私たちは思った。彼は罰せられ、神に打たれ、苦しめられたのだと。
しかし、彼は、私たちのそむきの罪のために刺し通され、私たちの咎のために砕かれた。彼への懲らしめが私たちに平安をもたらし、彼の打ち傷によって、私たちはいやされた。私たちはみな、羊のようにさまよい、おのおの、自分かってな道に向かって行った。しかし、主は、私たちのすべての咎を彼に負わせた。

（イザヤ書五三章一節、四節～六節）

彼とは誰か、全人類の救世主として来られたキリストのことである

ユダヤ人たちはそこまでは読み解けなかった。つまり、人々の罪を負い、神に裁かれ、それによって人類の罪を贖う方としては認めることができなかった。

民族独立・覇権《はけん》の救世主として、彼を待っていたユダヤ人たちの期待は完全に裏切られた。

（四）キリストの十字架

ユダヤ人たちの期待を裏切り、先に書いたようにキリストは人生の半ばに神の子羊として神の裁きを受け、全人類の罪を贖う身代わりの羊となられたのである。

旧約聖書の時代、神はイスラエルの民の罪を贖うために犠牲の制度を設け、大祭司の司式のもとに神の前に出て、人間の罪の身代わりに羊や牛が殺され、「裁きは終わった」という神の裁定を受けた。つまり、これによって罪ゆえの神の裁きを免れ、命を得たのである（レビ記一六章、他）。これは年に一度、毎年行われた。

他方、キリストはただ一度、それを信じる者の身代わりとなって神の裁きを受け、人間の罪を永遠に贖われた（ヘブル人への手紙九章）。

つまり、救い主キリストは、ご自分の死によって、人間の罪の結果である死を滅ぼし、遥か昔、エデンの東に神が封印されていた永遠のいのちの封印を解かれたのである。

人と神との関係が回復され、「救い主を信じて救いを得よ！」と聖書は勧告している。

では、キリストを知らない者は神との関係が失われ、永遠のいのちに与っていないのか。

その通り。人間すべては生まれつきこの関係が失われており、その事実を全く知らないのだ。

そして、その結果を刈り取っているのである。人間観の項で述べた通りである。

つまり、人間は生まれつき、神から勘当されており、罪人《つみびと》なのである。

神との関係を失ったのは、罪つまり、前述の通り、「神からの自由」が原因なのだ。

キリストの十字架は、神と人との間を結ぶ関係回復の手段、封印されていた永遠のいのちを解き放つ手段だったわけである。

（五）キリストの復活

イースターはキリストの復活を祝う祝典である。

キリスト者は復活をそのまま信じている。復活がキリスト教の土台であり、土台をぶち壊すことは、その上に乗っかっているキリスト教そのものをひっくり返すことなのである。

柊は復活の信仰を次のような譬えで説明する。

以前、彼と妻は友人の漁師さんに、タイを狙って船釣りに誘われたことがある。

その時、妻がカナトフグを釣ったのだ。リリースしようとしたら、「勿体《もったい》ない！　それは食べられるから！」と止められた。実際、家で食べたら大変美味《おい》しかった。肝は柊が食べた。美《う》味《ま》かったが、今も生きている。漁師さんたちはよく知っている。

けれどもご用心！　フグそのものに毒はなかったとしても、食べた貝やヒトデが毒を持っているなら危険だ。

一般に、フグの肝臓や卵巣は危険だとして禁止されている。知らないと大変だ。昭和三十八年のこと、九州場所で力士が何名か中毒になり、幾人か亡くなったと聞く。ちゃんこ鍋にフグのあらを入れて食べたのだ。

なぜ毒の有無の見分けがつくのであろう。それはフグに関する経験が今日まで蓄積されているからであり、遡《さかのぼ》っていくと、最初にフグを食べて死んだ人や、「いやこの種類なら食べられる」と言って食べて安全だった人たちの時代にたどり着く。ずいぶん昔のことだろう。それは連綿と下って今日に至るのである。つまり、体験に基づいた知識によっているのだ。

復活も同様だ。遡ると復活を体験した世代にたどり着く。パウロは次のように書く。（傍点筆者）

私があなたがたに最もたいせつなこととして伝えたのは、私も受けたことであって、次のことです。キリストは、聖書の示すとおりに、私たちの罪のために死なれたこと、また、葬られたこと、また、聖書に従って三日目によみがえられたこと、また、ケパに現れ、それから十二弟子に現れたことです。

その後、キリストは五百人以上の兄弟たちに同時に現れました。その中の大多数の者は今なお生き残っていますが、すでに眠った者もいくらかいます。

その後、キリストはヤコブに現れ、それから使徒たちも、全部に現れました。

（コリント人への第一の手紙　一五章三節〜七節）


つまり、復活を信じているクリスチャンたちの信仰は遡ると初代のキリストの復活を体験した人たちの信仰にたどり着くのである。

復活の信仰は次の世代さらに次の世代へと脈々と受け継がれ今日に至っているのである。

ではその初代の弟子たちはキリストの復活の前はそのことを信じていたかと言えば、そうではない。事実、彼らもイエスの十字架の時、自分たちの主を見捨てて逃げ出したのである。

信心深い女性たちですら安息日明けに墓に赴いたのは死体に香料を塗るためであった。

少し長いがヨハネによる福音書の原文を以下に載せておこう。


さて、週の初めの日に、マグダラのマリヤは、朝早くまだ暗いうちに墓に来た。そして、墓から石が取りのけてあるのを見た。

それで、走って、シモン・ペテロと、イエスが愛された、もうひとりの弟子のところに来て、言った。「だれかが墓から主を取って行きました。主をどこに置いたのか、私たちにはわかりません。」

そこでペテロともうひとりの弟子は出て来て、墓のほうへ行った。

ふたりはいっしょに走ったが、もうひとりの弟子がペテロよりも速かったので、先に墓に着いた。

そして、からだをかがめてのぞき込み、亜麻布が置いてあるのを見たが、中に入らなかった。

シモン・ペテロも彼に続いて来て、墓に入り、亜麻布が置いてあって、
イエスの頭に巻かれていた布切れは、亜麻布といっしょにはなく、離れた所に巻かれたままになっているのを見た。

そのとき、先に墓に着いたもうひとりの弟子も入ってきた。そして、見て、信じた。

彼らは、イエスが死人の中からよみがえらなければならないという聖書を、まだ理解していなかったのである。

それで、弟子たちはまた自分のところに帰って行った。


（ヨハネによる福音書二〇章一節〜一〇節）


これは、ペテロとヨハネによる、キリストの復活を目撃したその記録である。

信じていなかった弟子たちがキリストの許に戻り、教会を形づくり、命を投げ出してでも復活を宣べ伝えたのは、復活を体験したからであり、それ以外の何ものでもない。

キリストが復活されたのでなければ、キリスト教も、教会もこの世には存在せず、キリストの十字架は過去のこととして忘れ去られていたであろう。

疑わしいことのために自分の命を差し出す者はいない。復活の体験は、命をかけて福音を宣べ伝える爆発的な力となり、現下の新型コロナ以上の勢いでローマ帝国に拡がり、かの有名なネロ帝の迫害、ディオクレチャヌス帝の大迫害を通り抜け、ついに世界帝国ローマを席捲し、西暦三九二年にはキリスト教をローマの国教とせざるを得ない事態にしたわけである。

キリストを信じる者の中には、この方が御霊として宿られる。キリストの復活のいのちがその人の中に宿るのだ。それは、第八章の「人間の歴史」でも述べるが神がケルビムと火の剣で封印されていた永遠のいのちであり、キリストがその封印を解かれたからである。

(六) 救い~人と神との関係回復~

以下のような、岩淵まこと氏の作詞・作曲による讃美歌（ワーシップ・ソング）がある。

♪主の前に　ひざまずき　心から　賛美捧げる♪
♪あなたはとこしえに私の神♪
♪主の愛に　満たーされ　心から　感謝さーさげる♪

♪あなたはとこしえに私の神♪

♪主の御手に　支えられ　この道を　歩み続ける♪

♪あなたはとこしえに私の神♪


短い、三節からなる讃美歌であるが、これをどうお感じになるだろうか？

人が神との関係を回復し、神とともにある幸いを感謝し、心から礼拝していると表現されるに違いない。

けれども、救いを経験していない人にとっては、説明されても、そのすばらしさを実感できないだろう。これは、ダビデと神との麗しい関係と同じものである。これについては後に述べるが、うらやましいとは思われないだろうか？

しかしすぐ前で述べたように、それを頭で理解してもその実感は、そうでない人には分からないであろう。人は自分の罪の姿が見えず、神との関係は断たれているのだから。

それが見えないので、自分は何者なのか？　どこから来てどこへ行くのか？　何のために生まれたのか？　苦しい人生を生きる意味があるのか？　こうした問いに答えを見いだせないのだ。

このような人間を見るに見かねて、神は私たちを救おうとされた。しかし、神は聖にして義なる方である。それゆえに人間の罪を簡単に見過ごすことはできない。

ジレンマの中で、神は罪も咎《とが》もないご自分の御子を人間の代わりに裁き、人間には、「お前には、罪の刑罰、永遠の死をと思っていたが、我が子をその身代わりにしたので、お前の裁きは終わった。これを信じるなら永遠のいのちを約束する」と宣言された。

以上は、神の側からの呼びかけであり、これに答えるのは人間の番である。

この神の宣言を理解し、信じ受け入れ、従うかどうかが、その人が永遠のいのちを得るかどうかの命運を分けることになるのだ。

だから、「なるほど」と理解するだけでなく、御前にへりくだり、「分かりました。自分がそれほどの罪人であり、キリストの命が身代わりだったとは知りませんでした」と、神に告白し、この救い主を信じ受け入れることが必要なのだ。

そうした者を、神は赦すこととされた。これにより永遠のいのちを与えられ、その人の「求道」の旅は終わり、これからは「究道」の旅を天の御国に向けてたどって行くのである。

頭の中では理解できるが、そんなに虫のいい話は……と、なかなか納得できない。何かを成し遂げた報酬として何かを頂くのが、伝統的な日本人の考えだからである。

また、日本人は自分の罪がそこまで、神の前に極悪《ごくあく》とは夢にも思っていないのだ。

むしろ、儒教的な道徳、仏教の教えを守ってきて人様に迷惑をかけたことはないと、良い意味の誇り、日本人的矜持《きょうじ》を保っていると思っている。

しかし、この日本人的矜持が曲者《くせもの》で、イエスに「永遠のいのちを得るためには、どんな良いことをしたらよいのでしょうか」と問いかけた若者について考えた通りである。これはキリスト教のシンパの方々も同じであろう。神の側からの呼びかけに答えることなしに、キリスト教的倫理を守って、これで安心と思っておられるなら、危険きわまりない。

先述のように人間の罪は、ある牧師が言ったように、「地獄レベル」なのだから。

具体的に述べるなら、神を敬わないのは神への不敬罪、親を敬わないのは親への不敬罪、殺人（心の中の殺人を含む）、不倫（思わせぶりな言動も含む）、盗み（ちょっと失敬から万引き、警察沙汰まで）、偽証（真っ赤〜ピンクのウソ、隠蔽）、貪《むさぼ》り（満足を知らない贅沢、暴飲や暴食）、他人への嫉み、憎しみ、争い、なすべき正しいことを知っていながら行わないことも罪である。こう言われると、柊自身も逃《のが》れられない。それは誰でもやっていると言われるかもしれないが、それは神を知らないからである。

救い主を信じ受け入れよと神は招いておられるのだ。これが福音なのである。

信じると、初めて神に会うので、それがどのような神なのか、先入観や固定観念のゆえにおっかなびっくりだが、交わりを深くするにつれてだんだん安心して、親しい関係を喜ぶことができるようになる。それはこの地上での確信ある人生、どんな苦難の中でも、この方に任せることのできる平安な人生、苦難に打ち勝つ力を与えられる人生である。

信じた者は教会に所属し、聖日にはこの神を礼拝するために喜んで集まる。

礼拝と言っても、一般の方にはなかなかお分かりにならないだろう。

人が神の前に心の膝を屈《かが》め、与えられた恵みを素直に感謝し、これを与えてくださった方を喜びほめたたえる。これが礼拝である。単なる形式的な儀式ではない。

また、同じ神を信じる者同士が互いに喜びや悲しみを分かち合い、祈り合う。まさに教会は天国のアンテナショップ、出張所である。

その地上の生涯の向こうには輝かしい神の国での永遠に続くいのちが待っている。

以上が福音（キリスト教の救い）の一筆書きである。

（七）教会〜救われた後のフォローアップ〜

しかし、ある人は言うであろう。

「そうは言っても、クリスチャンと言われる人で、いい加減な人もいるぜ！」

確かに、ロサンゼルスのある牧師が指摘している。「イエス・キリストを信じ受け入れたにもかかわらず、また元のドラッグやいかがわしい罪に舞い戻るクリスチャンと称する大勢の人々がいる」(17)と。

そこは多様な宗教や風俗の人々が住む頽廃《たいはいてき》的な街である。彼らも霊的には渇いているのだ。しかし、一旦キリストを受け入れる決心をしても、またそこの生活に戻っていくのだ。その人たちは救われるのであろうか？

「分からない、神のみがご存じである」

これが柊の答えである。

では、その人たちに何が必要だったのであろうか？

それは、彼らを受け入れる霊的環境という新たな器、教会が必要なわけだ。信じ受け入れる「決心」だけでなく、キリストやキリストを信じる者たちとともに歩み、聖書に記されている神の言葉によって「変えられていく」ことが重要なのだ。

「変えられていく」と言ったが、恐らく多くの人は、品行方正になっていくと取られるかもしれない。もちろんそれもあるかもしれないが、決してそれだけではない。

大まかに言えば、人間の知・情・意、及び霊的人格に神から賜《たまわ》る新しいいのちが吹き込まれるのだ。つまり、その人に神からの知性、感性、意志、霊的感性が与えられ、生きた知恵、生ける希望や光、平安、生きがいのある、生きる力を宿した人生に変えられていくのである。

時間はかかるが、一旦そうなれば、二度と、元の滅びゆく世界に戻ることはないであろう。

では、どうすれば人は聖書の言葉によって変えられていくのであろうか？

それは、キリストを信じる決心をした者が、教会の霊的交わりの中に入っていって温かく迎えられ、平安な居り場を得るところから始まる。ここで、キリスト教的な価値観に対する理解が深まり、彼も周囲の人々のように神の言葉に癒やされ、勧めに従いながら、造り変えられていくのである。

決心した時は確かにキリストに出会ったかもしれないが一時的な感情であったのかもしれな

い。もっとキリストに接してその方の愛と聖《きよ》さ、ご人格に触れ、この方とともに歩むすばらしさを体験すれば、その関係は切っても切れない関係になっていくのだ。

三位一体の第三格の聖霊は、キリストに代わり信徒や教会に働いておられる。

その人は、もはや元の生き方に舞い戻ることはない。「こっちのほうがすばらしい」と分かっているからだ。

それが教会なのである。変えられていない人々との交わりの中にいては、また、元の生活に戻ってしまうのだ。人間は環境の動物であるから。

教会は、断酒会みたいなものだ。互いに励まし合い慰め合いながら、少しずつ価値観や世界観が変えられてゆき、誘惑に打ち勝つことができるようになる。

ただ、断酒会と教会と根本的に違うところは、教会には十字架（赦し）と天国への切符、神の言葉（真理、慰めと勧め、戒め）、及び聖霊のご臨在がある。

決心した者が積極的に交わりに加わることと、その受け皿としての教会の霊的風土とプログラムがどうであるかの重要性が問われる所以である。

というのは教会には発展途上の人たちもいる。時には「こんな（ひどい）人たちもいるの！」と、人につまずくこともある。赦された罪人たちの集まりなのだ。少しずつではあっても、教会の中で人格的に変えられていかなければなるまい。

教会に行かずに、一人で聖書を読み、自宅でインターネット礼拝をする人たちもいるだろう。

教会につまずき、行けなくなった人もいるだろう。そんな彼らを、私たち人間が裁くことはできない。

とはいえ、交わりによって様々な考えやスタイルの人に接して、互いに癒やされ、信仰を引き上げられるのも事実である。

また、内村鑑三が始めた無教会派というグループもある。当時の教会、あるいは牧師につまずかせるものがあったのかもしれない。無教会と言っても一般の教会と何ら変わりない礼拝と交わりをしておられる。その集まりは教会そのものである。

柊もその方々を尊敬しており、彼の次男は内村鑑三の弟子によって創設されたA高校で三年間を過ごし、受験教育でなく、その後の人生の根幹となる、知的教育だけでない情操教育や善悪の基準、価値観、世界観に関するすばらしい霊的教育を受けた。

さて、ここまで救いを受けた後のフォローアップについて説明してきたが、これをなるほどと理解できても、それだけではまだ知的理解の域を出ず、「絵に描いた餅」であり、これをさらに実感するためにはこれを感謝して受け取り、自分とこの方との親しい関係を日常生活や人生の中で体験しながらつくり上げていく体験的理解が必要である。

キリストと人との関係は、結婚する相手と自分との関係のようなものだ。

それを理解し、実践すれば、おいおい神がどのような方であるか、この方とともにあるすばらしさが分かり、本当にそうだと実感できるようになる。

（八）神を知るとは？

先にも書いたが、物事や人物を本当に知るには、様々な経験を通して知るしかない。ドイツ語でも、wissenとかkennenとかerfahrenという言葉があり、知るという言葉を使い分けるが、日本語でも「知る」という言葉と「識《し》る」という言葉がある。経験を通して得る知識、これはオンラインや座学、教科書で学ぶことができない。学ぶのは体験して学ぶしかない。OJT（On the Job Training）だ

神を知るということについても同様で、神についての知識ではない。神についてなら神学校に行けば学べる。そうではなくて、ここで言っているのは神とともに歩む体験を通してこの方を識ることなのである。

結婚を例に取ると……結婚相手についても、スナップ写真や履歴書を見てデジタル的な文字情報や画像による相手は分かっても、その素顔は分からない。実際に付き合ってようやく相手がどんな人であるかが見えてくるものだ。

それでもまだよそ行きの顔なのだ。あばたもえくぼで欠点が見えないかもしれない。

結婚し、生活をともにして、初めて相手の素顔を知ることになる。相手の外見でなく、善悪の判断基準はどうか、金銭や時間の感覚はどうか、勤勉か怠惰か、優しいかドライか、感性が豊かかどうか、感情の起伏はどうか、几帳面か杜撰《ずさん》か、一緒にいて楽しいか、落ち着けず息苦しいか、子育ての方針はどうか等々。これらは間もなく分かるが、互いの感じ方や考え方、や

り方の違いや、価値観や世界観などはすぐには分からない。しかし、分かればしばしば相手にがっかりする。

神やキリストについても、がっかりする以外は全く同じである。

男性と女性の考え方や感じ方が違うように、神様と人の感じ方や考え方は全く違うのだ。

そればかりではない。相手と接することにより、自分のほうも自己を知らされる。その中で相手に対する愛や尊敬を表現する方法などを成長に応じて生涯に亘り学んで行くのだ。

例えば女性は、「自分を尊敬してほしい」という男性の思いを知らない。だから自分自身が考える接し方をして夫を怒らせ、なぜ夫が怒ったのか分からないという妻もいるのだ。

逆に、男性は、女性がどんなに愛してほしいかを知識として知ってはいるが、具体的にどうするのか知らない。だから、深くは考えずに、せっかく心を込めて料理を作って待っている妻に、「今日は、友達に誘われたから、夕食は要らないよ！」と電話一本で済ませたり、全く連絡せず、いつまでも待っている妻を悲しませたり、お冠《かんむり》にさせたり……。

神様に対する接し方も同じである。

神様がどのような方か、またその方にどのように接すべきなのかを知るのは、夫婦のようにともに歩む経験を通して少しずつ知ってゆくものだ。

神の聖さ、その義、約束（契約）を守る誠実さ、忍耐といつくしみ等々について、また、自分のほうでも自分の罪の深さ、神の愛に応える感謝や礼拝のあり方などについても生涯に亘って学んで行くことになるのである。

このような、神と人とのすばらしい関係は、イスラエル王国の二代目の王であったダビデの生き方の中に垣間見ることができる。彼は幼い頃から神とともに歩んだ人であった。

（九）主は私の羊飼い

ダビデ王の有名な詩篇二三篇を読むと、人と神との麗しい関係が、羊と羊飼いの関係に譬《たと》えられていてよく分かる。これこそが、神を信じるということなのだ。

つまり、人が神を、ちょうど羊が羊飼いを疑うことなく信頼しきっているように、親しい信頼関係の中で、安心して生きている姿、これこそ信仰の姿である。

先にも述べたように、ヒルティが言った、二種類の幸福の後者、つまり人生の最上の幸福は「神のそば近くある」ということである(15)。


主は私の羊飼い。私は、乏しいことがありません。

主は私を緑の牧場に伏させ、いこいの水のほとりに伴われます。

主は私のたましいを生き返らせ、御名のために、私を義の道に導かれます。

たとい、死の陰の谷を歩くことがあっても、私はわざわいを恐れません。あなたが私とともにおられますから。あなたのむちとあなたの杖、それが私の慰めです。

私の敵の前で、あなたは私のために食事をととのえ、私の頭に油をそそいでくださいます。

私の杯は、あふれています。

まことに、私のいのちの日の限り、いつくしみと恵みとが、私を追って来るでしょう。

私は、いつまでも、主の家に住まいましょう。


（詩篇二三篇）


詩は知恵を絞れば書けるわけではない。詩人には豊かな感性があり、その感性をもって感じたことの発露が詩として綴《つづ》られていく。多少の推敲《すいこう》の余地はあったとしても。

それがこのダビデ王の詩篇である。

ダビデが羊のためには命をかける羊飼いの少年であったことはつとに知られている（第一サムエル記一七章三四節、三五節）。

その後、彼は数々の試練の中で神の選び、守りといつくしみを経験し、自分の若い頃の羊飼いの経験とダブらせながら、神と自分との関係を羊飼いと羊に譬《たと》えて詠《よ》んでいる。

彼は豊かな感性だけでなく、霊的な感性にも恵まれていたのだ。

柊がこの詩篇に出会ったのは、クリスチャンになり立ての大学一年の頃である。牧歌的なすばらしい詩篇だなぁとは思った。だが、ダビデの敬虔な心、神への感謝と礼拝について教えられ、頭では分かるものの、それを霊的感覚で理解し、実感することはできなかった。

しかし大学病院という職場で、クリスチャンであるがゆえの忍耐を要する数々の辛酸《しんさん》を舐《な》めて、この詩篇が自分の、神から守られている経験とダブって映るようになったのだ。

さらに以前は、「むち」を日本人的な考えで「神からの試練」と考えていたが、ここでは違うと分かるようになった。ここに出てくるむちは羊飼いが狼などの敵を追い払う時に使う、皮紐の先に石や骨を結び付けたものである。羊を打つためのものではない。彼の妻に確かめてみても、「自分の可愛い羊をそんなものでむち打つはずなんてないわよ！」が彼女にとっては当然の答えであった。

柊は、ダビデのように神様とともに歩んだ経験が入信した頃にはなかったのだ。

しかし、神に対する見方（霊的な感覚）も次第に変わってきた。

一方、以前から彼の抱いていた神の心象は日本人的な勧善懲悪の、どちらかと言えば、厳しい神であった。恐らく彼が儒教的な道徳を植え付けられて育ったせいであろう。

けれども、日や月のスパンでなく、年のスパンで神への心象は、次第にいつくしみ深い恵みの神に修正されてきたのだ。これが本来の聖書の神、恵みの神の姿なのだ。

そして、信仰においては知性や意志だけでなく、感性や霊的感性が如何に大切か、また、そのためにも、神とともに歩む経験がどんなに大切か、分かるようになった。

神とともに歩むとは、慈愛と峻厳の神をいつも自分の右に置き、内住される神の御霊の臨在を感じながら安心して歩んで慰めを受け、また、神の御旨《みむね》に従って歩むことである。

その結果、柊も、神のいつくしみに対する思いや感謝を実感できるようになってきたのだ。つまり、神と自分との関係をすばらしいと実感するようになったのである。

彼がこの神にたどり着くには三十年近くかかったが、そうではない人もいる。

彼の教会の小グループでの会話の中で、ある青年が、彼は牧師の末っ子の息子さんであるが、「当時はドローンなんかなかったが、神様の存在がいつもドローンのように自分の上を飛んでいるように感じていた」と言う。

「それは監視しているように感じる？」と周囲から問われると、「いや、そうではなく、安心できるんです。困った時に祈りに導いてくれるのです」と彼は答えてくれた。

親が神様をそのように感じていれば、その感覚は幼少のうちにその子に育ってくるのだ。

柊とその青年とは、幼少の頃の生育環境が全く違っていたことである。

柊は厳格な儒教的環境の中で育ち、その青年はクリスチャンホームで育ったのだ。

柊の内に彼のような感覚が育つのには、信じてすぐにではなく、ある程度の時間と経験が必要だったわけである。知的な概念は入れ替わっても感覚的な実感が入れ替わるには時間を要する。つまり、求道により神の国の狭き門を探し当て、中に入ってそのすばらしさを経験するが、もっと広く深く究めるには時間と経験を要するのである。

その後、彼もダビデと同じ心境を経験するようになり、この詩篇に対する印象も変わった。以来、この詩篇は彼の大好きな詩篇となった。日頃、感情に駆られて臨戦モードになり、打ち負かされて敗戦モードになろうとしていても、この詩篇を想い浮かべるだけで神を礼拝するモードになり、神からの慰めを受け、感謝の気持ちが心の底から湧き上がってきて、凱旋《がいせん》モードになるのである。凹んだ気持ちも感謝と喜びに変えられるのだ。

（一〇）キリスト教信仰はアヘンか？

このようにダビデのことや、柊の経験を聞くと、ある人はマルクスが言ったように、宗教はアヘンではないかと言われるかもしれない。

けれども、マルクスは父がユダヤ教のラビ（のちにプロテスタントに改宗）であったので、厳しい父、いや、それより封建的なプロイセン国家への反発と貧しい人々への愛から、共産主義に走ったのではないかと柊は考えている。当時は恐慌で労働者は貧困にあえいでいたと言われる。

彼はプロテスタントの信仰の真のあり方を突き詰めないうちに、父の許を飛び出し、多感な時期に無神論者と付き合い、プロイセン国家への義憤と反発をさらに強め、経済学他、様々なことを学び、『資本論』を著わしている。

若い頃は正義感が強く、父親や権威への反発があるものだ。そのような人を柊は何人も知っている。学校の教師の息子、牧師や僧侶の息子、医師の息子……。

マルクスの「宗教はアヘンである」との言葉は、神からの自由を求める人たちに歓迎された。

しかし、人生の様々な苦しみの中にあっても、この神を信じて幸せであるなら、それでも良いではないかと、柊も彼の妻も思っている。

（一一）百歳で天国に凱旋《がいせん》した女性

百歳で天国に旅立ったクリスチャン女性がおられた。

彼女は、福岡のある教会の牧師夫人の実母で、柊の勤務する医療介護関連施設に入所してこられた。百歳前とは言え、頭のはっきりした患者さんであった。

そこのクリニックでは、柊がその人の主治医であった。診察の度に、先輩の信仰の秘訣を知りたいと、彼女の信仰の姿を教えてもらっていた。

彼女は十六歳で上京し、ある本で神様のことを知り、通りがかりの人に尋ねたところ、「それはキリスト教会だよ」と言われ、ある女性宣教師のいる教会にたどり着いた。

そこで熱心に聖書の話に耳を傾け、キリストを受け入れ、十八歳頃に洗礼を受けた。

二十一歳で結婚したが、ご主人が病弱であったため、化粧品と生命保険の二つの外交をしながら子ども三人を育て上げた。その時、彼女に慰めと励まし、力を与えたのは、イエス・キリストとその父なる神、聖霊なる神であった。そして、地元に帰ってからは、ご高齢になるまでそこの教会の主要なメンバーの一人であった。

この女性の歩まれた道を思うと、信仰とは、また信仰によって得たキリストのいのちとは、単なる平安な人生だけを意味するのでなく、人生の様々な困難を乗り越えさせる神の力なのだと、柊は思う。

彼女は、いつも、「私は一番の幸せ者」と言っておられ、介護施設での礼拝の時間に、その当時その施設のチャプレンをしていた柊の次男から、「天国に行ける確信のある人は？」と聞かれたら、真っ先に手を挙げておられたそうだ。

彼女にとっての神は、人生の中で体験した神であり、ともに歩み、信頼を裏切らない、いつくしみ深い神であった。

このような人の人生は、確信と喜びにあふれた幸せな人生でなくて何であろう？

だから、人から何と言われようと、本人がすばらしい人生であったと言われるのだから、それで良いではないか。

（一二）様々な求道者

一方、キリスト者と称する人が、教会での楽しい交わりをのみ追い求め、十分な聖書の真理やその日常生活への適用と実践が乏しいと批判されることがある。

また牧師の子弟が、親に対する反発も手伝ってか、先に書いた福音のすばらしさの十分な理解を得ないまま、インドやチベットの密教に惹《ひ》かれ、求道と称して修行を積むということを聞いたことがある。これらのことが、残念ながらキリスト教の救いに対する誤解やつまずきを与えているのも事実である。

しかし、柊は自分の経験を通していつも思っているのだが、人は救いを受けても、一足飛《いっそく》びに信仰の高嶺《たかね》に登ってしまうことはない。むしろ、仕事や趣味、スマホ、娯楽、学問の楽しさに心を奪われ、少しずつしか登らない、いや、登れないものなのだ。

現在の柊に言わせると、「こんなにすばらしいものが詰まっている天国の宝の函《はこ》を掘り当てたのに、どうしてその函を開けようとしないんだろう！」という感覚なのだ。

しかし柊自身も、医療や医学を学ぶ楽しさに魅了され、それを一時忘れていた。

宝の函を見つけ掘り出すことがどんなに重要か、中の宝を一つひとつ楽しみながら、それにより人が成長するプログラムを持った、寛容でかつ霊的な風土が教会にどんなに必要であろう。

受洗後の歩みは、よくウサギとカメに譬《たと》えられる。救いを受けて安心して眠ってしまう信徒もいれば、着実に心して登り続ける信徒もいる。前者は救いの一合目には留まるが、二合目、三合目のすばらしさを味わうことはない。

一方、後者は何合目までか登り、さらに見晴らしが良くなるので、もっと上を目指す。

また、眠ってしまったウサギも、何らかのきっかけや経験で真剣に神と向き合うようになれば、その後は一気に二合目、三合目と登るものなのだ。信仰の本気度が問われている。

何らかのきっかけや経験とは、それは苦難に遭遇して神を求めるようになるとか、すばらしい信仰の先輩に出会って、自分もそのようになりたいという渇き、モティベーションが起こり、彼の内に内在される神の御霊が働かれる時である。

キリスト者ではないが、先に書いた漱石も真剣に真理を求めた求道者であった。

しかし、当時の文壇で何人かが先んじて洗礼を受けたが、その後、間もなく教会をやめたと言われている。彼らは求道してキリストに出会ったが、それ以上究道しなかったので、福音の奥深さの十分な理解を得ないまま、教会をやめたわけだ。

その人たちは、漱石にとってつまずきとなり、漱石がキリスト教嫌いになった原因であると、『漱石・芥川・太宰と聖書』を著された奥山牧師(6)が述べている。

柊は、この方の著書を自分の診察室の本棚に置いていた。

彼は毎日十人前後の方の健診を担当している。生活習慣病やがんの疑いなどの問題点を診断し、精密検査や治療の勧告や案内、日常生活の注意点などを書面で本人に報告する。

最近のことだが、六十代のある男性を彼は診察した。観光バスの運転手さんであった。その人は彼の本棚の中のこの本を目ざとく見つけて、不審な顔をして、「漱石や芥川は分かりますが、太宰も聖書を読んでいたんですか?」と聞く。

柊は内心、「おやっ、この人はよく小説を読む人なんだな」と思いながら聞いていた。

「漱石や芥川は二人とも超一流の作家ですからね。でも、太宰はどうなんですかね? 彼は女性問題で心中しちゃったのに!」と、言う。さらに、「お坊っちゃんだったので気が弱かったんですかね」と、太宰についてもよく知っている。

柊のほうから、「三人とも聖書を読んでいて、その理想を追い求め続けたようですが、聖書の隠された宝（福音）の理解には至らなかったようですね。漱石も芥川も立派な人だったようですが、心の内には人には言えないおぞましい思いがあると告白していますよ。それからの精神的解放を求めていたんでしょうね」と話し込むと、目をうるませながら、「小さい頃、お菓子をもらえて楽しかった教会学校や牧師さんを思い出したんですよ」と、思い出を語った。さらに、「私は小さい頃、父親から今で言う虐待を受け、捨てられたんですよ」とも打ち明けてくれた。

柊は、「大変だったんですね」としか言いようがなかった。

彼は、「ああ、今日は素《す》になれた」と、涙目ながら嬉しそうであった。

福音について手短に話したが、理解できたかどうか分からない。診察の後、彼は手許にあった『天声塵語』⒅を毎日一ページ読んで、思い巡らすようにと差し上げて別れ、彼が教会に行ってくれるように神に祈った。

牧師だからといって、侮ってはならない。その先生は漱石を若い頃から読み、神を信ずるに及んで、漱石の求道の精神が何であったのか、彼の後半の小説の主題がなぜ人間の良心と自己《エゴ》との相克《そうこく》なのかが分かるようになり、さらに、なぜ漱石が聖書を読み、その真理に肉薄しながらも、それに達することができなかったのか、聖書と福音を知るがゆえに分かるようになったのだ。

漱石論者の多くが聖書を知っていても、漱石の苦しみの真相に迫ることなく、漱石を批評あるいは偶像化していると嘆いている。体験としての救いを知らぬがゆえに、漱石の苦しみに肉薄できないのであろうか。

漱石の求道の真剣さを思うと柊も同感である。そんなに簡単にこのような罪が赦されるはずはないと漱石は思っていたのだ。そして先に書いた日本人の『菊と刀』(5)の呪縛《じゅばく》に嵌《は》まってしまい、日本人特有のキリスト教に対する誤解の壁を乗り越えられなかったのだ。

もちろん『菊と刀』は漱石よりも後の時代だが、彼女のレポートのテーマは、日本人の心を占めている遥か昔からの儒教や武士道、つまり日本人のものの考え方の土台である。

(一三) パスカルの賭《か》け

一方、まじめに、しかも論理的に真理を求めた人もいる。

近代科学に偉大な業績を残し、「パスカルの原理」や「ヘクトパスカル」という気圧の単位でも知られるパスカルは、科学者、哲学者であるとともにキリスト者でもあった。科学者としてはよく知られているが、キリスト者としてのパスカル(19)についてはあまり知られていない。

彼は「人間は考える葦である」と述べて、人間はすばらしい理性と同時に、存在の危うさ、弱さ、身体的・精神的・倫理的な弱さを抱えていると指摘している。だが、この弱さを乗り越える道があるのだと、彼自身も経験したキリスト教について述べている。

原文では、数学者として厳密を期して書き連ねたのか、ややこしく、迂遠《うえん》で分かりにくい文章であり、結論を早く知りたい現代人にはまどろっこしいと思われるかもしれない。煎《せん》じ詰めると、人生は「神はあるか、またはないか」を巡る賭けであるというのが論点である。不確定なことに自分の人生を懸けるのだから、まさに重大な賭けである。

現代の科学の時代でも、神はあるともないとも証明することはできない。しかし、理性を正しく適応すれば、理性を妥協させることなく、この賭けの存在に納得し、賢い人なら神はあるほうに賭けるはずだと述べている。

「神はある」に賭けると、信じる前の人生に、彼の言う第二のいのち、すなわち、神を信じる誠実な人生が加わり、賭けに負けた（神がおられなかった）としても失うものは何もなく、勝った（神がおられた）時には第二のいのちに加えて、第三の「永遠のいのち」を儲《もう》けるというものである。

一方、「神はない」に賭けると、勝った（神がいない）時には確かに失うものはないが、負けた（神がおられた）時には、上の幸いな人生と永遠のいのちを失うことになると。「でも、賭けないで済ませる方法もあるではないか」という反論も、彼は想定している。

彼は主張する。この賭けは任意の賭けでなく、不可避の賭けであり、人生は、既に始まっているからだ、と。彼の言葉を借りれば、「君はもう船に乗り込んでしまっているのだ」と。つまり、この地上に生まれ出た以上、どちらかに賭けなければならないと言うのである。

そして、この賭けの内幕を見通す方法はないのかという質問に対して、聖書とかその他のもの、と答えている。

柊の考えでは、聖書以外のその他のものとは、現代では異端やカルト的でない、正統的な教会、正統的なキリスト教書籍、キリストのいのちに生かされている知性と感性、霊的感性、常識の備わったキリスト者とその証し等であろう。

彼は、この賭けの存在は理性を持ち合わせている人なら必ず分かるはずであり、理性でその入り口まではたどり着けると言っている。

そして、その入り口からさらに一歩、中に踏み込むのを妨げているのは、信じる力（筆者訳：信頼する心）がないからであると彼は言う。

以下は柊の考えであるが、信仰はこの地上の世界から神の世界へのジャンプである。知、情、意のうち、知、つまり知っているだけではだめで、一時的感情だけでもだめで、意志を用いて決心し、この世界に飛び込み、そこに留まるのである。

柊が使う譬えは、子どもが机の上から、何の躊躇《ちゅうちょ》もなくお父さんの胸に飛び込むようなものであり、信じる力のある人は、神の胸にジャンプして飛び込むのである。

パスカルは言う、「さあ、どちらに賭けますか？」と。

自分が得た救いを他の人にも、どうにかして伝えたいという彼の気持ちが伝わってくる。

第八章　人間の歴史

一．人類の始祖アダムの失敗

聖書の創世記の初めを読むと、エデンの園の中央に、いのちの木と善悪の知識の木という二本の禁断の木が植えられていた（創世記二章九節）。

これは柊の勝手な考えかもしれないが、その二つとも、神はいずれ人に与えようと考えておられたのではないか。人が神に従順であれば……。

ところが、その「禁」を破ってアダムが善悪の知識の木の実を食べ、神から勘当された。別の言い方をすれば、「神からの自由」を獲得した最初の人であったと言うことができる。

これが罪の本質であり、彼がその誘惑に駆られて神への従順を忘れ、その代償として、「神とともにある平安な関係」を失ったばかりか、弱肉強食の事態をその身に招いた。

同時に、神のみがお持ちの絶対的な真理と、永遠のいのちは得ることができなかった。ゆえに人間は盗んだ知恵を用いて真理を求め、いのちをも創り出そうと研究している。

因みに、「禁」という字は、二本の「木」の下に神と関係のあることを表わす「示」という字がある。ある人によると、これは二本の木を神が禁域を設け守られていたことを表わしているという。まんざらこじつけでもなさそうである。

さて、もう一本のいのちの木は、人が取らないように神が守るようにされたとある。

神である主は仰せられた。「見よ。人はわれわれのひとりのようになり、善悪を知るようになった。今、彼が、手を伸ばし、いのちの木からも取って食べ、永遠に生きないように。」

そこで神である主は、人をエデンの園から追い出されたので、人は自分がそこから取り出された土を耕すようになった。

こうして、神は人を追放して、いのちの木への道を守るために、エデンの園の東に、ケルビムと輪を描いて回る炎の剣を置かれた。

（創世記三章二二節〜二四節）

いわば、永遠のいのちは神が封印されたわけだ。

二. 真理と自由、平安の獲得の歴史

人間の歴史は、未知の真理と自由、及び神とともにあった時の真の平安を取り戻そうとする戦いの歴史であったと言うことができるだろうか。

人間は自然の中に潜む真理を、与えられた知恵によって探究し、自然の制約から自由になることの積み重ねにより今日の便利な社会を築いてきた。それは科学とも言えるものである。

一方、自然からだけでなく、人間性の内にある制約（抗しがたい欲情、制しがたい怒り、他人への恨みや嫉み、偽装してでも競争に勝ちたい罪深い性質、神の裁きへの不安等々）からも逃れたいという本性がある。それは、他人の恣意《しい》、また自分自身の内にある不自由や不安から解放されたいという本能なのであろう。これは、哲学や宗教につながってくる。

さらに人間は、与えられた知恵によって、盗み損ねたもう一本のいのちの木、つまり永遠のいのちをも手に入れようと研究している。それは封印されていたが、イエス・キリストによってその封印を解かれ、キリストの内に隠されている。既にこの永遠のいのちを得た人は大勢おり、キリストへの信仰によりこの永遠のいのちを獲得する人は今も世界中で現在進行形である。

けれども残念なことに、この事実とすばらしさは、分かる人には分かるが、そうでない人の目には隠されているのである。

三．中世の双子

さて、中世の時代の西欧（ヨーロッパ）に「双子の兄弟」が生まれた。

当時の西欧は、「歪《ゆが》められたキリスト教」が時の政治的、宗教的権力に利用されて幅をきかせ、いわゆる暗黒の世界に覆《おお》われていた。地動説を唱えたガリレオが、裁判によって弾圧されたように、真理が歪《ゆが》められ、人間性が抑圧されていた。最近になって教皇がガリレオに謝罪したのはご存じの通りである。

もちろん地方に行けば、地道に修道院などを中心に、キリストに倣い、キリストの教えを実践して人に仕える多くの純粋な人たちがいたことも事実である。

当時は、現在のようにカトリックとプロテスタントという二つの流れはなく、キリスト教の流れはこれ一つだったのだ（正確には、コプト教やギリシャ正教、ロシア正教の東方正教などは既に出来上がっていたが）。

さて、先ほどの双子の兄弟は、長男が修道僧という宗教人、次男が科学、芸術、哲学を得意とする文化人という道を選び取り、真摯な思いで真の自由を見つける旅に出た。二人は半ば意識的、半ば無意識に互いを利用し合い、協力し合いつつも反発しながら旅を続けた。

長男は失われていた聖書の真理を勝ち取った。一方、次男は様々の自由を勝ち取り、今日に至っている。

お気付きと思うが、この双子の兄弟とは宗教改革と文芸復興（ルネサンス）のことである。

二人は全く違って見えるが、その根っこは同じで、いずれも中世の宗教的暗黒時代に、真理と自由、平和を希求し、人間の本性を取り戻そうという運動だったのだ。前者は宗教的な立場から、後者は人道的立場から真理と自由と平和を求めていたのである。

この双子はプロテスタントとルネサンスという姿を取り、長男が、聖書が説く恵みの信仰や万人祭司制という真理、聖書の普及等の恩恵を回復させた。彼は、神が聖書の中で約束されていた真理にたどり着き、信仰による魂の自由を勝ち取ったのである。

一方、次男は科学や芸術の大いなる発展を勝ち取り、様々な科学上の真理の発見、基本的人権、民主主義、言論や表現の自由などの社会的恩恵をもたらし、欧米のキリスト教社会を築き上げた。

四．キリスト教に溢れている日本

前の項でも述べたように、そのキリスト教的文化、キリスト教に起源を持つ制度は、仏教国と言われる日本にも及び、私たちは知らないで空気のようにその恩恵に浴している。

カレンダー一つとっても、それが分かる。西暦何年などと使われているが、それは、キリストの生誕を起点にしている。B．C．とはBefore Christ（キリスト以前）であり、A．D．とはAnno Domini（主以降）という意味であることはご承知の通りだ。

さらに一週間七日刻みであるのは、キリスト教の源流であるユダヤ教に起源を持っている。ユダヤ教では土曜日が休日だったのであるが、当時のローマ帝国で、キリスト教徒はキリストの復活を記念して日曜日を聖日としていた（新約聖書、使徒の働き二〇章一節）。

日頃、私たちが使っている暦は、遡《さかのぼ》るとグレゴリオ暦を起源としている。列強に仲間入りしたい明治政府はこの暦を取り入れ、先進国に倣《なら》って日曜日を休日とした。それは本来キリストの復活の日、身体を休ませ、救いを与えてくださった神を礼拝する日なのである。

このようなキリスト教文化に囲まれながら、日本人の真のキリスト教人口、すなわちキリストを自分の救い主として受け入れ、救われた人の人口は一パーセントにも満たないと言われるが、九九パーセントの一般的な日本人はどうなのであろうか。

仏教国と言いながら、一神教の人々のように此岸と彼岸の全存在を仏に預け、礼拝することをしない民族は、外国人から見るととても不思議な存在なのである。

第九章　日本人の求道心

とは言いながら、日本人に求道の心がないかと言えば、そうではない。頭の片隅には、心の拠り所となり、いのちを預けることのできる本当の神はどれだろうかと、遠目にじっと眺めているのではないだろうか。それほど、日本人は慎重居士《こじ》、完璧を求めるあまり、優柔不断で、悪く言えば「あと回し主義」なのだ。

あたかもグルグル回るコマネズミのように働いており、立ち止まって考える余裕のない現代社会に生かされていて、あと回しにせざるを得ないのだ。一番大事なことなのに！

しかも、この情報過多のIT時代、仏教についても、キリスト教についても山ほどの情報に溢れている。どれが自分の求めているものなのか、どれが本物なのかすら、全く分からなくなってくる。深い情報の森に迷い込み、もう出ることもできなくなってくる。

さらに、キリスト教と偽って様々な宗教がある。時々戸別訪問をする人たちが、「聖書を勉強しませんか」とやって来る。どれがキリスト教の本物か区別がつかない。

柊は、求めてやって来る人たちに自分も知っている尾形牧師の著した『異端見分けハンドブック』[20]を勧めている。これは、四十年来日本で異端からの救出に関わってきたウィリアム・ウッド氏も推薦している。

他方、人が自分の全存在を預けることのできる神と、その神による救いについては、キリスト教書店に行けばそれに類する本はたくさんある。店主に聞けば、初心者に対して、救いについてはどの本が良いかも教えてくれるはずである。ところが、それは先に述べたようにキリスト教書店にしかなく、一般人の目に触れることはほとんどない。

そのキリスト教書店に行っても、これまた様々の専門的過ぎるキリスト教書籍まであるので、用心深く慎重な日本人には、「そこまではまだ」と一歩、身を引かせるものがあるのも事実だ。だから、店員に尋ねることすら躊躇《ちゅうちょ》するのである。

信じるだけで救いに与《あず》かり、その代価はいらないなど、お返しをしないと気が済まない、『菊と刀』の呪縛《じゅばく》に陥っている日本人にとっては、にわかには信じがたいのである。

一.ある眼科医の終末期での入信

「にわかには信じられない」とは、ある眼科医の言葉でもある。十年ほど前の話である。

彼女はその前年に、肺がんが見つかり、うまく原発巣は摘出できて退院された。しかしその後、頸椎や胸椎、腰椎に転移が起こり、放射線治療や化学療法の甲斐なく、最後には頭蓋骨に転移が起こり、彼女の友人のいる病院に入院されていた。

彼女は自分がどのような経過で亡くなっていくのか、よく理解しておられた。

その彼女の下で働いてきたクリスチャンの女医さんがいた。柊とは面識はなかったが、彼の同窓の牧師の教会に通っておられたので、その紹介で女医さんから電話がかかってきた。「その患者さんに私から話しておいたので、ぜひ本人に会ってほしい」と。

柊はホスピスを持つ病院で働いているが、牧師でもあるので、その眼科医の入院している病院に彼女を訪ねた。「♪いつくしみ深き♪」という讃美歌を歌ってから、手短にキリスト教の救いについて話した。彼女は一点を見つめながら聞いておられた。

感想を聞いたところ、「よく分かるが、にわかには信じられない」との答えであった。

しかしその後、彼女は周囲に、「とても感激した」「すばらしいお話だった」と話し、また彼女の妹にも、「今までこういう話を聞くチャンスがなかったからね。この期《ご》に及んでこんなすばらしい話を聞くとは」と言われたそうである。

「預言者は自分の故郷では敬われない」(マタイの福音書一三章五七節)という言葉は真理である。彼女はクリスチャンの妹から同じ話を聞いていたはずである。

彼女は福音のすばらしさが分かり、それを頭の中で反芻《はんすう》しておられた様子だった。

それは柊が学会で台湾に行く直前であった。妻も同伴して、台湾にいる次女に会うため、父の学んだ大学を見に行くためでもあった。台湾中部大地震(九・二一地震)のすぐ後であり、一階がつぶれた警察署や山頂の木々が土砂とともに滑り落ち、はげた岩山もあった。

一週間後、福岡に帰ってくると、緊急連絡が入っており、先の眼科医がキリストを信じて救いを得たいとのことであった。彼は妻と一緒に、空港から病院に直行し、信仰を確かめてから、一旦、自宅に帰り洗礼の道具を整え、ナースステーションに断って、クリスチャンの妹さんと付き添いの方の証人のもと病床洗礼を授けた。緊急で、夜であったので、主治医の先生に断る暇もなく、大変失礼したと彼は思っている。

彼の属している教会ではバプテスマという言葉の通り、浸礼《しんれい》を授けている。だが、病態やその他でそれができない場合もあり、そのような時は滴礼《てきれい》を授けている。

彼女は大変嬉しかったようで、彼女はお返しや罪滅ぼしができる段ではなかったが、幸せな最期であった。もちろん救いには、これらのお返しは不要なのである。

今の時代なら、免疫治療薬であるオプジーボも開発されているので、違った人生があったのかもしれない。

二．ホスピスでの患者さん

日本人には、納得いってからでないと信じられないとか、入信して自由を束縛されたくないという思いがあるのも事実である。しかし、死を目前にした状況では人はそんなことは言っておられない。藁《わら》にもすがる思いを持つのは当然である。

彼が勤めている病院のホスピスでも、それはしばしば経験するところである。彼の先輩であるB医師は、ホスピスが専門で、牧師でもあるので、そのような患者さんを数えきれないぐらい看取っている。「この病院に来て良かった」「先生に出会って良かった」「病気になって良かった」などと言いつつ、神にある世界を知った喜びを語って天国に凱旋《がいせん》されている。

柊も牧師なので、その病院で患者さんが救いに与る経験の仲介をすることがある。

このようなことがあった。

病院では患者さん向けの朝の礼拝が週三回行われており、彼も月に一回、説教を担当していた。礼拝出席者は三、四人及び自室のテレビでの参加者である。

彼はその礼拝での説教を終えた後、出席していた六十歳過ぎの女性に声をかけた。お会いするのは二回目であった。ホスピス病棟から毎回来ているとのことで、「ここに来ると、心がすっきりする」と言われていた。

柊には、その女性が自分も救いを得たいという思いを持っておられることが読み取れたので、「聖書の話がお分かりですか？」と尋ねると、「よく分かります」と答えられた。

「では、クリスチャンになりたいと思われますか？」と問いかけると、「ええ、ぜひ、なりたいです」と言われるので、「では、二、三お尋ねします。ご自分が神様の前に罪人であることをお分かりですか？」と尋ねると、「よく分かっています」と答えられた。

「イエス様が神から遣わされ、人々の罪の身代わりに十字架に架かって神様の裁きを受け、信じる者を救ってくださる救い主であることもご存じですね?」と尋ねると、「知っています」と答えられた。

「ではあなたのためにも十字架にかかられたのですよね?」とお尋ねすると……ややあって、

「そうですね!」と納得された。

その後、そこにいたクリスチャンの二人を証人に、柊が導き、信じる決心の祈りをされた。本人も周囲も、彼も喜んだ。病状が進んでからはもっと喜びが大きかったに違いない。後で、洗礼を受けられたと聞く。

身体はがんで朽ち果てても、その魂は神の国に迎え入れられたのである。

一方、儒教的な環境で育ったまじめな人々の中には、キリスト教の道徳律に到底自分は添い得ないという思いもある。けれども、健康にかげりが出てくると求道の心が強くなり、地上の向こうの世界に自分は入れるのかな?　という思いが出てくるのも事実である。

誰でも求道の心が真剣なら、救いを得ることができる。チャプレンもそのためにいる。

第一〇章　人を育《はぐく》む精神的・霊的風土

一．柊を育んだ精神的・霊的な環境

ここで、彼がどのような精神的環境の中で心身を育まれたかを記しておこう。

母方の祖父は佐々木重吉といい、明治時代に旧薩摩藩の刀研ぎ師の次男として生まれた。裕福ではなく、しかも次男であったが、「たましきっ」（魂利き＝賢い子）であった。

それで親戚のおばさんたちが進学を応援してくれて神戸の医家の書生となり、医学校に通い、苦学の末、医学を修め医師免許を取ったという。内科も外科もできて、肛門科は得意とするところであった。

しばらくは神戸にいたらしいがその頃に柞木《ゆすき》家の次女エミと結婚した。エミは当時のハイカラな神戸で西洋の料理やケーキの作り方などを学んだ由である。

その後、エミの実家である宮崎県小林市で「きみや病院」というところに勤めている。

その間に長男・高儀をもうけた。ちょうどその頃に同じ宮崎県北諸県郡高崎町（現都城市）

に、院長が亡くなった診療所を従業員もろとも買い受け、そこで医院を開業した。

そこでしばらく働き、資金ができたので土地を借り入れ、白い洋風の診察室、手術室などを建てた。その後、平屋の入院病棟を造り家族もろともそこに移り住んだ。

そこで柊の母である長女と次女が生まれ、手狭になったので、その医院の同じ敷地に日本間の本宅を造った。入院病棟とは渡り廊下で結んであった。しかし不幸にも隣家の火事の移り火により、本宅は全焼したという。

しかし、エミ、つまり彼の祖母は気丈で、才覚があり、仏教婦人会の会長を務めていた。積極性があったので、もう一度、同じ設計で本宅を建て直し、その家でさらに次男、三男、四男、三女、四女、五女が生まれた。

日中関係がきな臭くなり、「産めよ殖《ふ》やせよ」「欲しがりません勝つまでは」の時代へと進む頃であった。

のちに戦争未亡人となった柊の母は、ここ高崎で柊と彼の姉・妹を産んだ。

彼女の三人の子どもは、旧薩摩藩の影響の強かったこの田舎で育てられた。

表には立派な庭があり、槙《まき》や紅葉《もみじ》、椿、春には桜や八重桜、初夏にはつつじ、鹿の子ユリ、夏水仙、水槽には水蓮が咲き、四季とりどりの花が庭を彩《いろど》った。

柊は物覚えの良い子どもだったようで、誰が教えたか、庭の石段の上に登って、「私のお父さんは、戦争に行き、フィリピンの島々を渡り歩き、草や虫を食べ、最後はセブ島の沖リボンガオというところで戦死したのであります」と得意げに「演説」していたという。かすかに覚えているからには、三歳か四歳頃であったのだろう。

柊は、父の最期の時や場所を確かめるため宮崎県の小林市役所に電話して、父の戸籍謄本の写しを取り寄せた。取り寄せた戸籍謄本には、「耕造四男正彦　大正貳年九月拾貳日生　佐々木房枝ト婚姻届出昭和拾五年四月拾七日受付」、そして「昭和弐拾年壱月拾五日午後八時零分比島レイテ島リボンガオ西二十粁ノ地点二於テ戦死」と読める。子どもの頃、柊はセブ島と演説をしていたが、実際はその隣のレイテ島だったようだ。しかし、基本的なことは覚えていた。

父・正彦は二十七歳で結婚し、三十二歳で戦死したことになる。

さて話は元に戻る。

裏庭に大きな丹波《たんば》栗の木があって、夏にはその葉を食う白いクスサンの幼虫（毛虫）がいた。掴《つか》んでも棘《とげ》はなく、木の幹や家の壁には茶色で頑丈な網目状の繭《まゆ》を造り、中に茶色の蛹《さなぎ》がいて、触ろうとすると腰を振って威嚇《いかく》した。

小学生の頃には、その白い毛虫の頭と尻を両方から引っ張ると破けて内臓からはるさめ状のものが出てくる。それを酢につけて引き伸ばすと立派なテグスが出来上がり、それを持って釣りに行ったものだ。ナイロン製のテグスが出始める前であった。

その家の隣は豆腐屋さんで、そこのお婆さんは、蚕《かいこ》の繭を大きな鍋で煮て糸を紡いでいた。

数個の繭が、微妙な臭いのする薄茶色のお湯の中に浮かんでクルクル回っており、それぞれの繭から、糸を取り出し一本にして、径が五十センチぐらいの手回し車にそれを巻き付けていた。面白いのでしばしば見に行っていた。中の蛹は魚釣りの撒き餌になるという。

本宅の裏には蔵があって、米俵や書類、古い手紙等、色々な物が納めてあった。彼の姉は時々言うことを聞かず、たびたびエミお祖母ちゃんに蔵に閉じ込められた。その泣き声は遠くからも聞こえた。柊のほうは上手に立ち回ったのか、蔵に入れられた記憶はない。

もう一方の裏には田畑を耕し、荷馬車を引くために馬が一頭飼われていた。近くの柿の木につながれていたが、戦争中に飛行機の音に驚いて、ヒヒーンと嘶きながら後ろ足で立ち上がったのをかすかに覚えている。柊は幼かったので、他には防空頭巾や防空壕の経験など戦争の記憶は断片的である。

柊の母がまだ小学生の頃は、その父（柊の祖父）は高崎町で開業医をしながら、痔《ぢ》の専門医もしていた。自転車で、のちにはハーレイ・ダビッドソンのオートバイで往診もしたので皆から喜ばれた。水力発電の轟《とどろき》ダムが建設される頃で、時々けが人が出ていたらしい。

重吉は宮崎市にも有床の診療所を新設し、高崎と宮崎との間を往来していたという。

元来、痔が専門で、高崎町の田舎では一般開業医を、宮崎駅の近くでは肛門科専門医を掛け持ちしていた。当時は汽車で日豊本線、吉都線を乗り継ぎ、二時間もの時間をかけて宮崎市と高崎町の間をそれぞれ診療しては一泊しながら往復していた。

今の時代から見れば、とんでもない潜在的リスクを抱えており、医療事故で訴えられたら大変と思うが、当時はそのような医療のあり方も通用していたのであろう。

重吉は特殊な薬を調合し、必要により外科的な処置も加える、痔の専門医であった。その治療経過を診るため、宮崎市内で二階建て、高崎町でも平屋の入院病棟を持っていた。

柊が中学生の頃、その宮崎の入院病棟の空き部屋の壁に落書きがしてあったのを今でも覚えている。恨み節で曰く、「ぢを笑う者は、ぢに泣く！」と。

痔の痛みと苦しみは経験した者でなければ分からないそうだ。入院患者さんは手術の後、痛みをこらえるために、ガニ股で、そろりそろりと廊下を歩いていたのを思い出す。

その祖父はよく冗談交じりに言ったものだ。「外で挨拶《あいさつ》どんされてん、誰《だい》か分からんどん、痔を見ればいっぺんに分かっとじゃんさ」と。痔も十人十色なのだ。

さて、柊の母は未亡人となり高崎に帰郷してそこで子育てをしていたが、長女である柊の姉が小学校に上がる時に、長女とともに宮崎に行った。そこで以前と同じように、父の手伝い、医療事務的なことをしていた。柊とその妹は小学校に上がるまでは高崎の祖母の許に残った。

宮崎の医院も珍しい洋館であった。門には直径二十五センチ、高さ一メートルほどの大砲の弾（処理した不発弾？）がコンクリートの台の上に据えてあり、「佐々木肛門科」と書かれていた。また、その病院の前には、手術前後に寝泊まりする旅館もあった。いわゆる門前旅館である。

その頃の医者は神様のような存在であり、祖父も患者さんから慕われる人格者で、とても流行《はや》っていた。それでいて奢侈《しゃし》を戒める、穏やかな大家族の長だったのである。

当時、ご飯はいわゆる「はがま」で焚《た》いていた。木でこしらえた分厚く重い蓋を開けると、そこにサツマイモのかけらが現われ、その下に麦ご飯、さらにその下に白い銀飯《ぎんめし》がある。

祖母は、その芋《いも》と麦飯をかき分け、銀飯をまず夫についで、その後の麦飯と白米とが混合されたご飯に芋を載せ、残りの者たちが食べた。祖父は芋があまり好きではなかったようだが、彼らには大変なご馳走であった。さすがに芋のつるは食べたことがない。祖父は田舎の高崎に畑を持っていて、食料、ことに野菜には事欠かなかったからである。

祖父は大変立派な人で、たとい治療費を払ってくれない患者からの往診依頼であっても、「いっか、払《はる》っくるれば良かっじゃが」と、頓着《とんちゃく》せず出かけるような人であった。

祖父は一日の仕事の終わりに柊と一緒に風呂に入る。祖父が楽しみにしている日課であった。そこは旧薩摩藩の影響の強い地方で、風呂には男性が先に、年齢順に入った。それが終わったら女性が年齢順に入るのだ。

当時は風呂の残り湯で洗濯板を使って洗濯していたが、柊の祖母は洗濯物を男ものと女ものを一緒に洗ってはいけないと、お手伝いさんに厳しく躾《しつけ》ていたのを覚えている。

風呂の水が少なくなると、祖父は風呂の中から、「おーい、誰《だい》かおらんか？　水が少《すっ》ねど！」と言う。すると、誰かが手押しのポンプで井戸から水を汲み上げ、それが竹の樋《とい》を伝わって風呂のほうに流れてくる。お湯は当然冷たくなるので、さらに薪《まき》をくべて沸かした。「湯加減」という言葉が、当時の風呂の状況を物語っている。

井戸水は、夏は冷たく冬は暖かく、大変美味しかった。十年近くこの井戸水を飲み続けたわけだが、中学生になって宮崎の水道水を飲むとカルキ臭くて、しばらくはそのままでは飲めなかった。

だが、この井戸水か生野菜が、柊のピロリ菌による胃の病気をもたらしたのかもしれぬ。トイレは水洗でなく、便は地下に沁み込んだであろう。また、下肥《しもごえ》が農作物の格好の肥料であったから、トイレの外側や下肥には蠅《はえ》がたかっていた。

今時ハエはいないが、それは家がだんだん清潔になり、水洗トイレになったからである。

当時の田舎には、夏に向かう頃になると、うるさいほどハエがいた。「うるさい」と漢字で書こうと、パソコンの変換キーを叩くと、「五月蠅《うるさ》い」と出てくる。

当時、ハエ叩きやハエ取り紙という道具があった。傑作なのは、二センチ径で縦五センチぐらいの筒の中にグルグル巻きの粘着テープが収まっていてそれを引っ張るとテープがらせん状に出てくる。台所に吊《つ》るしておくとそこのハエはそれにくっついて動けなくなる。

驚くなかれ、柊の妻は今も百円ショップに六本入りで売っていると言う。彼女も柿の落果に付いたショウジョウバエが家の中にも入り込むというので買ってきたが、柊も懐かしい思いをした。後進国で必要として作っているのを日本でも安く売っているのだろうか。

それほど多いので、柊の小学生時代はハエを一匹一円で役場に買ってもらっていた。結構な小遣い稼ぎをしている友人もいた。五匹でパンが一個買えた時代である。

ところで話は風呂の話に戻る。彼が祖父と風呂に入る時、祖父の右下腹部にはポッコリ出ている柔らかいこぶし大のこぶがあり、普段は白い腹巻をグルグル巻きに巻いていた。風呂に入る時は腹巻を外すのだが、「お祖父《じい》ちゃん、それ何?」と聞きたくても、怖くて聞きそびれた。それは虫垂炎の術後の後遺症で、腹壁ヘルニアであったと後で分かった。

当時の風呂は五右衛門風呂《ごえもんぶろ》(鉄製の大きな釜)で、薪《まき》をくべて湯を沸かすのである。周囲は木枠か、コンクリートで固められており、身体を洗うための床もあった。

湯船に入ろうとすると、直接釜の底に触れて熱いので、お湯の水面に浮かしてある木でできた丸い底板をうまく風呂の底まで踏み下ろしてから湯船に入るのだ。子どもが小さいうちは一人で入ることはできなかった。お祖父《じい》ちゃんが先に入り彼を抱き入れてくれるのだ。

それもそのはず、彼はお祖父ちゃんの長女の子、男の初孫であった。しかもその父は戦死して、彼はその忘れ形見であったのだ。

さて、風呂から上がると、夕食をしながら祖父は晩酌をした。日本酒であった。

酒の肴《さかな》はイワシで祖父の好きなのはアユやカマスの高級魚であった。当時、海から遠い高崎には無塩《ぶえん》もののカマスは時々しか来なかった。アユは時々、患者さんから、あるいは池田さんという魚捕り名人の青年が捕ったのをすぐ持ってきてくれた。この青年はお祖父ちゃんの娘に気があったのではないかと柊は幼心《おさなごころ》にも感じていたことを思い出す。その娘とは、柊にキリストを伝えてくれた洋子叔母である。

その魚は、医療器械を煮沸消毒する卓上オートクレーブで蒸し焼きにされていた。むろん医療と混用するわけではない。祖父は焼けた魚のしっぽとひれを引っこ抜き、縦に寝かせて背中を箸で二、三カ所押さえながら頭と骨をスルッと上手に抜いて食べていた。柊もたまに食べるが塩焼きなので骨をうまく抜くことはできない。うまく焼けばできるかもしれない。

柊は夕食を食べ終わって好きなことをしているのだが、お祖父ちゃんが「ぼくちゃん、寝っど！」という声には逆らえない。お酒の臭いがプンプンするお祖父ちゃんの股の間に抱かれて、いつしか寝入ってしまうのが常であった。

祖父は、時には診療時間の合間を見つけて、独楽《こま》を作ってくれた。唐竹の筒を十センチぐらいの長さに切り、その上と下に丸い木の蓋《ふた》をはめ込み、その真ん中に箸の大きさくらいの芯を串刺しにする。竹筒の横には一カ所、穴を入れ、独楽を回すと「ボーッ」と音がした。

今、彼がその歳になり孫から頼まれると可能な限り何でもしてやりたいと思う。

二．疫痢《えきり》に罹《かか》って

柊は病弱な子どもだったようである。

ある時、彼の母が戦地（満州の牡丹江《ぼたんこう》）の夫に宛てた手紙がドサッと出てきた。父は大事に取っていたと見え、検閲後《けんえつご》の手紙やはがきが、丹念《たんねん》に書簡集として一冊に綴《と》じてあった。厚紙の表紙には、「『故郷だより』昭和十六年八月出征　昭和十八年七月満期」と書いてある。

その中に、母が、一年二カ月以上過ぎても歩かない彼のことを、昭和天皇の前でも書いたという達筆《たっぴつ》な字で、「春彦はまだ歩きません。相変わらず、せはしげにはひまわり皆をはらはらさせておりますわ。近頃はとても元気になりました。ご安心下さいませ」と書いている。

その頃のことを、今でも、百三歳を過ぎた母からよく聞かされる。

彼が三歳頃だったと聞いているが、近くの子どもに挑発され、水蓮の植わっていた水槽の水を飲まされて、疫痢《えきり》になったことがあるという。

高熱にうなされ、「鬼が来た、鬼が来た！」と言って生死の間をさまよっていたそうである。母は寝ないで看病をしてくれたそうだ。診療所の病棟に駐屯していた軍医に祖父が掛け合い、抗生物質を手に入れ、使ってくれて一命を取り止めたそうだ。それによって今の彼がある。

祖父の妻、つまり彼の祖母エミは、多忙な夫の意を汲んで、九人もの子どもたちがその父に従うように、自ら夫に従い、範を示し、大家族を切り盛りした。働き者の気丈な女性であり、よく人の世話をする人格的にも立派な人であった。

事が起こると、祖母が「勝手なこっどん言わひめど！」と厳しいもの言いをし、二十代の叔父たち、つまりその息子たちも素直に従ったのを覚えている。

祖母も男の初孫は可愛かったと見える。コップにトマトを入れ、つぶして砂糖を加え美味しいジュース状にしたものを分けてくれたものだ。その頃のトマトは独特のにおいがしたが、それでも大変美味しかった。今の子どもたちは「臭い！」と言って食べないかもしれない。

さて、祖父母の長男は軍医であったのでソ連に抑留されていた。ソ連にとっては、捕虜を診療させるために都合が良かったのであろう、終戦後もシベリアに抑留されていた。

その妻、すなわち柊の伯母はソ連参戦の直前に一人娘を連れて日本に帰る途中で娘を亡くした。子どもを亡くす母の悲しみは、経験のない者、男性諸君には分からないだろう。

たった一人で心細く、どんなに悲しく辛《つら》かった逃避行《とうひこう》であったろう。戦争の恐ろしさ、悲惨さは今時の若者には分かるまい。伯母は中国を経由して逃げてきたことを、詳しく柊の妻に語ったという。

伯父の戦争体験を柊は聞いたことがない。自分のほうから話す人もいないようだ。直接ではなくとも人を殺《あや》めたという良心の疼《うず》きがあるからだろうか？

戦争の悲惨な現場を体験した人たちを身近に持つ柊は、二度と戦争をしてはならない！という思いを強く持っている。どれほどの敵味方の働き盛りの人命が奪われ、両国にどれほどの経済的疲弊と国土の荒廃をもたらしたかを、歴史から学ばなければならないだろう。

第一次世界大戦で多く人命を失い、国土の荒廃を経験した西欧諸国はもう二度と戦争はしたくないと平和を希求し国際連盟を提唱した。スペイン風邪もこの時、猛威を振るった。

一方、戦争の実害を経験したことのない日本は日清戦争に戦端を開き、第二次世界大戦に突入し、多くの前途有為の人命を失い、甚大な経済的疲弊と国土の荒廃を被《こうむ》ったではないか！

現今の新型コロナウイルスどころではない。

最近、作詞家のなかにし礼さんのインタビューを目にしてその悲惨さを改めて知った。

（二〇二〇年一月十七日、M新聞夕刊）

政治家の皆さんの多くは戦争体験がなく、実感として分かろうはずがない。日本という国をどこへ連れていくつもりなのだろう？　いつか来た道にならねば良いが……。

さて、帰国した伯母はその後、高崎町に住んだ。人類の永遠の難題と言われる嫁姑《よめしゅうとめ》の関係が始まったわけだ。祖母は人生経験に裏打ちされ、佐々木《ささっ》どんの奥さんという権威を身にまとっていた。他方、伯母は姑に逆らうほどの勝気さもなく、従順に従った。

一般的に、姑は口では、「良いお嫁さんに来てもらった」と言うが、心の中では可愛がってきた息子を嫁に取られたという思いがあるようだ。それは嫉妬となって、何かと気に食わない嫁の考え方や料理や掃除の仕方にまで口を挟む。こうして、本格的な嫁姑の争いが起こる。

柊は老年の女性を外来診療で診ることがあるが、連れてくる女性が、嫁なのか、娘なのかその雰囲気で、一発で分かるという。もちろん、極めてまれな例外もないではない。

柊の妻は言う。「私は、子どもは神様からの預かりものと思っているので、息子たちが奥さんをもらっても、助けや相談には乗っても、立ち入ることはしないわ！」

佐々木家にはおのずと、忠、孝を尊び、長幼の序を守り、勤勉・努力を奨励し、物事を疎かにしない良い雰囲気があった。そして、当時、彼もそうするのは当たり前と思っていた。

祖母や柊たちが寝ていた中《なか》の間《ま》には榊《さかき》を供えた神棚と金ピカの仏壇があり、その両脇には初穂のご飯を盛った小さな真鍮《しんちゅう》の高坏《たかつき》が供えられ、祖母は朝な夕なに仏壇を拝んでいた。

神棚の榊は時々取り替えられたが、仏壇の初穂のご飯は毎日取り替えられ、彼らは我先にと下げてきた丸いご飯をもらって、囲炉裏《いろり》の五徳《ごとく》に網を載せこんがり焼いて食べた。

当時、神棚と仏壇が同じ部屋にあっても、彼らには何らの違和感はなかった。もちろん、祖父母にも違和感はなかったのであろう。それが日本人一般の神なのだ。

三．柊の母

彼の母は、大正六年に九人兄妹の二番目の子ども、長女として生まれた。

彼女は旧制宮崎高女に行った。祖父（母の実父）が高崎から宮崎に進出したからだ。長男（母の兄、彼の伯父）は旧制小林中学に行き、京都府立医大で医学を学んだ。

彼女は推薦で東洋歯科専門学校に入学したが、祖父が既に長男を大学に行かせ、次男も次女も大学に行くというので、経済的なことを心配して自分の方から辞めてしまったという。

彼女はその後、大阪の親戚筋の人に勧められて猛勉強をし、大阪医学専門学校（大阪大学医学部の前身）に合格したそうであるが、これも彼女の父が入学金を送ってくれず入学できなかったそうである。

彼女はその後、宮崎でその父の医院の事務的な仕事（今で言う医療事務）を手伝っていたが、程なく二十三歳で正彦と結婚した。しかし先に触れたが、二十八歳で未亡人となった。

仲人は父の郷里の小林市 堤《つつみ》出身の森永貞一郎氏、のちの日銀総裁であったそうだが、調べてみると、誠実なキリスト者で、堤から小林の教会まで歩いて通っていたと聞く。日本基督教団小林教会の設立者の一人でもあったそうだ。キリストが取り持つ不思議な縁を感じる。

正彦は二十七歳で結婚して、五年後にはフィリピンで玉砕《ぎょくさい》した。

時の政府は、半年おきぐらいに兵士を時々日本に帰国させ、妻が子どもを産むようにさせたとのことである。お蔭で彼女は三人の子どもに恵まれた。途切れ途切れの結婚生活は、つなぎ合わせても一緒にいたのは一年そこそこだったという。

若くして夫を亡くしたが、実家の父母の助けで柊やその姉と妹を育て上げたのであった。

終戦後、墓を作る話が持ち上がり、遺骨がないので、母は自分や姉、妹の髪を切り、坊主頭の柊は爪を摘んで納骨壺に納めたことを覚えている。

時々彼女は、夫の墓参りに彼ら三人を連れて、国鉄の吉都線で高崎駅から小林駅まで行き、それから堤まで歩いて墓参りをした。その足で、夫の実家の父母にも挨拶した。

三キロメートルほどの道のりだが、幼い子どもには大変だったようで、当時二歳頃だった妹が途中で泣き出した。キッとした表情だった母はあやしても泣き続ける妹に、困ったような顔をして堤まで抱っこしていったのを柊は覚えている。さすがに母は強い！

当時は石造りの墓であった。柊正彦大尉の戦死した場所は、記憶はおぼろげながら、レイテ島、リボンガオ……と書いてあった。戸籍謄本からもこちらが正しかったわけだ。

彼が高崎から宮崎小学校に入学して間もない昭和二十四年、伯父がシベリアの抑留生活を解かれ、集団で日本に帰ってきた。皆は日の丸の小旗を振って迎えた。チューブ入りのチョコレートを土産にもらったのを覚えている。大変うまかった。

伯父は何年振りかで妻と再会することになる。二人にとってどんなに懐かしくも嬉しい再会であったことであろう。可哀想に、誠子ちゃんという長女を失ってはいたが……。

伯父はやせ細った柊を見て、再び、田舎の高崎町に連れていった。

この時から、高崎の医院は伯父、宮崎の医院は祖父が担うことになる。

柊の母は、自分の兄が子どもたちの面倒を見てくれることになったので、手に職をつけるために専門の資格を取ろうと上京した。時の政府の政策は、戦争未亡人や若い女性が看護婦や、洋裁・和裁で身を立てることを奨励していたと聞いたことがある。

当時、文化服装学院とドレスメーカー女学院（通称ドレメ）という二つの学校があった。母は東京の杉並区に住み、文化服装学院に通った。Ｐ・カルダンに認められたモデルの松本弘子の服を縫っていたのが今でも彼女の自慢である。

彼女の東京での洋裁の勉強はかなり本格的で、滅多に帰ってこなかった。当時、国鉄の蒸気機関車で東京から宮崎まで、鼻の穴を真っ黒にしながら二日かかっていた。

時には勉強で忙しい中から小包でチェスなどを送ってくれた。宅配便のない時代である。百貨店で買い、郵便局まで手続きに行き、長々と並ばなければならなかったであろう。

四．柊の伯父

先に述べたように、彼の伯父（母の兄）は軍医として応召したが、日本の終戦の時（八月十五日）に牡丹江にいた。が、ヤルタ会談での連合軍の密約に従い、それまで準備していたソ連軍が十八日に参戦してきたので、そのまま捕らえられ、シベリアに抑留された。日本停戦後のソ連参戦により、さらに多くの軍人、民間人が犠牲となったのだ(21)。

昨年、柊は人生最後の田舎への旅行と思って高崎に行き、世話になった伯母や叔母（三男の妻）たち、高儀の息子たちと会い挨拶した。高儀伯父は既に他界していたが、次男から、厚生労働省が公表した当時のソ連の伯父への事情聴取の書類などを見せてもらった。彼は、「戦争は終わっていたのに攻めてくるなんて……」と憤懣《ふんまん》やるかたなしといった体《てい》であった。

柊ら兄妹三人は高崎町の祖父母の許《もと》で幼児期を過ごし、その後、そこを祖父から受け継いだ伯父（高儀）が三人のうち二人を預かった。姉は既に宮崎の小学校に通っていたので、宮崎にとどまった。下の二人は数年間そこで小学校時代を過ごした。伯父はその後、四人の子どもをもうけ、二人の男の子は柊の子分となった。

伯父は外科医をしていて、風邪から骨折、虫垂炎の手術まで何でもこなした。時には二人並べて虫垂炎の手術をした。麻酔は腰椎麻酔であった。

伯父は穏やかでまじめな開業医であり、先に書いたように旧制小林中学の同窓生でもあった父との友情を忘れず、彼らを父の忘れ形見として可愛がってくれた。

「俺《おや》は凡人じゃっで、頑張らんと立派な医者にはないがならん」が時々聞かせてくれる伯父の口癖であった。京都府立医大を卒業しており、友達にも立派な人たちがいた。

父の薫陶《くんとう》と模範、母の愛に報いる努力が伯父の人生を突き動かす力だったのであろう。

柊は、そんな伯父を父のような存在と感じながら育ったのである。母子家庭ではあったが、割合にのびのびと育った。自分より実力が上の友人がいたが、そのような時、伯父の口癖をよく思い出していた。けれども、宮崎県人の呑気《のんき》さと、後述する長男長女症候群のゆえに、努力する習慣がついていなかった。

伯父は穏やかで優しかったが、ユーモアや手品などの芸も持ち合わせていた。

元来、外科医は手先が器用だ。彼の手品は抑留中天勝に習ったものであると話していた。十八番は「シカゴの四つ玉」で、自分の指に合うように木工所に造らせていた。柊が今でも、病院や教会のクリスマス会などに、手品での出演を頼まれるのは、その伯父から小学生の時に習ったものが大半である。いわば彼は天勝の不肖の孫弟子である。

伯父は体格が良く、身長は百七十センチ近く、体重は八十キロ前後あったろうか、柊には少し怖い存在でもあった。伯父はメグロに乗って往診した。ホンダ、スズキ、ヤマハ以前の単車だ。当時はセルモーターがなかったので、寒い日はエンジンがかかりにくかった。

伯父は、柊をそのメグロの後ろに、のちには、当時としては珍しかった自家用車、日野の赤いコンテッサに乗せて、往診によく連れていってくれた。

伯父の診察のやり方を見たり、看護婦さんが注射をするのを見たり、時には虫垂炎の手術をするのを見るのは本当に興味深かった。男の子は好奇心に満ちているものだ。

しかし、彼はその手術の時の血を見て、失神しそうになったことを今も覚えている。今でも、若い男性の受診者が採血の途中に気を失ったり、気分が悪くなったりすることがある。彼自身は、今はもう、そういうことはない。

彼は小さい頃から物作りが好きで、スギの実鉄砲や、八つ手の葉の根元を使ったゴム鉄砲などを作って遊んだ。メジロを飼うのが流行《はや》っていた小学五、六年頃にはプロ級のメジロ籠《かご》を作ったほどである。しかも、竹ひごも自分で削り、その穴を開けるネズミ歯錐《ぎり》も、自転車のフォークの先を叩き潰《つぶ》し、ヤスリで研いで作ったものだ。大きさの違う錐を二本作っていた。自転車店がすぐ近くにあったからだ。

だから彼は誰から言われるともなく物作りの工学部を目指していたのだが、最終的に医師を志したのは、真冬の夜中でも、霧島颪《おろし》の寒風の中、起きて自転車や単車で往診に出てゆく、誠実で献身的な伯父や祖父への尊敬の念があったからである。

五．医者は誠実でなければならない

多くの場合、医者は自分の前に無意識に、時には意識的にバリアーを設けて、ある一定以上は患者さんを中に入らせないようにしている。

忙しいのと、病気について詳しいことを聞かれるとまずいからである。医者にも分からないことが山ほどある。権威を保つためにはやむを得ないのだ。お赦しあれ！

柊も若い頃はそうしていた。しかし今は、患者さんやスタッフに心を開き、知らないことは知らないと言っている。そうでなければ、むしろ信頼を損《そこな》うからである。

患者さんに対して、その人に関する医療情報やその疾患の最新情報などに関しては研究熱心であることと、事実を正しく伝えるために誠実であることを心がけている。

もちろん、患者さんの人格を尊重して接するのは当然のことである。

自分のプライベートについて話すこともあるが、それは相手が、医者も同じように人の子であると知って、心を開いてくれることを期待するからである。ユーモアも忘れない。

柊が緊張した受診者にかける言葉は、「今日は生きて帰れますからご安心ください！」である。すると、確かに、緊張はほぐれてくる。

柊がコミュニケーションについて真に知る前、三十歳過ぎの頃の経験である。

鈴子さんという、六十代の女性を診察した。特急バスの中で心筋梗塞を起こし、大学のCCU（循環器疾患の集中治療室）に運ばれてきた。糖尿病があり、タバコを吸っていた。

当時、彼は大学にいて病棟医長から主治医を命じられた。命を落とすかもしれない病気であったので、彼女は彼が読んでいる聖書を読むと言いだして、退院してから彼の通っていた教会に来るようになり、洗礼を受けた。その後も、佐賀の信徒と一緒に、一時間以上の時間をかけて、毎週、福岡の六本松の教会の礼拝に来ていた。

まだ二人とも信仰が幼かった頃のことである。夜中に電話がかかってきた。電話の向こうからは二人の声が聞こえてくるのだが、べらんめえ調で酔っ払っているようであった。曰く「心中したい」と。

どこからかけているかと問えば、「三瀬峠の近くの食堂から」と言う。佐賀との県境だ。

二人とも、それぞれ家庭や生い立ちに問題を抱えていたのである。柊は車で早速三瀬峠に向かった。途中でタヌキに出会ったが、無事本人たちに会い、説得した。

二人は聞いてほしかったのだ。酒が入って本音が言えたのだ。飲みュニケーションだ。

さて、彼女の心臓の病気は、再発を予防（二次予防）するために、その後も外来で彼が診るようになり、今の病院に移ってからはその病院に来るようになった。それから、十年以上経ち、彼女は大量の不正性器出血で緊急入院した。原因は子宮がんであった。

後で聞くと、少量の出血は以前から時々あったそうであるが、男性医師、まして教会でも親しい彼には恥ずかしくて言えなかったとのことであった。

彼女は、その病院でホスピス的看護を受け、天国に凱旋した。

ご葬儀は地元での仏式のご葬儀と、教会でのしめやかなキリスト教式の追悼記念会が行われた。教会は、ありし日の彼女を懐かしみ、悲しむと同時に彼女を待っておられる神様のもとに送り出したことで慰められた。

患者さんが本音《ほんね》を言えるのを妨げているのは、男性と女性の壁だけではない。周囲に筒抜けの環境であったり、医師が医者然としてバリアーを設けていたり、忙しそうにしていれば、患者さんは声をかけづらく、そのために診断が遅れることもあるのだ。

彼は医者になってある程度経ってから、誠実であること、こちらが先に心を開き、相手が本音を言える雰囲気を作ることとの重要性を知ったが、米国の多くの医師は、誠実であることなど、コミュニケーションのあり方を研修医の時から教育・訓練されるそうである(22)。

なぜ、患者に対して誠実であることがそれほど重要なのであろうか?

彼も大病を患って何度も入院したことがあるので、患者としての立場からも分かる。

忙しそうな素振りを見せず、「何でも聞きますよ」という物腰なら話しかけやすい。

他方、医者が早くこの仕事を切り上げようと、聞く側の理解や疑問を考えもせずに病気の説明をしたり、患者さんの質問に目を泳がせ、口ごもって答えたりすればどうであろう。

「この先生、本気で考えてくださっているのかしら？　質問したことをよくご存じないのかしら？　それとも、がんを私に告知するのをためらっていらっしゃるのかしら？」などと考えて、きっと信頼関係にひびが入り、言われたことを信じられなくなるであろう。

つまり、医師としての腕や権威ではなく、人としての人間性が問われているのである。

六．柊の伯母

伯母（伯父の妻）は優しい人で、ダニエル・ダリューばりの美人であった。ダニエル・ダリューは、調べてみると、柊の母と同じ歳で、柊が十二歳前後、彼女は女盛りの三十五歳前後に当たる。きっと映画の看板などで見とれて、素敵だなあと思って覚えているに違いない。

柊の母が仕立てた斬新なデザインの洋服を着た伯母は、子ども心にも格好良かった。

柊は叔母が大好きであった。もし、小説にもあるような継母《ままはは》的な人だったら好きになるどころか、ひねくれて心の傷が癒やされるのに何年もかかったであろう。それでも伯母は母親ではないので、柊は甘えることは遠慮していた。今になって考えてみると、母のいない淋しさを紛らすために鉄板をヤスリで研いで星形の六角手裏剣《しゅりけん》を作り、それを壁に突き立てたり、ヤマカガシを捕まえてポケットに忍ばせ、同級の女生徒の目の前に「ほらっ、蛇だぞ」と驚かしていじめをする少年であった。

彼女は本をよく読む人で、彼にも全集ものや子ども向けの月刊雑誌『小学一年生』を買ってくれた。進学して二年生になると、『小学二年生』となるのだ。「大鷲の国から」という連載物は今でも忘れることができない。

伯母はそれ以外にも『クオレ物語』や『ああ無情』、アンデルセン全集、『巌窟王』、『三銃士』、『西遊記』等を買ってくれた。それらの物語は少年たちの心を躍らせる物語で、その主人公の名前をその人物像とともに今でも、目に浮かぶように思い出す。

自分が善悪の判断基準や価値観、友情などを育《はぐく》まれたのは、これらの物語ではなかったかと振り返るとともに、その本を買ってくれる伯母を備えられた神に感謝している。

その家庭では、彼らにもそれぞれお手伝いの仕事があった。彼の当番は毎日の雨戸の開け閉めと庭掃除であった。仕事が長続きしなかった彼も、きちんと箒《ほうき》の目の立った、自分の掃いた庭を見るのは清涼感と達成感を伴う、何とも言えないすがすがしい気持ちであった。

そのような掃除の仕方などを具体的に教え、良くできた時には誉《ほ》めてくれたのは伯母であり、その家に勤めていた、看護婦さんであり、お手伝いさんであった。

物事を几帳面《きちょうめん》にやっていくことの大切さを教えられ、その楽しさも味わったのであった。

振り返ってみると、この性質は、その時代の田舎の持つ儒教的な背景と、この家での人々や読書などの環境によってつくり上げられたのではないかと思える。

しかし、几帳面さによって、体裁は立派に完成できて人も自分も喜べる反面、下手すると、見栄《みば》えや細かな所に集中して夢中になり、もっと大事な本質や大局を見失うこともあった。そして周囲の人にもその完璧さを要求したり、自分自身に変な優越感を植え付けたりする、もろ刃の剣でもあった。しかし、当時、そのことに彼は気付かなかった。

彼もこの歳になって、健康や様々な理由で完璧にはできない自分を思い知らされる。やはり、自分の思い通りいかなくても、宮崎弁の「てげ、てげ（大概、大概）」こそ、相手との人間関係や、内なる自分との関係がうまくいく秘訣なのだ。

逆を言えば、何か大きなことを成し遂げた人は宮崎県には上杉鷹山や安井息軒、小村寿太郎、高木兼寛、若山牧水以外にはあまり思い浮かばない。温暖な気候なので、努力しなくても一年中何とかやっていけて、恐らく頑張りや追求心が必要ないのであろう。

とはいえ、柊は、研究者や芸術家、職人などにとって、より上を目指す姿勢は必須だと思っている。彼らはそれが生きがいだからである。

七．父の実家

柊の父方の祖父耕造は小林の田舎、堤《つつみ》に住んでいた。農業をしながら小学校の校長を務め上げた人で、昔風の高床式の大きな茅《かや》ぶきの家を構えていて漢方医でもあった。床下にはアリジゴクがいて、好奇心の強い柊たちを楽しませてくれた。家では蚕《かいこ》を飼っていた。時間が来ると一斉にパリパリと桑の葉を食べる音がしていた。もちろん桑畑もあった。

その祖父の弟は実業家で、様々の骨董品《こっとうひん》を買い集め、兄である祖父の家の蔵に納めてあったとのことである。そのうちの一つが、「敬天愛人」と、右から左に向けて踊るような力強さで書かれた額であり、それは、祖父の茅ぶきの家の客間に掛けてあった。「南洲書」という銘が入っていたようだが、彼は小学生であったので、それを誰が書いたものか、またその意味も分からなかった。

中学生の時、同級生のO君が南洲とは西郷隆盛の号であると教えてくれた。

さらに、彼が大学生になり、キリストを信じるようになってから、「敬天愛人」の意味するところや、西郷が漢語の聖書を読んでいたのを初めて知った。柊が当時からクリスチャンであって、その意味を知っていたなら、きっと祖父に無心して手に入れていたことであろう。

今、その茅ぶきの家は壊され、「敬天愛人」の額がどこに行ったのかも分からない。

西郷に関しては、柊もよく知っている守部喜雅というキリスト教関係の新聞の編集長をしていた人がいる。氏が川邉二郎という人から聞いたことが小冊子『いのちのことば』（二〇一七年十二月号）他に書かれている(23)。

以下は、その文章からの柊による抜粋である。

それは、氏が二〇〇七年に鹿児島の西郷南洲顕彰館で開催されていた「敬天愛人と聖書」展で、川邉二郎氏（鹿児島バプテスト教会員）から提供された情報だそうである。

それによると、西郷は親しかった川邉家で、漢訳の聖書を講義していたという。

それは川邉氏の曽祖父の時代であり、明治六年から九年頃のことであったと思われ、それを二郎氏が知ったのは中学生の頃だという。父親から密かにそのことを聞かされ、「他人には言うな」と釘を刺されたそうである。耶蘇《やそ》と言われていた頃のことである。

二郎氏の父も祖父も、クリスチャンではなかったが、そのことは憧れのように彼の心に留まっていたそうである。

二郎氏が二十代の頃、氏の兄がだまされて多額の借金を負い、当時の給料が七千円の頃、五十万もの借金の返済を自分が負わされ、その後も兄は借金を重ね、その重圧に耐えきれなくなり、その恨みは殺意に変わっていったという。

凶器を用意して明日決行という夜、ぼんやりと外を眺めた後、部屋に戻ると、本棚の隅に気にかかる書物が目に留まった。それは姉の持っていた聖書、ヨハネの福音書だったそうで、西郷さんも読んでいた聖書であると気付いたという。

読み進むうちに八章の記事とキリストの言葉に衝撃を受け、泣けて泣けて仕方がなく、兄を殺そうとしていた自分が罪人であると分かり、兄を赦そうと思ったそうである。

そのくだりはこうだ。


イエスはオリーブ山に行かれた。

そして、朝早く、イエスはもう一度宮に入られた。民衆はみな、みもとに寄って来た。

イエスはすわって、彼らに教え始められた。

すると、律法学者とパリサイ人が、姦淫の場で捕らえられたひとりの女を連れて来て、真ん中に置いてから、イエスに言った。

「先生。この女は姦淫の現場でつかまえられたのです。

モーセは律法の中で、こういう女を石打ちにするように命じています。ところで、あなたは何と言われますか。」

彼らはイエスをためしてこう言ったのである。それは、イエスを告発する理由を得るためであった。しかし、イエスは身をかがめて、指で地面に書いておられた。

けれども、彼らが問い続けてやめなかったので、イエスは身を起して言われた。「あなたがたのうちで罪のない者が、最初に彼女に石を投げなさい。」

そしてイエスは、もう一度身をかがめて、地面に書かれた。

彼らはそれを聞くと、年長者たちから始めて、ひとりひとり出て行き、イエスがひとり残された。女はそのままそこにいた。

イエスは身を起して、その女に言われた。「婦人よ。あの人たちは今どこにいますか。あなたを罪に定める者はなかったのですか。」

彼女は言った。「だれもいません。」そこで、イエスは言われた。「わたしもあなたを罪に定めない。行きなさい。今からは決して罪を犯してはなりません。」

（ヨハネによる福音書八章一節〜一一節）


兄を殺そうとしていた彼を、上の聖書の言葉が思い止まらせたのである。

これを聞いて、読者はどう思われるだろうか？　それは読者の判断に任せよう。


さて、話を元に戻そう。小林の父の実家は、柊の従弟の洋一郎君の父の実家でもあったので、一緒に、正月やほぜ（豊穣祭）の頃にバスに乗ってよく行ったものである。

バスの多くがまだ木炭車で、急な坂道は上り切れず、車掌が「皆様、車が坂を上れませんので、しばらく車の外に出ていただけませんでしょうか！」と言って、大人たちを降ろし、坂を上り終えると、また皆を乗せて走り出すという代物《しろもの》であった。

祖父は謹厳な人で怖かったが、来る度にバス代にと十円札二枚の小遣いをくれた。

祖母は優しく、「よく来たね」と迎えてくれて、そうめんの吸い物や作りごんにゃく、甘酒、ご飯を準備してくれた。作りごんにゃくの刺し身は大変美味しかった。

八．柊の父

さて彼の父のことに話を移そう。

彼の父・正彦はこの家の四男として生まれた。先に書いた実業家には子どもがなく、父をひどく気に入り、彼を自分の養子にもらおうとした。それを嫌った父は、台湾の大学（台北帝国大学、当時は日本が支配していた）の林学科に逃げ込んだ。

大学に入れば兵役を免れるということであったそうだが、几帳面でまじめな父がそんなことをするはずがないというのが、柊の見方である。

四年後、彼はそこを卒業して、静岡県富士市の王子製紙本社に就職した。戦死する何年か前のことである。その後、日支事変前後に結婚して長女と柊をもうけた。

間もなく日本は太平洋戦争に突入して正彦は応召して南方に向かい、帰らぬ人となった。

十数年前、柊は医学会で妻と一緒に台湾に行ったことがある。彼の次女が台湾で仕事をしていたので、彼女を訪ねることも目的の一つであった。彼は多くの観光客がそうするように、故宮博物館に行き、次に自分の父が四年間勉学に励んだ大学（現台湾大学）を訪れた。

今はすっかり台湾人のものとなっている、緑の多い、南方系の粉蝶《しろちょう》が敏捷《びんしょう》に飛び交うキャンパスを歩きながら、彼は父がここで四年間学んでいたのかと思うと感無量であった。

最近、その父の学生時代の作文が、町長をしていた母方の叔父（三男）の家から出てきた。叔父は柊の父を私淑《ししゅく》していたのだろう。恐らく父が二十歳前後のものである、その文面には、その年齢の学生には珍しく大人びたものの考え方が几帳面な字で綴《つづ》られている。

天皇陛下への尊敬の念、遠い父母への思い、日々の生活に対する反省や自分のあるべき姿なとどともに二・二六事件にも触れ、当時の総理大臣の動きなども書いてあり、新聞の政治欄にも目を通していたようである。

一つ気になったのは、毎日、天皇陛下を遥拝《ようはい》するということが書かれていたことである。それは天皇を現人神《あらひとがみ》とすることであり、人間崇拝ではないか。

しかし事実、天皇は担ぎ上げられ、神のような存在であったのだ。当時の白黒のフィルムを見ると、天皇の行幸《みゆき》に際しての一般人民の拝する態度はまさしくそうだ。

では政治家や軍部も天皇に対してそのような態度を取っていたかというと、疑問が残る。よく言われるように、天皇の権威を利用していたのだ。特に関東軍などは天皇の許可もなしに戦争に向かって暴走していったのだ。

時の政府や軍部は、資本家と裏でつながり、中国や東南アジアを植民地化して原材料を法外な安値で仕入れ、できた製品の市場を開拓しようという陰の意図を持っていた。

戦後、朝鮮戦争の特需で日本経済が如何に潤ったかは誰もが知っているが、逆に戦争がなくなれば、武器商人（兵器産業）やそれに連なる兵站《へいたん》を賄《まかな》う資本家たちの商売が上がったりになり、そこで働く多くの職員の生活も脅《おびや》かされるわけだ。

一方、大東亜共栄圏という、中国や東南アジアの人たちを啓蒙しようという良い意図もあったであろうが、優越感や侮りがあったことも事実である。

次のような尻取り歌、まり突き歌？　を小学校低学年の頃に歌っていたのを覚えている。

♪日本《にっぽん》の、乃木さんが、凱旋す、スズメ、メジロ、ロシヤ、野蛮国、クロポトキン、
金の玉、負けて逃げるはチャンチャン坊、棒で叩くは犬殺し、シベリヤ鉄道長ければ、
バルチック艦隊全滅す、スズメ、メジロ、ロシヤ……♪

と繰り返す。

チャンチャン坊とはチャンコロと蔑称《べっしょう》していた中国人のことだろう。日清戦争もバルチック艦隊を全滅させた日露戦争も半世紀も前のことだが、そのような優越感や他国に対する侮りは歌い継がれ、小さい頃からこのような思いは植え付けられてきたわけだ。

これら様々なことを考えると、平和を達成することが如何に難しいかが分かる。

彼は、父の学力やものの考え方には尊敬の念を抱く一方、そのような父でもその時代の風潮や帝国主義的、好戦的気運に飲み込まれていったかと思うと、本当に悔しくてならない。

悪く言えば、オウム真理教などによる若い青年たちの洗脳と同じで、洗脳の国家版ではない

か。これに対して柊は強い憤りを覚える。
もっと悔しいのは、その裏で政府や軍部を動かし、暗躍していた武器商人たちである。
以下、彼の父の日記をそのまま転記する（フリガナは筆者）。

日誌　　　　　　　　　　　　　　　　　林学科一年　柊正彦

五月十三日　水曜日　晴天

習慣の力は恐ろしい。入學前に、朝六時に起床するなどといふことは、余程の事情のない限り、殆ど、不可能であった。然し、學寮の生活を始めてから、如何に夜遅く就寝しても、必ず、六時には、目が醒める様になったことは嬉しい。

やはり鞏固《きょうこ》なる意志の力は、総てのものに適用されることを、痛感せずには居られない。成程、他の人が、すやすやと眠っている時に、自分だけ一人で起きることは、或程度迠《まで》苦痛が伴ふ。然し乍《なが》ら、『苦痛』といふものがあって、始めて前途の希望があり、光明があり、理想があるのではあるまいか。吾々、青年學生は、進んで、苦痛を求めた生活をしなければならない。例の如く、洗面後、東天遥拝《とうてんようはい》及び故郷の空を遥拝す。あのすがすがしい氣持で、念頭には微塵《みじん》の雑念なく伏し拝む瞬間の感激さが尊いのではあるまいか。在營中に、天皇陛下の股肱《ここう》として、毎朝五個條《ごかじょう》の勅諭《ちょくゆ》を拝誦《はいしょう》して、東天の遥拝をしてゐたあの氣持！　あの氣持と、現在に於ける氣持とは少しも變《かわ》ってはいない。いや變るべきものではない。晝中《ひるじゅう》とても蒸し暑い。これでは七月、八月の盛夏が察せられる。講義中も暑さのために、ノートがとれないことがあって困る。汗のために、汗を拭くひまがなくて、目に入る様で仕方ないからだ。でも、一時間中常に緊張した學習をすることは、精神の修養上の方面から考へても有益なことだ。農業部の田の稲が、もう穂を出した。早いものだ。内地は今頃漸《ようや》く種子を播く頃だ。

内地への便りに稲が穂を出してゐると書いたら、屹度《きっと》驚くに違ひない。

學寮に歸って、久し振りに、ゆっくりと新聞を讀む。議會の記事を讀むには何と言っても矢張り、臺日《たいにち》よりも大毎《だいまい》の方が讀み甲斐がある。民政党の斉藤隆夫氏の、二・二六事件、五・一五事件に関する質問には、一般讀者には必ず共鳴する者が多いと考へる。五・一五事件の被告にせよ、二・二六事件の被告にせよ、彼等の信念そのものに對しては、絶対的の尊敬を拂《はら》ふことを忘れない。

『国家を思ふ一念から、我身を捨てゝ事をなす』と、いふ信念、『自分のなすことは正しい』となす信念。然し、これを直接の行動に訴へ、陛下の兵を私兵化し、又上官の歸順《きじゅん》の勧告、及《および》勅令に抗した彼等は、明《あきらか》に、逆賊である。国賊である。此の点断じて排すべきことである。五・一五事件被告の刑罰が軽すぎた、爲に二・二六事件が起きたといふことを、耳にし又新聞紙上で見たが、或《あるい》は、それも、原因してゐるかも判らない。寺内陸軍大臣を始め、軍の首脳部では事件后、粛軍のために、御盡力《じんりょく》のことを新聞紙上で見て、一般国民も安堵してゐることゝ思ふ。常に私淑している広田首相熱辯《ねつべん》！　聞いただけで胸がスーッとする様だ。前三代の首相が不祥事のために、辞職又は無念の死を遂げ、その後を引き受けた広田首相の心境は、悲壮そのものであり、又それだけ遣《や》り甲斐のある総理大臣かもしれない。広田首相の御健康を国民挙《こぞ》って祈らねばならない。夕食後先輩の宅を訪問の筈《はず》の処、急に雨となり、やめる。宿題終了後、十時半就床。

柊の父は、キリスト教徒ではなかったが、日本人が元来持っていた道徳心のゆえに忠を重んじ、天皇陛下に殉《じゅん》ずるとして、時の政府や軍部、さらにはそれを動かしていた財閥たちの将棋の駒とされたのだ。悔しくてならない。読者はどうお感じになるだろうか？

話を元に戻そう。先に書いたように、母は正彦と結婚して現在の富士市に住んだ。出世街道をスタートしたわけだ。

柊と姉とは母とともに富士市で幼児期を過ごした。富士は不二とも言い、その名の通り、目の前に雄大な日本一の姿を現わしていた。富士山を見て、「お山、まっちろね」と言っていたらしいが、彼には全くその記憶はない。

時は、日支事変のさ中、父は陸軍に応召して中国に出征し、そこで、たまたま母の兄と出会って、久しぶりの出会いを喜び、マントを交換し合ったという。

しかし、風雲急を告げ、日本は太平洋戦争に突入する。工兵隊の隊長であった正彦は、最後はフィリピンで玉砕《ぎょくさい》した。彼にとって最後の出征となった船には、郷里小林に帰っていた彼に代理の将校が予定されていたそうだが、真っ正直な彼は自分が行くと言って戻り、その船に乗り込んで、それが最期となった。享年三十二歳であった。

柊の母は時に二十八歳であったが、実家に疎開《そかい》して、もう一人の女児を産んだ。柊の妹である。

柊は父の顔を覚えていない。姉は時々帰ってくる父を怖がっていたという。

自助、共助、はあっても、公助のない当時の母子家庭の大変さをその時は知らなかった。夫がいない母の苦労が今ならよく分かる。

因みに、柊が浪人二年目、鹿児島で勉強していた時に、下宿代を払う母からの仕送りが遅れたことがある。彼ははがきを速達で出したが、その時の手紙を彼の母は取っていたと見える。その文面の冒頭には電文調で「カネオクレタノム」と母の事情も知らないで書いている。「金送れ、頼む」だが、当時、「金をくれた、飲む」と読む悪ギャグが流行っていたので、彼はそれを狙って、電文調で書いたわけだ。冗談交じりに書いたとは、何ともはや……。

九．罪意識の芽生え

彼が伯父の家から通っていた小学校五年か六年生の頃だったろうか。ある時、客間にあった小さな薬箱で作られた裁縫箱の片隅に、五円玉が入っているのに気が付いた。「アッ、あそこに五円玉がある！」と思ったのだ。

当時五円であんパンが買えた。通称「五円パン」と言った。今の百円ほどに相当しよう。伯父の家では、欲しいものは何でも言えば買ってもらえた。しかし、自分の自由になるお小遣いはなかった。

彼は急にその五円玉が欲しくなった。

「誰も見ていないよ、今、盗めばいいじゃないか！」という悪魔のささやきと「いや、それはいけない！」という良心の声がしばらくの間、争っていたが、ついに悪魔の声が勝った。

彼は左右を窺《うかが》い、誰も見ていないのを確かめると、そっとその五円玉をポケットに忍ばせ、文具店に行って消しゴムを買い、澄ましてその消しゴムを使っていた。今は良質のプラスチックの消しゴムが使い捨て同然にあるが、当時は貴重な文具アイテムであった。

するとある時、伯母から、「あら、ボクちゃん、そん消しゴムはどげんしたと？」と聞かれたのだ。彼は自分のしたことが、なぜか不思議にも伯母にはバレていたのを知った。

今でもドキッとしてフリーズしたようなその時の気持ちを忘れることができない。彼は正直に白状して、本当に悪いことをしたと謝ったが、伯母は優しく諭して赦してくれた。

これが、罪の性質をはっきり意識化させるキッカケとなった最初の出来事であった。

一〇．田舎から都会へ

中学生になると、柊は宮崎市内の祖父の家の隣に、既に洋裁の勉強を終えて洋装店をしていた母とともに住むようになった。姉もおり、妹も二年後にはやって来た。

彼は田舎から都会の新しい世界に一歩、足を踏み入れたわけだ。そこには初めての経験やすばらしい出会いが待っていた。

田舎の高崎町から宮崎市内の中学校に進学した時のことを、彼は今でも覚えている。

それまで田舎の山でアケビやネズミダケを取ったり、カズラにぶら下がりターザンごっこをしたり、隧道《ずいどう》で蝙蝠《こうもり》を脅《おど》かしたり、ゲジゲジを捕まえたり、小川でフナやドジョウ、ナマズをざるですくい捕ったりするのが大好きで、勉強などどろくすっぽしない少年であったので、宮崎市という都会に来れば、学力には雲泥《うんでい》の差があるのは当然だった。

田舎ではお山の大将であり、ある程度の自信はあったが、M大学の付属中学校の受験に失敗してやや自信をなくした彼はやむを得ず、その年に新設された宮崎市立宮崎中学校に入学した。

昔からの友人は誰もいない教室の中で、彼は皆と少し距離を置いて周囲を観察していた。するとと原君という酒屋の息子が皆の前で零式《ぜろしき》戦闘機の絵を本物そっくりにスラスラと描いてみせた。彼はびっくりして、すごい男がいるものだと益々自信をなくした。

しかし、当初は少なからず仲間外れをされたが、時間の経過とともに級友たちが自分にも一目置いていると感じるようになり自信を取り戻した。

彼は田舎での様々な経験を通して色んなことを知っており、作ることができたからであり、それは都会の子たちにとって珍しいことだったからである。

しかし、何といっても、すばらしい友人O君を得たことであった。彼は裕福ではなかったが、学識のあるお爺ちゃんと優しいお婆ちゃんに育てられ、色んなことを知っており、進取の気質に富んでいて、柊が知らない色々なことを教えてくれた。柊は彼と仲良くなり一緒に新しいことに取り組んだ。仲間外れも仲介してくれた。

切手収集にも夢中になった。柊の両親の実家や蔵には、昔の高価な値打ちの切手を貼った封筒が無造作に束ねてあった。柊らはそれらを欲しいままにもらっていった。

生物部に入り、魚類の液浸《えきしん》標本の作り方や昆虫、特に展翅板《てんしばん》を使って蝶の標本作りなどに取り組んだ。その中学校は新しくできた学校で、彼らはその第一回生なのだが、先生方のモティベーションも高く、その指導のもと、様々な文化部の基礎を築いたと言える。

宮崎の祖父の家の中庭には楓と思《おぼ》しき木があり、コムラサキが、時にはクロコムラサキが、タテハチョウ特有の飛び方でその木の周りを飛び、カナブンと樹液の奪い合いをしていた。

冬の寒い日には、ハマユウの葉の間におびただしい数のムラサキツバメが身を寄せ合っていた。夏になると、数本植えてあった日向夏のミカンの緑の葉に黒いナガサキアゲハが来て卵を産み付け、ふわふわと飛ぶその姿は緑と黒の対比で、南国宮崎の風情《ふぜい》そのものであった。

彼は小さなミカンの木を植木鉢に植え替え、家の中でナガサキアゲハの幼虫を飼育したり、日向ラインと言われる清武《きよたけ》の清流の畔《ほとり》で捕ってきたイシガケチョウの幼虫を飼育したりした。

そうして家の中で羽化したものを、時にはその胸を押さえて死なせた後、三角紙に包んで、それが欲しい本州の蝶友達と交換し、あるいは窓際から外の自由な世界に放してやった。

向こうの蝶友《ちょうとも》からは宮崎では見られないギフチョウなどの珍しい蝶を送ってきた。

その頃のことである。国語の先生の小学生の息子さんが南方の蝶、珍品のムモンウスキシロチョウという迷蝶を捕ったことがある(24)。持ち込まれた蝶を見て驚きと喜びでO君と名前の鑑定や標本作りに奔走した。その標本は今も宮崎中学校の理科室にあるという。

そのO君は柊と学年で四、五番の成績を争っていたが、彼は家庭の事情で、中学校を卒業すると、いわゆる就職列車で大阪のK鉄鋼に行くことになった。大変残念であった。

でも彼はブルーカラーのトップにまで登り詰め、柊も友人として大変嬉しかった。

蝶の話に戻るが、リュウキュウムラサキという南方の蝶を目の前で見たことがあったが、残念なことに、捕虫網を持ち合わせてなくて捕れなかった。台風に乗ってきたのだろう。

また、タテハモドキという南方の蝶は当時、図鑑でしか見たことがなかった。それから四、五十年後の頃であろうか、宮崎市内の田んぼでタテハモドキが乱舞しているのに出くわしたことがある。宮崎市に定住しているのであろう。これも温暖化のせいだろうか？

さて、彼の母は「ボンテ」という洋裁店の経営者兼デザイナーとしての仕事を始めていた。大阪の船場まで、しゃれた反物《たんもの》を仕入れるために時々出かけていた。

当時の既製服は立体裁断でなく種類も少なかったので、顧客は、お金に余裕のある医者の奥さんや裁判所長の奥さん、しゃれた洋服の必要な飲み屋のママさんたちであった。

彼女の縫った洋服は「あら、この服、私の身体にぴったりだわ！　腕を上げても突っ張らないわ！」と、大変喜ばれた。

もちろん彼女が自分一人で、縫ったわけではない。当時、縫子さんたちが数人いて、実力に応じて宛てがわれた洋服を縫って給料をもらいながら、要所要所を教えてもらっていた。いわゆる徒弟制度だ。その中には後で独立した人もいる。

彼は、何台もあるアイロンの修理をよく頼まれた。昔のアイロンは分解できた。蓋を開けると、薄い板状のニクロム線が絶縁体の雲母《うんも》の板の間に挟まれ、重い押さえ金と舟状のアイロン底との間にねじで固定してある。故障するのはそのニクロム線と交流からのコードの二本の銅線との継ぎ目あたりである。コードが引っ張られて無理がいき、ショートしたり、切れたりするのである。それをハンダで継ぎ合わせるのだ。

彼女も、器用な息子を便利な電気屋さんとして重宝していた。縫子さんたちも喜んでくれるので、頼まれると嬉しくなり修理していた。

厭なこともあった。高校生の頃であったと思うが、今でも覚えている。出来上がった洋服の代金をもらいに母に代わって行った時のことである。

彼が「こんにちは！　代金を頂きに来ました」と言っても、相手は、彼の母に男の後ろ楯《だて》がいないこと、彼が高校生であることを見て取って、色々理屈を言って払ってくれなかった。そのようにして母は時に代金を踏み倒されたという。母子家庭の悲哀である。

今、振り返ってみるとこれも戦争の後遺症だ。彼女の思いはどうだったであろう？

一一．柊の兄貴分

田舎から出てきて中学生になった彼が、学業が追いつくようにと、しばらくの間、家庭教師をしてくれたKさんは正義感と独立心の旺盛な人で、頼もしい兄貴分であった。

思春期前後のこの年代は、むしろ親よりも、しっかりしたお兄さんやお姉さんとも言うべき存在が不可欠で、その影響を強く受けるものである。

柊の人格形成に影響を与えたものは、幼少期の儒教的な環境、祖父、伯父の影響もあるだろう。大医学時代に出会ったR宣教師、信仰が幼い頃導いてくれて柊が見習い、その後は肝胆相照らし、影響を与え合った信仰の戦友B先輩、さらに、信仰の先輩Nさん、Kさん、信仰の友Hさんの影響もあるだろう。さらに、大学病院で尊敬できる先生方、今のキリスト教病院でともに歩んで来た同僚たち、結婚後の妻からの影響などもあるだろう。

しかし、兄貴分のKさんみたいに、多感な思春期前後の者を受け止めてくれる人の存在、またその人がどんな人であるかは極めて重要である。

しかし、肝心のそのお兄さんやお姉さんたちには意外にもそのことへの認識は乏しい。

このことは、ボーイスカウトやガールスカウト、ミッションスクールはその役割の一端を担っているのかもしれないが、親や、学校、地域社会、教会が真剣に受け止めなければならない重要な課題である。お兄さんやお姉さんたちには、そのことをしっかり認識してもらわなければならないだろうし、それらの人材育成の働きが重要である。

このような正義感と独立心が旺盛で、理知的で優しい兄貴分を与えてくださった神に、彼は心から感謝している。

Kさんは県立日南高校を優秀な成績で卒業し、東大を一、二回受験したらしい。が、「俺を通さない大学なんかには行かない」とうそぶいて、ある電機会社に就職した。彼の両親は四人の子どもを抱えており、必ずしも裕福ではなかったからかもしれない。

柊は勉強そっちのけで、クラスメートのO君などといつも金魚のうんこのようにKさんについて回り、登山や、魚釣りや、クラシック音楽鑑賞などに出かけた。

チャイコフスキーの「一八一二年」や、ヴェルディの歌劇「アイーダ」の凱旋の場などを聞くと、今でも鳥肌が立つような感激に浸る。過日、O君が電話をくれた時、全く同じことを言っていた。それらは、Kさんがレコード店から買ってきて聴かせてくれたLPやドーナツ盤のレコードであった。当時はCDなんてなかったのだ。

カラヤン以前の、トスカニーニやフルトベングラー、ワルターの時代である。

Kさんは、ある理髪店の男性に車の運転の仕方を習って免許証を取った。彼が角《かど》を直角に曲がろうとするので、その理髪店の男性が、「そんげ極端にハンドル切るっちゃないっちゃが」と教えていたのを思い出す。彼もまだ高校を卒業して就職し、何年も経ってなくて、四角四面の男であったのだろう。世間ずれしてなくて、それが柊には良かったわけだ。

彼は働いた給料でクラウンの中古車を買い、自分で修理や塗装を施し、柊らを青島の海水浴やえびの高原に連れていってくれた。

冬には、えびの高原の天然スケート場のある白紫池《びゃくしいけ》に行くのが毎年の楽しみであった。今でこそ、霧島の新燃岳《しんもえ》やえびの高原の硫黄山は噴火を繰り返し、入山禁止などになっているが、当時は穏やかで、えびの高原は格好の身近な夏冬のレジャースポットであった。

九州の東側にある宮崎の冬は、晴天が続く。西からの季節風は九州山脈に突き当たって上昇し西側に雨を降らせ、東の宮崎には水分を含まないカラカラの西風となって吹いて来る。

至る所に切り干し大根が、斜めに立てた大きな簀子《すのこ》に干してあるが、すべて西向きである。乾いた西風で、宮崎名物の切り干し大根が出来上がるのだ。

えびの高原に向かう時、宮崎市街は晴天でも、都城盆地に入り、その切り干し大根を見ながら小林を通り過ぎるあたり、えびのへの道に入る頃には雪がちらつく。それを構わず登ってゆく。雪はワイパーを全開にしないと先が見えなくなるので、ゆっくりゆっくりだ。

車には運転手のKさんと彼の友人・熊ちゃん、柊と従兄の幸博君なども乗っている。

当時スタッドレスタイヤはなかった。バスなどはジャリジャリとチェーンをつけて走っているが、構うものかとチェーンなしで走る。

柊が十六、七歳でKさんも二十二、三歳だ。よくぞ親が許したものだと思われるかもしれないが、子どものやっている危険なことを親は知らないものだ。親には危険と思えても、子どもにはそれは分からない。

さて、だんだん雪は本格的になる。えびの高原が近くなると硫黄の臭《にお》いが鼻を突くが、そのうち慣れてくる。高原に着くとしめたものだ。えびの高原ホテルにはKさんの友人が勤めていて、そこでカレーを食べたのを覚えている。

ただ、そこに泊まるわけにはいかない。えびの高原荘という国民宿舎もあるが、どちらにしても資金難は甚だしい。

そこでバンガローを借りて泊まるのだ。バンガローでは飯盒《はんごう》で飯を炊き、缶詰を中心に適当に作って食べたが、何がおかずであったか記憶は定かでない。

記憶にあるのは、ホテルの風呂の帰りがけに、下げていたタオルが棒のようにカチンカチンに凍って、上に向けてもしおれないで突っ立ったことと、とにかくバンガローが寒かったことだ。温度は夕方でも零下九度と聞いた。もちろんバンガローには冷暖房はない。しっかり厚手のセーターを二枚ぐらい着こんでその上にヤッケを着る。敷布団として備え付けの毛布を四枚、掛布団は上から毛布を六枚被って寝るのだが、外は雪一面の銀世界、雪は止《や》んでもその分、放射冷却が進み、シンシンと冷えてくる。彼はがっちりした体格であったが、皮下脂肪は少なかった。これでは寒くてたまらない、とても眠れそうにない。

彼は考えた、雪の中を走ってくれれば身体が温まるかもしれない。そこで隣の皆を起こさないようにそーっと抜け出し雪の中を走り回って帰ってきた。

Kさんは、「あいつは寒さで頭がおかしくなったのかもしれない」と外に出たが、しばらくして彼が帰って来ると、そうでなかったので胸を撫《な》で下ろした。

もちろん朝が来るまで寒くて眠れなかった。明け方はもっともっと温度は下がっていたに違いない。えびの行きのリーダーはまだ若く、配慮は今一つだったのだ。

けれども、その寒さは白紫池《びゃくしいけ》がしっかり凍るのに絶好の寒さであった。

白紫池まで雪道を踏みしめながら登っていく。

少し下り坂になり白紫池に着くと、そこはガチガチに凍った天然スケート場だ。所々でこぼこがあるが贅沢《ぜいたく》は言えない。Kさんは慣れたもので、スケート靴を履《は》くとすぐスイスイ滑って遠くに行ってしまう。

それもそのはず、彼はお父さんが、柔道の日本チャンピオンで、政府から朝鮮に指導者として遣わされて、長男の彼は小さい頃、一緒に今の北朝鮮にいたのだ。二〇一八（平成三十）年に冬季オリンピックのあった平昌《ピョンチャン》でさえあの寒さだから、それより北と言えば想像もつこう。冬は道に水を撒《ま》くと、たちまち凍って天然のスケート場になるのだ。

一方、柊はと言えば体操で鍛えた足腰はしっかりしているが、そう簡単には滑れない。スケート靴を貸してくれるが、足首までしかなく足首がくねくねして不安定で、フィギュア用のように足首から上まで紐《ひも》でしっかり締め固めることができない。

初めのうちは何度も倒れたり、ひっくり返ったりする。ようやく滑れるようになると、もう食事の時間だ。えびの高原まで下山して、食事の用意にかからねばならない。

でも、これが冬の楽しみであった。

スケートだけでなく、ラジオを作ったり、本格的な漆《うるし》塗りの投げ釣り用の釣り竿を作ったりするのを手ずから教えてもらったのもこの時代であった。

何せ、Kさんは全くのゼロから『レコード芸術』だったか、専門誌の設計図を見ながら、真空管やコンデンサー、リケノーム（理研の抵抗器）などを買ってきて自分用のアンプを作り上げた人だ。しかも、パイオニアの一五インチのウーファー（低音スピーカー）を手作りの箱に取り付け、さらに設計図に従って大きなホーンも手作りした。ホーンの口径はゆうに一メートルを超すほどであった。それとは別にツイッター（高音）や中音のスピーカーもあった。もちろんお金に余裕がある人、例えば五味康祐などは当時でも〇百万のアンプを持っているという噂《うわさ》であった。

あるクリスマスの夜、Kさん自慢の手作りアンプとスピーカーを使って、宮崎のバプテスト教会でコンサートをさせてもらったことがある。演目は、ベートーベンの九番やシベリウスの「フィンランディア」であったが、これらは讃美歌として編曲されてもいるので、教会の皆はよく知っている。

今では教会でコンサートを企画したりもするが、遥《はる》か六十年以上前の話である。柊が影響を受けた叔母はこの教会で洗礼を受けたので、彼女の願いを容れてKさんが男気《おとこぎ》を出したわけだ。教会のH牧師は、むしろ喜んで受け入れてくれた。

一二．神の慰め

話は変わって、つい最近の梅雨の頃のことである。牧師を受け継いでいる柊の次男が、柊に自分の感情をぶちまけたことがある。牧師とはいえ人の子、当時三十八歳であった。長男は反抗期が軽くて済んだが、次男は、反抗期がはっきりしていた。

さらに小学校の頃からいじめを受けていたのだろうが、如何《いかん》せん、忙しかった柊は十分には知らなかった。その後、中学校でもいじめを受けていたというのを後で知った。中学校が荒れていた時代で、次男が通っていたのは、その点では福岡市内でも札付きの中学校の一つであった。悪いことはしないが、成績は上の三兄姉には遥かに及ばなかった。

柊は彼の苦しみも知らないで、勉強のことで叱り付け、追い回し、閉め出しもした。次男であるがゆえの悲哀、級友からのいじめ、親からの折檻《せっかん》、いわば三重苦を背負って多感な時代を生きていたわけだ。その分、親の知らぬところで神に祈り、聖書を読み、感性や霊的感性に届く聖書の言葉に慰められていたようだ。他方、柊は聖書の、知的な真理や勧め、戒めの言葉しか知らない、観念的な信仰のキリスト者であった。

次男は、ある時は海岸で、ある時は教会の車庫で寝たこともあるという。当時はもやしのようにやせていたので夜は寒かったろう。朝になって父親が出勤すると帰って来て食事して、学校には行かず、ついに不登校になり一年を棒に振った。

ただ担任の先生は忍耐強く彼を支え続けてくださった。これが不幸中の幸いであった。その先生は、今はある学校の校長をしておられると聞く。

その後、次男は柊の尊敬している沖縄のある牧師の所でお世話になり、教会に通い、ようやく自分の居場所を与えられ、中学一年間を沖縄のアメリカン・スクールに通い、その後、山陰のA高校というミッションスクールで、ようやくあるべき自分を取り戻したようだ。

多感な時期を様々な苦しい経験をして来たわけである。親や世の中の欺瞞《ぎまん》や理不尽なことに対する反発や義憤、心の傷も半端ではなかったろう。

辛酸を舐めた牧師は、若いうちは判官《ほうがん》びいきになりがちで、上から目線の人に反発したりする。だが、年齢を重ねるにつれて円熟し、優等生的に育った牧師より他人の気持ちが分かり、人の心の中に入れて、悲しみや苦しみを分かってくれる優れた牧師、つまり知性だけでなく、感性も豊かな牧師になるものである。

次男はその高校在学中に、同級生たちの気持ちを分かってくれない先生に表立った反発もできず、怒りのこぶしを風呂のタイルの壁になぐりつけ、いわゆるボクサー骨折を起こし、福岡に帰って来た。病院の近くに柊の一年後輩の整形外科医がいた。手の外科では有数の専門医であった。柊は彼に頼み込んで次男の手の手術をしてもらった。

その次男が、今は牧師をして子どもも二人いる。牧師としても、家庭人としても、職業人としても柊のほうが倍以上の経験がある。

その彼に、ある時次男が噛みついたのだ。

それは父の日の頃であった。柊は次のような聖書の言葉をテキストに、教会の週報の裏に父の日の記事を載せたことがきっかけであった。

あなたの父と母を敬え。あなたの神、主が与えようとしておられる地で、あなたの齢が長くなるためである。

（出エジプト記二〇章一二節）

週報を編集する彼はそれを、上から目線と感じ、癪《しゃく》に障《さわ》ったと見える。また、日頃うるさい親に対する反発、細かな所にも落ち度がない親への妬《ねた》みもあったのだろう。物事の本質をつかむのには柊よりも長《た》けているが、細かな所は苦手な次男である

彼はさんざん柊をこき下ろすメールを送ってきた。身内だからそうしたのであろうが……。

父親と息子の関係は、野球監督、故・野村克也氏が言っていたように、難しい。親は、知っていても教えようとして完璧なやり方や答えを示さないが良い。

教えようとするのは、お前のやり方はだめだと言うのと同じだ。子のモティベーションを損ない、反発を招き、関係を失わせる。関係を失っては、以後、教えることはなかなかできなくなってしまう。

父と子の関係はそうで、背中で教える以外にはない。子はなかなか父を超えられないが、それでも時々、親を超えた部分を見てその傷を癒やされ、親のまなざしと、「おっ、こいつはすごい！」という親の表情を見て取って育ち、また、親の良いところも密かに学び取るのだ。

成熟した親は、子どもからどんなことを言われても相手と同じレベルでの反応はしない。将来を見て、むしろ自分のほうが折れるものだ。それが親の愛というものである。

それでも柊には精神的にちょっと堪《こた》え、彼の心は梅雨のようにうっとうしく凹《へこ》んでいた。ちょうどその頃、彼は心臓健診で出務することになっていた。

心臓健診は県が取り組んでいる小・中・高校生の心臓の健診である。郡内に総勢四万人くらいいる。そのうち、小・中学生は約二万人。そのうちの心電図や問診で引っかかった学童の心臓健診を、循環器の医師たちは任されている。四百人ぐらいいるが、その異常者を集めて本当に異常かどうかを九人の心臓内科医が何日間かに亘《わた》り、手分けして厳密に診るのである。

心エコーの機械とその担当医も、こども病院から出務している。

その中に綾さんという名前の生徒がいた。その姓を見て、彼は「おや？」と思った。非常に珍しい姓で、郷里の家の向かいにあった、あのバプテスト教会の牧師さんと同じではないか。

「あなたのお祖父《じい》ちゃんか何かに牧師さんがいなかった？」と聞くと、「ひいお祖父ちゃんか何かに当たる人が牧師だった」と言うではないか。

「宮崎にいたことはない？」

「ええ、そう聞いています。今は本州のほうにいます。字の上手な人だった」と言う。

実は、ついその一週間ほど前に、その牧師が揮毫《きごう》された聖句をまとめてご家族が製本された書籍が、その牧師に世話になったもう一人の叔母から送られてきたばかりだった。身辺整理の意味も込めてであろうか、柊なら大事にしてくれるだろうと考えたらしい。

彼にも送られてきていたが、さっと目を通してから、忙しさに取り紛れてお蔵入りしていたのだ。

そこには水茎の跡も鮮やかに、「國籍在天」とか「神は愛である」「常に喜べ、たえず祈れ……」などの聖句が並べられていた。

彼は懐かしく中学生当時を思い出し、しばらくその子と話し合った。

彼が信仰を与えられたのは、その宮崎の祖父の病院の向かい側にあった教会で、その牧師に洗礼を受け、結核で亡くなった叔母の感化によるのだ。

神は郡内二万人余りの小・中学生の中から四百人前後の学童を選び出し、しかも、他の八人の医師でなく、彼に診察させられたのである。因みにその子の心臓に異常はなかった。

彼は感激して胸が熱くなり、ある聖書の言葉を思い出した。パウロがコリントの教会宛に書いた手紙だ。次のようにある。


しかし、気落ちした者を慰めてくださる神は、テトスが来たことによって、私たちを慰めてくださいました。

(コリント人への第二の手紙七章六節)


パウロは、気落ちしていた自分を慰めてくださったのは神、つまりテトスやコリント教会の背後にあって働いておられる方を主語として述べている。

そのように、出来事を偶然ではなく、その背後に神を認め得る人には、豊かな慰めと感謝がある。神は柊にも、うっとうしい梅雨の中でしばしの晴れ間を見せてくださったのである。

神を信じるとはその者の内に生きて働いておられる方に気付き、認めることである。

創世記三七章以下にあるヨセフの歴史に目を通されるとお分かりになるだろう。神は試練の中でヨセフの信仰を訓練された。そしてヨセフは試練の中にも、信仰により神の御手を見ていたのだ。

辛い訓練も、神の時を信じ謙虚に忍耐し、成功した時や恵みの日には神に感謝する。そうでなければ、辛い時や失敗した時には他人に責任転嫁して人や神を恨み、成功の時は自分を誇る鼻持ちならない人になるであろう。

一三．牧師をしている次男

さて、柊は牧師をしている息子のことを悪く言ったが、彼の名誉挽回《めいよばんかい》のために誉《ほ》めるべきことを思い出した。

それは彼が今の病院で院長をしていた二十年も前のことである。彼は医師や看護師の教育のことをあれこれ考えていた。

ある時、大学に行っている次男が夏休みで帰ってきた。それで彼は何気なく、独り言のように、看護師たちの教育について息子に尋ねてみた。

　息子は即座に、

「そうだね、第一に、目標を持っている子は、その目標がその子に相応《ふさわ》しいなら、その目標をどうやったら達成できるか、色々質問して本人に考えさせるんだ。二番目に、目標が分不相応《ぶんふそうおう》な子は、それに気付かせる質問をして、相応しい目標を立てさせるんだ。三番目に目標を持ってない子は、課題（目標）を与えて、それをやらせるんだ。……そう、もう一種類、相応しい目標を持ってやっている子は見とけばいい」

　と答えた。

　柊は心の中で舌を巻いた。息子はどこでこのような知識を手に入れたのだろう。即座に答えるからには、頭の中で常に整理されているか実践しているに違いないと思った。

　柊自身は自分なりの目標を持って突っ走ってきたが、そのように考えたことはなかった。ちょうどその頃、柊はコーチングを学び始めていたので、ああ、これこそコーチングだと思った。これは、人材育成の優れた手法である。

　人はお仕着せの目標や課題には、よほどお人好しでなければモティベーションを持てないものだ。しかし、自分で考えた目標や課題にはやりがいを感じるのだ。

　その達成に向けてコーチするのがコーチングである。そのため、相手の話すのを聞きながら、時々質問すると相手は話しているうちにアイデアや目標への道筋が見えてくる。俄然《がぜん》、彼はモティベーションをかき立てられる。ティーチングでなく、コーチングである。

子育ても同じで、答えを教えるのでなく、上手な質問をして本人に考えさせるのだ。

自分自身が目標を持つことは非常に大切である。と同時に、否、それ以上に、ある年齢、ある立場になると、今度は後輩をコーチすることが大切である。

一四．ウナギ釣り

話はKさんとのことに戻る。

彼はどこで習ってきたものか、釣りやその道具、釣り竿の作り方、針の結び方などを知っており、柊に教えてくれた。

釣り竿も今はお金さえ出せば、グラスファイバーの継ぎ竿や機械式のリールは幾らでもあるが、当時はそんなものはなく、丈が三メートル、根元の径が一・五センチくらいの竹竿を買ってきて、自分で投げ竿を作るのだ。

小枝は落としてあるが、小刀で節のあたりを削りサンドペーパーで滑らかにし、ろうそくなどの火に当ててまっすぐに伸ばす。次に道糸を通す穴を作らなくてはならない。

それには穴の開いている五～十ミリほどの白い陶器のビーズ玉を一定の間隔で竿に絹糸で結び付け、あとは漆《うるし》で塗り固めるのだ。根元は竹の太さに穴を削り込んだ出来合いの木の取っ手を適当に選び、それに突っ込んで竿全体に漆を塗り、乾けば出来上がりだ。

そのようにして自分が作ったマイロッドを二本ぐらいそろえるのである。

当然ながら、当時は今みたいに道糸を巻きあげる機械式のリールは一般的ではなく、長さ二十センチ、径が十センチ内外の孟宗竹《もうそうちく》の表面の皮を削いで糸巻きのように道糸を巻いて使用していた。それは釣具屋さんで売っていた。

餌はミミズやゴカイ、シャコ、岩ムシなどで、釣るのは、大淀川が海に注ぐ直前に左方向から合流してくる入り江である。餌は釣具店で売っていたが、自分で捕りにも行っていた。

当然色々な魚が釣れる。チヌ、ハゼ、イサキ、セイゴ、ヒイラギ、ウナギ、シマアジ、時にはウシノシタなどが釣れる。今の福岡のようにアジゴが釣れることはなかった。

柊がよく行ったのは夜のウナギ釣りだ。ウナギは夜行性で夜に出て来て餌をあさる。餌は畑などで掘って捕らえた生臭いミミズが最高なのだ。

当時、長持ちする懐中電灯はなかった。Kさんと一緒に、時には自分一人で、アセチレンガスを燃やすカーバイドランプを一つ二つ持って、夕方から船を借りて出かけるのだ。

大淀川河口近くの漁師さんの持ち船を一日百五十円ほどで借りて、艫《ろ》を漕ぎながら入り江を上る。船は木造で幅が一メートル半、長さは四メートル程度で、船の真ん中にはくり抜いた四角い生け簀《す》があり、下の水と通じているが船は沈むことはない。生け簀は船べりと同じぐらいの高さの板で囲ってあるからだ。

船尾には取り外しのきく櫨《ろ》が取り付けてあり、その櫨で船頭さんのように漕《こ》ぐのである。「竿差し三年、櫨は三日」と言っていたが、毎日小船を操る漁師が三年もかかるのだから、竿はできないことはないが難しい。一方、櫨は彼みたいな者でも一日でできるようになった。

入り江は満ち潮、引き潮に応じて、川のように流れる、漕ぎ上って、舟漕ぎ用の竿で下が砂地であることを確かめてから、船首と船尾から、錨《いかり》を下ろして流れに垂直に船を固定する。船べりから竿を二本ぐらい下流に向けて釣り糸を垂らす。日暮れまでにハゼやヒイラギ、チヌを釣ったりするが、日が暮れるとウナギ狙いである。

ウキは付けず、錘《おもり》と餌が川底についていることを確かめ、置いておくのだ。暗くなってくると、用意していたカーバイドランプに水を入れる。くさい臭いがするが、蓋《ふた》を閉めるとシューッとガスが筒先から出てくる。それに火をつけると、ボーッと勢い良く燃えて明るくなる。それで釣り竿の穂先を照らすか、鈴をつけておけば、魚信が分かる。じっと穂先を見ているのだが、夜は更けて昼の疲れで睡魔が襲ってくる。

すると、突然、ウナギは竿と一緒に置いておいた竹筒の糸巻きをひっくり返して引いてくる。もちろん、船べりは四十~五十センチの高さがあるので、水の中に落ちることはない。

「はっさん、お前んとに来たぞ！」Kさんが叫ぶ。

魚の引きに合わせる暇もなく、糸巻は飛んでいく。

それを慌てて竿とともに手で押さえ、体勢を整えて釣り上げるのだ。

四十～五十センチ級にもなると、引きも強く、針をくわえたまま船の上でのたうち回る。それを乾いた新聞紙でしっかと押さえ、針を外す。しばしば、針を外す道具が必要である。小さな三十センチ以内のウナギは、テグスに自分の身体を巻き付けて団子状態になる。それは、忍耐をもって振りほどき針を外してリリースする。一方、釣ったウナギは帰って食べるので、生け簀《す》の中の魚籠《びく》に入れる。ハヤなんかのように簡単に死ぬことはない。

彼の孫が最近多々良川で捕って来た五十センチ級のウナギは、水槽の中で餌もいい加減にしかやらないのに三年近くも生きていた。一緒にいたフナなどはとっくに死んだのに。

孫は自分で調べ、イカナゴを食べると言って水槽の中のウナギが食べるのを見せてくれた。においを嗅ぐようにイカナゴに近づくと、パッと食いつき隠れ家に持ち込み縦に飲み込んだ。冗談半分に、柊が「このウナギ美味《おい》しそうだね！」と言うと、「それは困る！」という顔をする。自分で捕って来たウナギなので可愛いのだ。

ところで、釣って来たウナギを、柊は乾いた布巾《ふきん》でまな板の上に胴体を押さえながら横にして、千枚通しで頭を突き刺す。そして小刀で上手に三枚に開いて骨と頭は除《の》ける。

彼の母は巳年《みどし》（蛇年）にもかかわらず、蛇やウナギは気持ちが悪く苦手であるが、そこまで下ごしらえをすれば、後は彼女が素焼きにし、みりんと砂糖醤油のタレにつけて焼いてくれる。

こう書きながら、昔の香ばしい匂いが蘇《よみがえ》ってくる。

骨もタレをつけて焼くと、パリパリとした食感で、非常に美味しい。頭と肝は吸い物だ。最近売っているウナギより、脂が少なく大変美味しかったのを思い出す。

最近、柊は宮崎産のウナギを買って食べたことがあるが、当時と同じ食感だったという。でも、これも養殖だったのではないだろうか？　食感が同じだったというのは、柊の思い入れだったのかもしれない。

彼がウナギを釣ったその入り江は、大淀川河口につながっている。海に近いほうは何メートルもあって深い。その深い河口で、彼の中学時代の同級生・上野君が、素潜《すもぐ》りで水中鉄砲をもって川底近くまで潜っていた。大型のアカメやアラなどを仕留めると急いで水面まで上がってきて紐《ひも》を手繰《たぐ》り寄せ、格闘して捕り、高級料理店に持っていって小遣いを稼いでいたと聞いていた。

柊は中学時代にはその彼とよく取っ組み合いをしていたものだが、何十年振りかに同窓会で会った時、懐かしさから昔と同じように「何年ぶりじゃろかい？」と言うと、彼は、改まった様子でお辞儀《じぎ》をして、「そう、何年振りでしょうか？」と大人の返事を返してきた。

彼はお饅頭屋《まんじゅうや》さんの中堅職人になっていた。中学校を卒業してからその道に入り、徒弟制度的な世界でそのような挨拶を身につけたのであろう。

取り返せない昔を思って、ショックであったが、彼は柊のその思いと表情に気付いたであろうか？　その彼も既に亡くなったと聞いた。まさしく、「年年歳歳花相似たり　歳歳年年人同じからず」である。

さて、大淀川の少し上流の鶴の島あたりには浅瀬がある。春先に水に入るとノボリコがうようよ泳いでいた。シラスウナギだ。目指すのはそれではなくて、だくまエビ（手長エビ）だ。十センチほどの大きさで、石の陰をそーっと両手で探るとピンと跳ねて手のうちに入って来る。捕るのが楽しいのであるが、大淀川河畔で育った義兄に聞くと昔は天ぷらなどにして食べたという。シラスウナギも捕って食べていたそうだ。

シラスウナギは、最近はほとんど捕れないらしい。あれから六十余年しか経ってないのに……。

もっとも、その六十年の間に柊も変わって、船に乗っての釣りには足元がおぼつかなく、ウナギ釣りに行けないのは非常に残念だという。

それほどに、釣りは男性の心を躍らせるものなのだ。

男性と言ったが、実は、柊の母が「自分も釣りに連れていってくれ」と言ってきたことがある。

足手まといになるので彼は渋ったが、Ｋさんは連れていこうと言う。

親になって初めて分かるのだが、母親は釣りが好きというより、自分の息子がそんなに面白いという釣りに自分も行ってみたい、どんな気持ちなのか、その思いを味わってみたかったのであろう。

彼女はもう洋裁店を構えていたので忙しかったが、ある日曜日、釣りに連れていくことになった。昼ご飯を準備して、朝から出てゆくのだ。例の漁師さんに百五十円で船を借りて、Kさんと彼と彼女が乗り込んで入り江を漕ぎ上ってゆく。入り江の左手は宮崎市内、右手には荒波で有名な日向灘《ひゅうがなだ》を隔てる砂州が横たわっている。

例のごとく漕ぎ上って舳先《へさき》（船首）と艫《とも》（船尾）から錨を投げ入れ、船を流れに垂直に固定し釣りが始まる。何が釣れたか覚えてはいないが、次のことだけははっきり覚えている。

彼ら男性は船の上から「立ちション」ができるが、女性にはそれはできない。しかも彼女は四十歳過ぎであった。仕方なく釣りは中断して右側の砂州に母を連れてゆく。うまく砂州に着くと、彼女は遠く彼らから見えなくなったところで用を足して帰ってきた。それで三十分以上も釣りが中断した。恐らくこれで彼女も、邪魔したくないと観念したのだろう。二度と行きたいとは言わなかった。

第一一章　自我の目覚め

一．罪の意識

彼が性の目覚めとその悩みなど、自分の心の裏側にある後ろめたい秘密を意識するようになったのは、小学校高学年頃からであった。

漱石が言ったと同じように、彼も、心の中の淫《みだ》らな思いや行い、暴露されれば面目を失うような自分、それを、あたかもなかったかのように口を拭《ぬぐ》って皆の前に出る自分を意識するようになったのもこの頃であった。

もちろん、これは当時の自分を今になって分析するのだが、当時は、なぜなのかについてはそれほど深く考える暇はなかった。

他人にはもちろん、母親にもKさんにもそこは話せなかった。親友O君にも。それを知られたら、どんなに軽蔑されるかと思うと話せなかったのだ。

それは協力牧師をしている今も基本的には同じである。もちろん、自分の罪が赦されていることは知っており、キリスト者になって以来、具体的な罪を犯すような行動は避けるように努め、サタンのささやきには耳を貸さないように努力している。だが、それでいて、心の中で人を嫉《ねた》んだり、赦せなかったり、素敵な女性に心を惹《ひ》かれたりしないわけではない。

彼が、教会で説教する時、会衆に向かって「私もパウロが言ったように罪人の頭《かしら》です」と言いながら懐を覗《のぞ》き込んで、「こんなにもたくさんの、皆さんにも、妻にさえ見せられない、見せれば皆さんも私に失望し、私も面目を失うような罪と卑しい思いを抱えています。けれども、それを思い止まらせる神の言葉があり、何よりも、キリストの贖いのゆえにこのような自分が赦されていると思う時に、心に感謝が溢れてきます」としか言えない。

面目がつぶれることはやぶさかではないが、それを具体的に告白しても、メリットは何もなく、デメリットのほうが大きいので、そうするしかないのだ。

さて、話は昔に戻る。彼が中学生の頃、先に述べた叔母（母の妹）が結核にかかり、赤江療養所に入所していた。

今でこそ結核は根治できる病気で、自分も周囲も怖《こわ》がらないが、彼の小学校時代までは死因のトップで、死の病として恐れられていた。結核と告知される時は、「あなたはがんです」と言われるようなものであった。

周囲の人たちは移る（感染する）と言って怖がり、結核患者の家の前を通る時は息を止め、口を押さえて走り過ぎるような病であった。結核の療養所が日本の各地にあった。

国鉄（今のＪＲ）の駅の、屋根を支える柱には陶器製の白い筒状の容器が取り付けてあり「たんわ、たんつぼへ」と書かれてあった。その中には石炭酸などの消毒液が入っていたのであろう。痰の出る人がすべて結核だったのではなかろうが、そのような時代であった。

結核は当時「死の病」であり、叔母はまさに生きる意味を問われる経験をしていたのである。叔母は道を隔てて向かい側にあったバプテスト教会の、先に述べた牧師のお働きを通してキリストを信じていた。彼はその叔母の所に、時には母やＫさん、親友のＯ君と一緒に、また一人ででもよく行った。

学校での出来事などを話したり、「隣人を愛せよと言うのなら、キリストは、その隣人である釈迦を愛すべきだ」などと、よくからかったりしたものだ。

しかし、叔母は微笑んで、説明しても分からない彼にあえて反論しようとはしなかった。

叔母の話していた神様がきっかけとなったものかどうか、彼が生まれ育った儒教的環境のせいか、そのうち自分の罪を裁かれる神を漠然と意識するようになった。

打ち消そうとしても打ち消せない罪とやましい心、偽善者的な自分を咎《とが》める良心の声に人知れず悩みつつも、人前では明るく振る舞う柊であった。

しかし、人を温かく包むように受け入れてくれる叔母が大好きで、そちらに自然に足が向き、一緒にいるのはとても楽しいものであった。そして、口では色々反論してはいたものの、キリスト教に対する本心からの反発などはなく、むしろ、好感さえ抱いていたのである。

この頃から、いつでもキリストを受け入れる心の準備が、彼の内に形づくられていたのであろう。

前述のヒルティは『幸福論』の中で、小さい頃から善悪の倫理道徳を守るように躾《しつけ》られると、人は罪の意識化に導かれ、神を求めるようになるという意味のことを書いている。

人を取り巻く精神風土がその人の人生の将来を形づくる契機になるわけだ。

そういえば、彼の生まれ育った儒教的な風土、彼の叔母が読んでいた聖書、何気なく語っていた倫理観や彼女の真摯《しんし》な人となりも彼の罪を意識化させるように導いたに相違ない。

枯るとみせ、甦《よみがえ》りたり挿しつつじ　洋子

この句は叔母が生前、創ったものである。柊の姉が家に咲いていた、叔母には懐かしい白つつじを持って見舞いに行った。

花瓶《かびん》に飾っていた花が枯れ、叔母がその枝を花壇の土に挿《さ》していたところ生き返ったというのである。

彼女は療友の胸部手術の奇跡的な成功をつつじに託して詠《うた》ったのだが、同時に、人の罪を背負って十字架に架かり、三日目によみがえられたキリストの復活のいのちをそこに見て、自分の手術にもそれを期待していたのであろう。

事実、彼女の手術は成功し、叔母は一時退院して彼女の父（柊の祖父）の医院の一室で静かな療養生活を送り、数年後に夭折《ようせつ》した。三十二歳であった。

できることは神の恵みを思い返して俳句に詠《よ》むことと祈りだけで、きっと柊や親身に世話をした自分の姉（柊の母）も祈りの課題に上っていたであろう。

つつじは枯れたかに見えたが、柊に挿《さ》し芽されたキリストのいのちは再び芽吹いたのだ。彼が学生時代にキリストを信じ、その数十年後に彼の母も入信した。不思議な神の摂理と祈りの力を感じざるを得ない。

二．高校時代

柊は鹿児島の進学校にも合格したが、家族の意見に従って行かなかった。母親から離さないほうがよいとの意見だったのか？　それとも経済的理由だったのか？　真相はよく分からない。けれども、勉強一筋の一本道でなく、様々なことを経験できて良かったと彼は思っている。

その頃になると、彼にも反抗期がやってきた。県立高校に入学する時、彼の母は新品の学生服を買う経済的余裕はなく、質屋に行って質流れのお古《ふる》を買ってきたのだ。

カシミヤではあったが、しっかり着古されて袖が両方とも擦り切れていた。その頃の彼は何でもきちんとしなければ気が済まなかった。それを着て高校に行くのは恥ずかしかったのだ。

ズボンも毎日、寝敷きしていた。

この年齢の頃は自分を意識する傾向が強かったのだと思う。

人は他人のことをそれほどには意識してないのだと、今なら分かる。例えば集合写真を見せられると、誰でも真っ先に自分の顔を探す。他人の顔はどうでもいいのだ。

柊の自意識傾向がもっと強かったら、きっと引きこもりになったであろう。そんなに真剣に考えなくてもよかったんだと、今になって分かる。

さて、ほつれた上着の袖は、何回も母に修繕《しゅうぜん》してくれと頼んだが、いくら頼んでもやってくれない母に、ついに頭にきて、その学生服を風呂窯《ふろがま》にくべて燃やしてしまった。

彼女は洋装店を開業して忙しく、息子の洋服の修繕よりお客様を優先していたのだろう。

宮崎の風呂も当時は五右衛門風呂《ごえもんぶろ》で薪《まき》をくべて沸かしていた。毛の焼ける匂いが洋裁室まで漂《ただよ》って来て、皆が気付いた時は後の祭りであった。

のちにビニロン混紡の、高くない、新品の学生服を買ってもらってそれを三年間着通した。

息子の高校入学のためにと、なけなしのお金を持って質屋に行った姿を今になって想像し、一時的な感情で火にくべ、母を悲しませた自分の思慮のなさに、情けないと彼は思い返す。

今から考えると、ミシンも手縫いも下手な柊ではない。だったら、カーッとなって火にくべないで自分で修繕すればよかったと反省しきりである。

それだけではない。あれほど何でもかんでもついていったKさんと意見が合わないこともあった。しかし、それは心の中で噛み殺していた。

彼の母はその忙しさのゆえか、元来のおおらかさのせいか、あれこれ言わないで、彼を信頼して、自由に育てた。そのことは、却って彼に自分の行動やその結果に対する責任意識を与えることになった。それは、先に伯父の家での儒教的な環境があったからだと思う。

もし、初めから自由放任主義であればそうはいかなかったろう。

さて、小・中学校では成績が良く苦労しなかった彼だったが、勉強の仕方を知らず、ノートを取る習慣すらなく、その分、高校では苦労した。それもそのはず、冬のスケート、夏の釣り、昆虫採集、体操と、勉強する暇はなかった。その中学校で鉄棒に関しては誰よりも上手《うま》かった彼は高校では体操部に入って新しい技に挑戦していた。

今の内村選手などと、レベルは全く違うが、同じ六種目（床運動、平行棒、鉄棒、吊り輪、あん馬、跳馬）である。彼は鉄棒や吊り輪が上手かった分、身体が硬く、柔らかさも必要とする床運動は苦手であった。同級の稲木君は身体が柔らかく、床運動が得意であった。

何回かの県大会や九州大会にも出場したが、県大会の新人戦で柊は二位に入った。

体操は身体全体を使うので、授業の後の何時間かの練習で、身体はくたくたになる。

これで食事をして風呂に入ろうものなら、勉強机についても、体操部からボート部へ鞍替えするだけだ。今度はこっくりこっくり舟漕《ふねこ》ぎが始まる。

そのまま眠って白河夜船《しらかわよふね》、朝目覚《めざ》めると七時半、洋服着ながら食事して、自転車漕いで登校し、午前と午後の授業受け、それが終わると体操だ。練習二時間、帰って夕食、その後風呂、机についたら舟を漕ぐ、という同じサイクルが続くのだ。

これで成績が落ちないはずがない。入学した時は五番以内であった成績も、百五十番ぐらいまで一気に落ちた。四百人ぐらいの県立の進学校である。高校三年になり、気が付いてその気になっても、時既に遅し、五十番ぐらいまでしか挽回《ばんかい》できなかった。

将来自分は何になるつもりなのか、どの学校を受験するのかなど、全く考えたことがなかった。『傾向と対策』とか、『螢雪時代』とかいう雑誌があることは知っていたが、受験対策など思いつきもしなかった。これも長男長女症候群のゆえであろうか？

母も周囲も何も言わなかったが、「頑張らなくては」という思いと現実とのギャップで悩んでいた。しかし、具体的にどうすれば良いかも分からなかった。今になって考えると、体操や魚釣り、スケートに逃げていたというのが、本当のところかもしれない。今ならスマホだろうか。

柊の場合、他にも罪意識と良心との葛藤があり、それらを一つひとつはっきりと意識していたわけではないが、誰にも言えず悩んでいた。

誰でもそうかもしれないが、高校時代の三年間は非常に短い。思い出も断片的である。

運動会の時、ロマン座という映画館で上映していた『十戒』を先輩たちが仮装して馬車で行進したこと。本物そっくりであったが、その映画館からお金が出ていると後で聞いた。

早弁（お昼前に弁当を食べること）のこと。休み時間に食べられなかった分は教科書で隠して授業中に食べていた。先生は分かっていても、見て見ぬふりをしていたのであろう。

世界史の先生の授業で、先生自身が大学生の時「レニューメレイヨンでなくて、レミューネレイション」だと先生をやり込めた脱線話は、六十年経ってもまだ覚えている。

国語古典、これも『平家物語』や『方丈記』以外には、楊貴妃の入浴の姿を描いた長恨歌《ちょうごんか》などの漢詩「水滑らかにして凝脂を洗う……」の脱線話しか覚えていない。恐らく、先生方も生徒を眠らせないために興味深い脱線話をされていたのであろう。彼も食い入るように聞いていたものである。今になるとよく分かる。柊も教会での説教で脱線話をよくするから。

もう一つ思い出すのは、巨人軍が宮崎でキャンプを始めた頃である。

「今日の体育は休み！」と告げられるとクラスの皆は自転車で県営球場に押しかける。入場料も整理券も要らない。前年、契約金三千万で入団した立教大卒の長嶋や、早稲田実業から投手を期待されて千八百万で入団したての王貞治が同時に見られるのだ。

ワクワクしながら捜すと、記者がぞろぞろついていくのですぐ分かる。長嶋はハンサムで格好良かった。それを長嶋自身はあまり意識してないのが、彼が好かれた理由かもしれない。

王選手を間近に見ながら驚いたのは、そのお尻の大きさであった。

「これだから甲子園を沸かせる投手が務まるんだ」と思ったものである。もちろんその後、打者に転向してお尻のせいで？　世界のホームラン王となったのはご存じの通りである。

柊のいた高校は、受験、受験とせかすような教育は一切しない高校であった。その意味では楽しくもあり、一方、落ちた成績が気になり、心の中では悩ましくもあり、何が何だか分からないまま、あっという間に終わった三年間であった。まさしく、「シュトゥルム・ウント・ドラング（疾風怒濤《しっぷうどとう》）」という言葉が当てはまる、青春の一コマであった。

彼は長男であるが、一般に長男や長女はお人好しである上、今の言葉で言うKY（空気の読めない）人間だった。押しが弱くて詰め甘く、諦《あきら》めが早く粘りがない、下心なく気前良く、自己主張なく高ぶらない。これでは相手にとって与《くみ》しやすく、だましやすい。総領の甚六たる所以《ゆえん》である。

このKYが、受験のためにはどうすれば良いかという彼の判断を遅らせたのだ。

生まれる順番によって、人の成長がどう変容していくかについては既にいくつかの本になっているが、彼は長男や長女については冗談交じりに「長男長女症候群」と言っている。

あの人は頭が良いと思う人がいるが、たいてい長男のおこぼれを狙っている次男か三男である。賢いのだろうが、言い換えると、長男ほど恵まれてないので、日頃から、機会あらばとか、こんな時はどう考え、どう振る舞えば良いかと考える習性が身についているのだ。

長男は恵まれているのでそのように考える必要を感じないのだ。

三男の場合はもっと訓練の機会に恵まれている。反面教師が二人もいるのだから。長男の凡庸さと次男の父への反骨を見ているので、「俺は兄ちゃんたちみたいに下手な真似《まね》はしない！」と、双方への対応を考えるからだ。そういえば日本占領時のＧＨＱのトップ、マッカーサーも三男だ。ウエストポイント士官学校を首席、しかも開校以来の優秀な成績で卒業したと言われている。

柊は大学で揉《も》まれて次男三男の悲哀を味わい、少しは賢くなれたと思っているが、一方、彼の妻は長女であり、結婚するとすぐ専業主婦になったので、長女症候群を卒業することなく天《てん》真爛漫《しんらんまん》で今日に至っている。とにかく、疑うことを知らず、詰めが甘い。

柊も若い頃は、彼女の詰めが甘いことを、いちいち指摘したり、もどかしくて腹を立てたりしていたが、今は広い心で受け止めるようにしている。

しかし、彼女は相手にとって、二心《ふたごころ》のない、安心できる人物である。だからこそ、牧師夫人として皆の信頼につながっていると言えよう。

話を元に戻そう。彼は現役受験の時は工学部の生産機械科という学科を受けたが、その年、その大学で一番に難しかった。当然、彼は落ちた。日本のものづくり産業がもてはやされ始めた時代であった。電子工学科ができたのもこの頃である。

浪人一年目は、四月から福岡の予備校に通った。下宿の同僚が花札をするので、自分も付き合わざるを得ず、勉強に身が入らなかった。彼はここでも、環境に押し流され、ノーと言えない日本人だったのだ。下宿を替わったが、友達もなくて寂しく、一月には宮崎に帰ってしまった。

生産機械科は前年同様に難しく、また落ちた。医学部のほうがランクは下であった。浪人二年目は夏頃まで自宅にいて、九月から鹿児島の予備校に行った。甲突川の近くの、二百人前後の予備校で、近くに西郷従道などの碑が建っていた。

そこでようやく勉強の仕方を悟り、その習慣が付いた。その勉強の仕方とは、翌日の授業の予習をするのだ。問題があればそれを解くまでは寝ないで勉強するのだ。そのお蔭で、翌日の授業は「そうだ、そうだ」とか「なるほど」と面白くてたまらない。分からない所がどこかが分かっているので、それに関する生きた質問もすることができる。

何のことはない、皆もそうしていたのだろう。復習する余裕はなかったが、成績はどんどん上がった。最初は二百人中、六十番前後であったが、受験直前の一月の頃には四番までになった。トップはいつも、福岡にある県立S高校の卒業生であった。

祖父や伯父を見ていた彼は医学部志望に変えた。ただしその年以降、医学部は急に難しくなり、合否すれすれでうまく指が引っかかったのだろう。体操をやっていたから……。

第一二章　大学生活とキリストとの出会い

柊はそれまでの儒教的世界、親の庇護《ひご》のもとにある世界から、経済的なこと以外は自分で考え、意思決定する、さらに広い社会に羽ばたいていくことになり、そこで彼はキリストと出会うことになる。

一．福音との出会い

「福音」とは一般的には「良い知らせ」という意味である。

福音という言葉が聖書やキリスト教界で使われる時には、キリストによる救いについての良い知らせ、また、その内容のことなのだ。

柊は鹿児島に近い宮崎の田舎の儒教的環境の中で、長幼の序、礼儀作法、正直さ、勤勉さなどを植え付けられて育った。

人前では立派に振る舞い、周囲からも優等生的な子どもと見られていたが、そのような環境は自分の後ろめたい秘密や淫《みだ》らな思いの自分、性の悩みを意識させるに十分であった。

一方、つとめて、それを忘れようとする自分もいた。

二年の浪人という挫折を味わって後、大学に合格して福岡に出て来た彼は、親元から離れて自由に羽を伸ばせた一方、悪いことに誘われることを押し留める儒教的な倫理観があった。しかし、水面下にあった罪を意識する思いは、何かのはずみに水面に急浮上してはまた沈みという潜水艦航行を繰り返していた。それまで心に蓋をしていたのだ。

親の目から自由になれた一方、何かしら見ておられる方の目から逃れることはできなかったのだ。

聖書の詩篇一三九篇一～一〇節に、次のようなくだりがある。


主よ。あなたは私を探り、私を知っておられます。

あなたこそは私のすわるのも、立つのも知っておられ、私の思いを遠くから読み取られます。

あなたは私の歩みと伏すのを見守り、私の道をことごとく知っておられます。

ことばが私の舌にのぼる前に、なんと主よ、あなたはそれをことごとく知っておられます。

あなたは前からうしろから私を取り囲み、御手を私の上に置かれました。

そのような知識は私にとってあまりに不思議、あまりにも高くて、及びもつきません。

私はあなたの御霊から離れて、どこへ行けましょう。私はあなたの御前を離れて、どこへのがれましょう。

たとい、私が天に上っても、そこにあなたはおられ、私がよみに床を設けても、そこにあなたはおられます。

私が暁の翼をかって、海の果てに住んでも、そこでも、あなたの御手が私を導き、あなたの右の手が私を捕らえます。


当時はキリストを信じていたわけではないが、神とも言える存在は感じていたのだ。ただし、その神は厳しい神であって、いつくしみの神という感覚は全くなかった。


さて話を元に戻そう。

今から五十年以上も前の日本である。安保闘争直後の大学紛争のさ中、彼も、座り込みやデモに参加した。今なら分かるが、当時、デモをする意味を十分理解できなかった。また某宗教団体の集会にも誘われたが、いずれも彼の心の渇きを満たすものではなかった。

何かを求めていたのだが、それが何であるかは彼には分からなかった。

スタンダールの『赤と黒』に心を躍《おど》らせながらも、一方では色んな人の書いた『人生論』やジイドの『狭き門』を読んだのもこの頃である。アンビバレントな自分がいたのだ
さて、入学間もない頃、オリエンテーションの帰りに背の高いアジア系と思われる留学生がビラを配っていた。それはドイツ語バイブルクラスのパンフレットであった。これが柊の人生

を変えることになったのである。

後で分かったことだが、彼はマレーシアから来た医学部の留学生で、柊の一年先輩であった。大学を卒業すると米国に留学し、麻酔医の仕事をしていたが、今はもう引退している。

マレーシアは、人口の六割がイスラム教徒というが彼の家はキリスト教徒であった。華僑の人たちが四分の一を占めているそうで、彼も中国系のマレーシア人であった。マレーシアにいても大陸的なものの考え方に彼はびっくりさせられたことがある。

マレーシア人にとって、福岡の冬は格別寒い。ある日、彼は厚手のオーバーを着て、左右はっきり色の違う靴下を履いていた。今でこそ左右違う柄や色の靴下があるが、その時代では全く意味が違うのだ。

びっくりした柊は、思わず、「陳《ちん》さん、靴下が右と左と色が違うよ！」と言った。するとは彼は、「いや寒くなければ、それでいいんだ」と、気に留めなかった。彼にとっては寒さに対する防寒が重要で、外見は気にする必要はないのだ。

今になって思い返すと、彼は柊とは違う価値観に生きていたわけだ。見方を変えれば、柊は彼が一番大事にしているところは何かが、見えなかったわけだ。この時は「なるほど」と頭で分かっても、納得できるようには分かっていなかった。

後々、年齢を重ね、体裁よりも本質的なことを大事にすることが、聖書の、いや人生の重要な価値観なのだと考えられるようになった。

そういえば、柊は中学・高校の頃、勉強を始める時はまず鉛筆を削り机の上を片づけてからでないと勉強に集中できなかった。そして、その「ルーティーン」に時間がかかり、それが終わると大きな仕事が終わったかのようにホッとし、肝心の勉強はあまり進まなかった。

また、循環器内科に入局して、自分の机を与えられた時のことを思い出す。彼が机の周りに教科書や書類をびっしり整理して並べていたのを、ある先輩から冷やかされたのだ。その先輩の机は何もなくすっきりしていた。しかし、いつしか片づけるのは後回しにして、さっと物事に集中できるようになっている自分に気が付いた。

同じ頃、同期のT君が、教授ぐらいになると物事の並行処理ができると言っていた。当時の柊は一つのことにしか集中できず、同時に二つのことに取り組むことは難しかった。だが、これもいつの間にか二つ三つの仕事を並行処理できるようになっている自分に気が付いた。つまり細かい点には気を遣わず、全体を俯瞰して、本質的な所や優先順位に気を配り、非優先事項の出来栄えには片目をつぶるということである。

これらも、価値観の変化、立場の変化、また年齢とともに訓練されていったのだろう。

さて話は戻るが、バイブルクラスのパンフレットは医学生の彼にはとても魅力的であった。

「ドイツ語と一緒にキリスト教も勉強できる。西欧の文学や文化の根底にはキリスト教がある。西欧文学や学問、文化を理解するためにはキリスト教を知らなければ無理だ、医学用語もドイツ語と聞いているし……」

彼はそう思ったので、キャンパス近くのその教会の門を叩いた。

当時の彼のキリスト教理解は、喜びというより、禁欲主義という印象が強かった。キリスト教に対する日本人的理解の枠にとらわれ、それを超えることはできなかったのである。

その教会のバイブルクラスは、若いドイツ人宣教師夫妻が主催し、クラスの終わりには美味しい紅茶と手作りのクッキーが出された。

宣教師には女兄弟はあったが、一人息子であった。彼は両親の止めるのを振り切って日本に宣教師としてやって来たのである。それほど彼の心はキリストの愛にとらえられていたのだ。

しかも、来日前、彼には将来を約束した女性がいたという。その女性は彼が宣教師として中国に向かう時、一緒に行けないと言うので単身で出発した。その後、中国が門戸を閉ざしていると分かり、日本にやって来たのである。その後、別の女性を奥さんに迎えた。バイブルクラスを助けていたその奥さんだ。

彼は建築科を卒業していたので、ドイツでもそれなりの地位や財産を築いたと思うが、それに満足できなかったわけだ。

事実、彼は日本での宣教を終えた後、子どもたちの教育のために米国に渡った。自分でお金を稼がなければならなかった彼は、生命保険会社で西海岸トップの業績を上げたという。

それに飽き足らず、スタンフォード大学のチャプレンとして招聘《しょうへい》を受け、多くの日本人や中国人を神のもとに導いた。彼は地上のものでは心が満たされることはなかったのだ。

さて、話を元に戻そう。宣教師は柊を日曜日の礼拝に誘った。

柊の心の中には、もしや、ここに自分が求めて来た、心の渇きや葛藤からの解決があるかもしれないという思いと、一方、深入りするとまずいかなという思いが心の中で微妙に交錯していた。

勧められるまま、日曜日の朝の聖餐式や夜の福音集会、火曜日の祈り会、木曜日の夜の福音集会にも出席するようになり、扱っている内容が人間の最も本質的な問題であると理解するにつれ、教養として利用しようとしていた自分の動機の不純さや浅薄さが次第に分かってきた。

今にして思えば、彼はこれを求めていたのだ。結核を患い、クリスチャンになった亡き叔母の祈りは答えられつつあった。

そこでは、人は何のために生きるのか、天地万物を造られた神と、その方に造られた人間、その罪、罪の裁き、キリストの贖いによるその裁きからの救いなどが説かれていた。

造られた人間が本来なら崇《あが》めるべき神を崇め敬うどころか、裁き主の神を恐れもせず、人間同士で互いに争い、いがみ合っている。これこそが聖書の語る罪とその結果なのだ。

そして、自分もその仲間である……と。

彼は自分の罪を素直に認め、キリストがその罪の身代わりに神の裁きを受け、三日目によみがえり救いを成就し、それにより天国の約束（救い）に入れてくださることを信じた。

しかし、である。その後いくら祈ってみても、救われたという実感がなかった。

救いとは、劇的な体験でそれと分かるものだと彼は思い込んでいたわけだ。けれども、そのような明確な体験をする人もあり、そうでない人もいるのも事実だ。

救われるのは簡単である。だから、彼と同じように手応えがないので、こんなものかと勘違いして、やめてしまう人もいる。

日本人はちょうど八十八ヶ所巡りのように、何かを成し遂げたという達成感の末、救いを与えられたら気が済むのかもしれない。

一方、信じて、天国行きの列車の切符を手にして乗り込み、安心して眠ってしまう人もいる。現在の柊に言わせると本当に勿体《もったい》ない話である。棄教しなければそれも良いだろうが、福音には無尽蔵の富が隠されていて、その入り口は狭いが、中に入ると奥は広く深く、途轍《とてつ》もなくすばらしいのだ。それを味わい尽くさない手はない。

イエス・キリストは神の国（つまり神の救い）を次のように語られた。


天の御国は、畑に隠された宝のようなものです。人はその宝を見つけると、それを隠しておいて、大喜びで帰り、持ち物を全部売り払ってその畑を買います。

（マタイによる福音書一三章四四節）


天の御国の意味は深い。天国への約束を得るだけでも、とんでもない儲けものであるが、その奥があるのだ。この地上での動かない平安、神とともにある幸せ、天の御国への、生ける望み、日々を生きる力、神の国のために働く生きがい、キリストに似る者に変えられる望みなど、それを究めていく生涯であり、救われた後も「乞う、ご期待！」なのだ。

イエス・キリストの第一弟子であったペテロは次のように述べている。

その栄光と徳によって、尊い、すばらしい約束が私たちに与えられました。それは、あなたがたが、その約束のゆえに、世にある欲のもたらす滅びを免れ、神のご性質にあずかる者となるためです。

（ペテロ第二の手紙一章四節）

では、すぐに神のご性質に与《あずか》るのであろうか、否、一生を懸けて達成していくのだ。

例えば、西洋人が茶道を習う時、「もっと能率良く、ササッとできないものか！」と、まどろっこしくて仕方がなく、途中でやめてしまう者がいる、と柊は妹からだったか、聞いたことがある。その人は茶道の本質を分かっちゃいないのだ。奥は深いのに……である。

西洋の先進国も能率一辺倒の競争社会で、時間のない社会に慣らされ、縛られており、そしてそれに気付いていないのだ。三分間が待てない日本人も同じである。要注意だ。

二．救われている確信

柊の場合、自分がその救いを受けていると確信できるまで、少し時間がかかった。救われているという、それと分かる感覚がつかめなかったのである。素直に信じ、神に祈ったのに、神の声が聞こえたり、高揚感があったりという劇的体験がなかったからである。

彼の教会のある信徒たちや、パスカルの原理で知られるパスカル、キリストの弟子たちを迫害していたパウロのように、劇的な体験、あるいはそれと分かる回心の体験をする人もいるが、彼の場合はそうではなかった。

誰にも言えぬまま悶々《もんもん》と半年が過ぎ、これなら、もう教会はやめようかとも思っていた。

一方、そこに集う若い青年たちの、確信に満ちた表情や言動を見る度《たび》に、「やはり何かがここにある」と思って通い続けた。当時は若い者たち中心の教会であった。

さて、うっとうしい梅雨が明けるとクマゼミが一斉に鳴き始め、ギラギラと太陽が照りつける福岡の暑い夏が来た。

彼は、教会はこれが最後かとも思っていたが、その年の教会の夏期キャンプに誘われた。断る理由もなく、興味もあったので、そのキャンプに参加した。志賀島という小さな島の畳敷きの国民宿舎での数日間のキャンプであった。

宣教師がどのような人づてで、どれほどの講師料や旅費、宿泊費を払って来てもらったのか、初心者の彼は知る由もなかったが、二、三人の外国人講師と何人かの日本人講師が来ていた。もちろん参加費もあったろうが、献血（当時は売血）したり、医学論文の作成（和独）を手伝ったりして稼いでいたのだ。今ならその金銭的な大変さはよく分かる。彼の労苦には心から感謝する。

キャンプという、日常生活とは全く違った環境の中で、人の心は開放される。心のネクタイと靴下は脱いでも良いのだから。彼は、ある伝道者に素直に自分の本心を打ち明けたのである。それまでは心の奥の扉を誰にも開いていなかった。しかし開放された雰囲気の中で、その扉が開かれたのだ。

彼は素直に心の内を打ち明けたのである。

「救われているという感覚がつかめないのです。信じてはいるのですが……」

すると、その先生は、「救いは感覚ではなく、キリストの十字架の贖いの事実とそれで一切を赦そうという神様の約束に基づいているのです。その約束を信じ、すがる者には、救いが与えられているのです。たといその感じはしなくても」と言って、ヨハネ第一の手紙一章七節～一〇節を示し、一緒に祈ってくれた。その時点ではまだ救われたという実感はなかったが、理屈では納得できた。

その伝道者が引用された聖書にはこのようにある。ヨハネを通しての神の宣言文である。

もし、私たちが自分の罪を言い表すなら、神は真実で正しい方ですから、その罪を赦し、すべての悪から私たちをきよめてくださいます。

（ヨハネの第一の手紙一章九節）

彼は聖書をさらに詳しく読むようになり、神や神の国、人間の本性である罪、救いの全体像などが次第に分かってきた。聖書全巻を一、二回通読したのもこの頃のことである。自分では気付かなかったが、繰り返し説教を聞き、聖書を学ぶうちに、自然に聖書の理解が進んだものと思われる。キリスト教の教理のおおよそが分かってきたのだ。

ただし、「罪」の意味は字面《じづら》では分かっても自分の罪の深さを知るのはそれからであった。キャンプから五カ月くらい経って、彼は、自分が救われていること、赦されていることが理解でき、知的に確信できるようになった。ただし、現在持っている、救われていることを素直に実感できる穏やかな喜びと平安の感覚は、当時は乏しかった。

その後、宣教師から他の二人と一緒に「大和湯」という銭湯を借りてバプテスマ（洗礼）を受けた。真冬の一月十七日の寒い昼過ぎであった。柊が二十一歳の時のことである。

さんざん迷ったけれども、途中で止《や》めないで良かった、キャンプに行くのを断らなくて本当に良かったと、彼はつくづく思った。そうでなかったら今の自分はないと……。

洋子叔母の祈りはここに成就したのである。

三．大学生活

彼が初めに住んだのは、かの有名な田島寮であった。大学の教養部とは目と鼻の先にあった。昭和三十八年の話である。現在、その寮の跡地は、ある学校法人の運動場になっている。

寮費は安く、仕送りのお金が二千円送られてくると、奨学金二千五百円と合わせて、寮費を払い、四十五円の昼食の食券と六十円の夕食の食券のひと月分を買う。こうすると、学生食堂で食いつなぐことができるのだ。

朝食は大学のミルクホールでトーストを食べた。ひと昔前のトースターで焼いてくれる。当時、多くの家庭で使っていたエジソンによる手動式のものよりも最新式であった。食パンを縦に入れ、焼けるとバイメタルによりスイッチが切れてポンと上がってくる。それにたっぷりとバターを塗ってくれるのだ。柊は今でもその味と匂い、ミルクホールのザワザワとした喧噪と雰囲気を忘れることができない。

昼食は定食以外に、カレーが四十円で、トンカツが六十円で食べられた。

寮は学生たちの自治に任されていて、トイレは臭くて汚かった。男性寮であったから。入寮早々、彼らは先輩たちから手荒い洗礼を受けた。たらいや洗面器に尿や水を溜めておいて、真夜中に新入生が寝静まった頃、それを窓から引っかけてゆくのだ、もちろん廊下近くに寝ていた者たちは被害を被《こうむ》ったろうが、「来年は俺たちが」と我慢した。それはこの寮の恒例行事であったので、恨むようなこともなかった。

寮祭も終わった六月の頃であった。彼にはホームシックはなかったが、休みがあったので宮崎に帰っていた。日曜日には大淀川の近くにあるメノナイト系のキリスト教会に行った。

幾日か宮崎で過ごし、福岡に帰ろうと鈍行列車に乗るまでは良かったが、大雨のため、国鉄（今のＪＲ九州）の鳥栖駅で足止めを食らった。

福岡に帰ってみると、寮の横の樋井川が氾濫、寮は床上まで水浸《みずびた》し、友人が彼の布団や教科書を押し入れに上げてくれていて助かった。上級生は、二階建ての少し立派な寮で、土台が高かったので被害は免れたが、新入生は平屋の十二畳に六人という寮だったのである。

今でも何人かはその顔を思い出す。寮の壁にそれぞれが、「自分は将来の〇〇」と落書きした。それぞれは自分の書いたことを覚えているに違いないが、柊は、「自分は将来の医師会長」と書いた。

当時は水洗便所ではなかった。同室の川崎君だったかの、「うんこプカプカ」という言葉は、その当時の惨状を物語っていよう。六本松周辺が水浸しになったのだ。

彼ら平屋組は、この災害で住む所がなくなり衛生上の観点から、他の下宿に引っ越した。

その頃、彼は教会に顔を出していたので、新しい下宿に移っても、先に書いた信仰の先輩が、時々彼を訪ねてきてくれた。彼が不在の時には、「元気にしてますか？　また会えるのを楽しみにしてますよ！」という小さなメモが郵便受けに入っていた。彼は当時インターンをしていて忙しい中、キリストに倣《なら》って一匹の子羊を訪ねて来てくれたのだ。今は柊が所属する社会医療・福祉法人の理事長を経て名誉会長をしている。

柊は教会に通いながら聖書を本格的に読み、大学では教養科目の授業を受けた。クラスメートは本気でその授業を勉強するが、彼は授業のほうは二の次で、聖書やその解説書を読み、会堂の掃除、天幕伝道の準備や後片づけ、日曜学校の先生などの働きで忙しく、必要最小限の勉強しかできなかった。

そのせいで、試験の評点のほとんどがB。少数のAと少数のCがあった。

原子物理学の試験では、ヤマかけをしていたが、四つの問題のどれもヤマを外れていた。彼はヤマかけの下手な生徒だった。つまり要点や本質を見抜く力は当時なかったわけだ。それで仕方なく、「この問題はさておき」と前置きして、自分でヤマをかけていた問題を四つ書き、それを解いて提出した。評点は粋な計らいでCであって落第にはならなかった。

一般物理のUという先生は、彼が浪人一年目で福岡のE予備校に通っていた時、物理を教えていた先生であった。特徴のある先生であったので、今でもそのお名前を覚えている。恐らく空いた時間にアルバイトをされていたのであろう。

さて、二年間の一般教養の勉強が終わると、六本松から医学部のある馬出《まいだし》に移り、生理学や解剖学、生化学、薬理学、病理学、寄生虫学、衛生学、法医学、放射線基礎医学、などの基礎医学とその実習に二年間を費やす。

その後の二年間は「ベッドサイド教育」という、患者さんに接しながら、内科学をはじめ外科学、整形外科学、心臓外科学、産科学、婦人科学、小児科学、精神科学、心療内科学、循環器内科学、神経内科学、脳神経外科学、眼科学、皮膚科学、泌尿器科学、耳鼻咽喉科学、放射線医学などのおびただしい臨床医学の知識を詰め込まれる。

その四年間は息つく暇もない勉強だ。

柊の母が百三歳を超す歳になっても、「何もしてやれなくて、苦労をかけたね！」と口癖のように言うのも今ならよく分かる。だが、彼もその時分は彼女のその実情は知らなかった。

彼女は、手形の決済、生地を買うお金、縫子さんたちへの給料、彼の姉と妹の学費、食べてゆくお金の中から、彼になけなしのお金を送るしかなかった。ある時は縫子さんたちが話し合って、幾ばくかずつ足してくれて仕送りしたことがあったと後になって聞いた。

毎月二千円の仕送りと二千五百円の奨学金を受け、家庭教師をして、その一割を教会に献金しても、必要なものはどうにか買えた。彼が家庭教師をしていた酒屋の息子、当時の高校生M君は、医者になり、小児科を開業している。

教会の先輩にBさん、Hさん、Cさんという三人の医学生がいたので、教科書はお古《ふる》を譲ってもらって、新品を買ったのは千円の医化学の教科書一冊だけであった。

譲り受けた解剖学の実習の本などは、人体解剖の最中に「えーと、これは？」とページをめくる。そのため手袋はしていても、その手あか、というよりも正確には死体の脂が本についているため、汚《よご》れていて臭かったが、新品の本を買う余裕がないので仕方がない。

裕福な級友たちは、解剖学や組織学、生理学や病理学、内科学や外科学と、当時で合計〇万円の新品の本を次々買っていたが、うらやましいとは思わなかった。

その後の大学の数年間も教会で、信仰の先輩や何人かの若い人々との聖書の学びや教会の様々の働きと後輩との交わりや指導に終始し、教会の日曜学校の先生も担当していた。

それがとても楽しかった。彼の聖書の知識はこの頃に蓄えたものである。

日曜学校で教えるためには自分も勉強しなければならない。その勉強や仲間とのやり取り、読書会などが、彼の聖書理解、キリスト教理解の核ともなっていった。

もちろん社会人も何人かいて、日曜日の礼拝説教を担当していたが、日本経済が右肩上がりに成長していた時代である。聖日の礼拝説教を担当させられたりした。彼だけではない。若い者たちの何人かは同じように担当させられた。

社会経験もない学生服を着た若造《わかぞう》が、註解書と首っ引きで勉強したものを説明する知的説教であった。宣教師は若い信徒に、将来を見据えてそれをさせたのである。

自分もできないことを、皆の前では神からの勧めと称して説教するわけである。

当時はパソコンも、パワーポイントもなく、説教は手書きであった。それを読むような感じの説教である。聞いている皆もさぞかし眠たかったことであろう。

　本来、説教は自分が教えられ悟ったり、感じたり、体験したりした聖書の言葉を、神の臨在の中で相応しい質問を交え、語るものである。聴衆にも、他人事でなく自分のこととして考えてもらい、苦しんでいる人には神の恵みといつくしみを、傲慢な者には神の聖さと峻厳の前に自然にへりくだりを促し、時には悔い改めに導くのが、説教ではないだろうか。

　原稿を読むのではなく、皆の顔を見ながら自分の言葉で神の言葉を取り次ぐのが説教である。でなければ、説教者の心、ひいては神のみこころや思いも伝わらない。

　会衆は多くが彼より年配で、先に書いた先輩の二人を含め、社会経験もあり、信仰生活が長い方々もおられるのだ。

　のちに彼の妻となる女性は、はらはらしながら、説教が無事に軟着陸するようにと祈っていたとのことである。

　想像するに、宣教師は説教の準備や新しい伝道の開拓の準備、文書伝道、医学文献や医学論文の翻訳のアルバイトなどに忙しく、教会の実務や後輩の指導は彼ら若い者に任せ、説教も時々任せていたわけである。これが若手にとっては、やりがいになったわけだ。

　後輩の指導と言ったが、彼自身も先輩から教えられた通りのことをそのまま受け売りするわけだ。若い者たちばかりなので、互いの交わりは、密で純粋である。自分自身の中に確固としたものとして確立していないので、教えられたことは、純粋にそのまま受け取り、そのまま伝えていくのである。それが、極端なキリスト教でなかったのは幸いであった。

今から思えば先輩たちの知的な聖書理解が否応《いやおう》なしに伝わり、彼やその仲間たちの信仰の血となり肉となっていったのである。

「信仰の経験は後からついて来る。だから、若い時はせめて聖書やキリスト教の知識だけはしっかり仕入れておこう！」が、互いの合言葉であり、たくさんの信仰書や聖書研究の学びを自主的にやっていた若い教会であった。実地訓練を伴った神学校とでも言えるだろう。

彼もアルバイトで得たお金で、『組織神学』や『新約聖書概観』『旧約聖書概観』『聖書註解』、ハーレイの『聖書ハンドブック』、ブルースの『使徒行伝』の註解書などを買っていた。

彼の人生観と価値観は、入学前と百八十度変わった。

病める人たちに尽くしたいという人道的な気持ちで入った医学部であった。つまり、医師として働くことに一義的な意味合いがあったのであるが、それは、神に仕えるための生計の手段という二義的な考えに変わった。

けれども、その時は生計の手段と考えたが、今になって思い返すと、とんでもない思い上がりで、医師として患者さんに仕えるのはそのまま、神に仕えることなのだ。

マタイによる福音書に次のようにある（括弧書きのキリストは筆者挿入）。

「これらのわたしの兄弟たち、しかも最も小さい者たちのひとりにしたのは、わたし（キリスト）にしたのです。」

（マタイによる福音書二五章四〇節）

この聖句は、マザー・テレサの生涯を貫く聖句、今の病院の建院の精神ともなっている。しかし、柊はまだ若かったので仕方なかったとはいえ、そのような理解はできなかったのだ。今はもちろんそのように考えてはいない。

それまで彼が所属していた軽音楽部や吹いていたフルートも、また、それまで収集していた日本切手もそれほどまでには大事に思わなくなり、神に献げるべきものとなった。少しも惜しいとは思わなかった。事実、切手は、彼が中学生時代から、父母の実家の蔵から探し出し、稀少なもの以外はほとんど網羅し、ストックブックに順序正しく並べていた。以後発行されたものもシート単位で買っていて、それなりの額であったろうと思われるが、ドイツの教会に献品した。きっと、それを誰かが買って日本に献金してくれたに違いない。

本心から献げたのであるが、当時の彼も、彼を取り巻く霊的環境もまだ若く、そこには、文化や趣味を楽しむ自由な信仰を生み出す余地はなかったのだ。

そこに出来上がっていた霊的な風土は、知的に、また熱心さには優れていたかもしれないが、円熟した大人の信仰に達するにはさらに時間と経験を必要とするのである。

とはいえ、そこで育った若い者たちは純粋で強い信仰と宣教のスピリットを植え付けられた。

そこを巣立っていっても、それぞれの落ち着き先で仕事を持ちながら福音を宣べ伝える、常識を備えた、しっかりした指導者となっている。

柊をはじめその当時の若い者たちは、聖書の教えを理路整然と説得調で口角泡を飛ばしながら宣べ伝えることはできても、謙虚に人に仕え、相手のニーズや心情、理解度に合わせて語り、人格的な交わりを通してキリストの愛が伝わるにはまだほど遠いものであった。

語る側は純粋な気持ちであっても、聞く側は、「上から目線」と感じていたであろう。頭デッカチで、無意識のうちに相手に対して心を閉ざさせるような、自分本位で不遜な信仰を育む可能性をはらんだ霊的風土でもあった。

また、模範的な信仰生活を送ることに汲々《きゅうきゅう》としていて、救われたことを喜ぶどころではなかった。幼少の頃植え付けられた儒教的道徳心はまだ生きていたのだ。

日々の生活におけるのびのびとした自由さ、神を礼拝することの真の意味、礼拝における自然な喜びの感覚は、恐らくその当時の教会にも、彼自身にもまだなかった。

そして、自分たちだけが正しいという無意識の傲慢な信仰を育む風土の中で育ちながら、自分も次の人をそのように育てていたのである。

今にして思えば、福音はその奥が如何に深いものであるかの理解が浅かった。自分の受け売りの知的な考えを皆さんに押し付け、多くの方に申し訳ないことをしたと感じている。

もちろん現在の彼は違う。日曜の礼拝の時、静かに神の前に出て聖書の言葉から神の語りかけを聞く時は、豊かな慰めを得て心からの感謝と平安に浸るのだ。

職場の昼食の時でもそうだ。朝は時間がなく、せいぜい聖書を読むだけだ。

彼は、昼食はお腹の空いた職員がもう食べ終わった頃に職員食堂に行くので、一人か二人の医師と一緒に食事をする（コロナ禍の今は対面での食事はできないが……）。「一時半の男たち」と、彼が勝手に名付けた医師たちである。いずれも忙しくしている医師たちだ。それぞれ専門のトピックを交換し、時には聖書の話が飛び出す。

ある医師は、福音の核心に触れた次のような質問をした。

「先生、マフィアの親分でも救いを受けることができるんですか？　いつか、朝礼の時、そのことを話してくださいませんか？」

しかし柊は、とてもその時まで待てないと思った。

「いい質問ですね！　もし彼が、『自分は本当に罪深いことをしてきた』と、聖書の言う自分の罪が分かり、赦しを求めてキリストの許に来て、キリストがその命と引き換えに自分の命を贖《あがな》ってくださったと信じてついていくなら救われると聖書は語っていますよ」

質問した医師は、今までもキリスト教に興味を持って様々なことを話していたので、きっとその意味は分かってくれたのではないかと柊は思った。その後、「お先に失礼します」と、彼も出てゆき、最後まで食べているのは胃を切って食事に時間のかかる彼だけとなる。

それは、聖書の言葉を静かに思い巡らす時でもある。一人、紅葉の進んだ桜の葉っぱとその背後の青空を見ながら、神様の恵みに感謝するひと時なのだ。

話は変わるが、三、四年前、柊は外来で胸痛を主訴《しゅそ》とする大学生を診察することになった。

正しい診断には、病歴を詳しく聞くことが欠かせない。いつ頃からどんな症状があったのか。どんな時その症状が出るか、その引き金になったものは思い当たらないか、等々。

さて、その彼にクラブ活動について聞くと、軽音楽部に入り、テナーサックスを吹くようになったという。テナーサックスはアルトサックスよりもさらに大きいので、多量の肺活量と吹く筋力を必要とする。同じく胸痛を訴える狭心症は発作的で、この年齢では起きない。

恐らく、急にテナーサックスを始めたので、空気を吹き出すための横隔膜や、胸部や腹部の筋肉がまだ追いついていなくて無理しているのだろう。いわゆる筋肉疲労だ。

その可能性も頭に入れて診察すると、貧血もなく、心雑音や肺雑音もなく、レントゲンで気胸もなく、パルスオキシメーターの酸素飽和度も正常で、心電図異常もなかった。

それを説明して心配ないからと帰した。変わったことがあったらまた来なさいと。

実はその軽音楽部はリズムソサエティーと称して、彼の母校、O高校出身者たちがH君をリーダーとして創設した軽音楽部であり、当時はドラム、エレキギター、エレキベース、アルトサックス、テナーサックス、トランペットなどのこぢんまりしたものであった。

柊はこの教養部の二年間、皆と一緒にエレキベースとフルートを担当し、夏休みには故郷の宮崎市の歌声喫茶などで皆と演奏した。

同窓の女子学生たちも、彼らをひと目見たいと来店していたという噂を聞いていたが、客に目を配る余裕もなく、緊張して楽器を弾いていたので、誰が来ていたか彼は知らない。

大学には他に、プロ級のモダンスカラーズというバンドやハワイアンのバンドがあった。五十年以上経って、他の二つのバンドもなくなった中、今もリズムソサエティーはフルバンドになって脈々と後輩に受け継がれている。人は次々に入れ替わったであろうが半世紀も続いているのだ。柊はそのバンドの創設者の端くれであるとその患者に話をして、懐かしい思いとともに、何か誇らしい気持ちになった。

彼は五十数年前の楽団設立の頃のメンバーの記憶を手繰《たぐ》り寄せようとした。リーダーでドラムは……、エレキギターは……、アルトサックスは……、トランペットは……、後で入部して来たテナーサックス担当は……、とそれぞれの名前と顔を懐かしく思い出した。

彼が二年間、一般教養を学び、軽音楽を練習していた教養部のキャンパスは遠く西の方に移転し、その跡地にはいくつもの高層ビルが聳《そび》えている。

その一角に、福岡市科学館が移転して来て工学部出身の宇宙飛行士若田光一さんが名誉館長になっている。彼もここ六本松で一年半の間、教養課程を過ごしたはずである。

当時は、早くて安く、美味しい、「たぬき」という店があった。料理を作るお兄さんは大変手際が良く、そう待たせはしない。給仕する人は少し年増のおばさんで、この人がお金を握っているのだと思われた。食事時には店の外まで学生の列ができていた。

そのリズムソサエティーは移転先の糸島キャンパスで半世紀を超えて続いているのだ。バンドの弾く曲も様変わりして頽廃的《たいはいてき》な音楽になっているのではなかろうかと懸念していた。ところが最近、先の大学生がたまたま入社の診断書が欲しいと健診センターに来た。問診中に彼であると分かり、彼は診てくれた柊の名前を覚えていた。聞いてみると、カーペンターズなどの曲ですと、柊の懸念は吹き消され、嬉しかった。

柊の時代は歌声喫茶で演奏するような不協和音のない、きれいな曲であった。そういえば、彼の時代の童謡も、抒情的なゆったりとしたものがほとんどであった。

一方、今はどうだ、早いリズムの、はっきりした、時には奇を衒《てら》った言葉の童謡がテレビやラジオを通して流れる。その落ち着きのないリズムは幼い子どもや学童たちがせかされるような気持ちにさせられるのではないか懸念している。

昔の歌の歌詞にも反戦の歌詞を折り込んであったので、やはり基本的には若者の正義感や権力者への反発もあったのだろう。それはいつの時代でもそうだ。

「歌は世に連れ、世は歌に連れ」と言うが、今の若い人たちが、どこにぶつけようもない憤懣《ふんまん》を音楽によって発散させ、それで溜飲《りゅういん》を下げるのであろう。

そのストレスの解消には、発散して共感させる音楽がある一方、ストレスを癒やす、癒やし系の音楽もある。柊が若い頃癒やされたのは、讃美歌は当然のこととしても、それ以外ではカーペンターズの『トップ・オブ・ザ・ワールド』などのきれいな歌声であった。

女性なら、パット・ブーンの澄んだ男性的な歌声に魅了され、癒やされたに違いない。

新型コロナによる外出自粛のストレス解消にも発散系と癒やし系の二手《ふたて》あると思われる。柊は、前者よりも後者のほうが健全な気がしている。

話を元に戻そう。柊は教養部の二年を終えると医学部の四年間の専門教育に入り、急に忙しくなる。柊はリズムソサエティーを退部せざるを得なくなった。

専門教育の一、二年で、前述の基礎医学を学ぶことになる。

解剖実習は遺族のご厚意で遺体を大学がもらい受け、ホルマリンにつけて、用に供《きょう》するのである。一体を二人で解剖し、さらにもう一体、前回、調べられなかった部分を解剖する。

時には暗い解剖室で、一人コツコツとやることもあり、さすがに彼も気味が悪かった。

彼の年次は同級に女性が十人前後いたが、だんだん慣れてくると、片足をひょいと担いで一人で解剖台の上に持ってくる女性もいた。もちろんお昼の話だが。

専門教育の三年、四年になると、アーリイ・イクスポージュア（早くから臨床に触れさせる）と言って、座学でなくて、ベッドサイドで患者さんを学生のうちから診させられる。

これを二週間間隔、数人の小グループ単位で前述の臨床各科を回るのだ。それに先立ち、聴診器やポケットライトなどを買わされた。初めは聴診や採血などはグループ単位で互いに聴診し合い、採血し合う。そのうち患者さんを診察することになる。

今でも覚えているのは、初めて若い女性の心臓を診察した時のことである。患者さんはベッドに仰向きになっている。彼は緊張しながらその女性の胸にそっと聴診器を当てたのだが、心音が全く聞こえない。逆に彼の心臓のドキドキは強くなり耳たぶが赤くなり焦った。途中で聴診器を耳に入れず、首にかけているのに気付いた。慌てて両耳に入れ直すと、心音が聞こえてきた。胸を撫で下ろした一瞬であった。

幸い、相手は目をつぶっていたので気付かれなかった。昔は彼もこのようにナイーヴな青年であったのだ。もちろんこれは基本的には今も変わっていない。

現在、彼は健診にも携わっている。毎日、十人内外の受診者の全身を診察する。その前に身長・体重・腹囲、視力・聴力、胸部レントゲン、心電図、尿等の検査は既に終わっている。

問診では仕事の具体的内容を詳しく聞く。身体を動かす仕事かそうでないかが、生活習慣病を引き起こすかどうかの鍵を握っているわけだ。例えば、トラックドライバーと一口に言っても、長距離運転の人はデスクワークの人と同様にメタボになりやすい。他方、市中近辺で雑貨や食料品を搬送し、手積み手降ろしするドライバーはメタボにならず健康である。

さて、次に受診者を座らせて対座し、下瞼《まぶた》を少しめくって貧血がないか、頸部の甲状腺を見ながら唾を飲み込ませて腫瘍がないか、首や脇下にリンパ節の腫れがないか、口の中の歯や扁桃腺、のどの奥が狭くないか、口腔粘膜に異常がないかを診る。

特に歯を見ると、若いのに齲歯《うし》（虫歯）、欠損歯を放置している人もいる。

次に心雑音がないかどうか心臓を聴診する。先の女性のように目を閉じている人がほとんどであるが、時に目を開けて遠くを見ている人もあり、こちらの顔を見ている人もある。

次に呼吸音を聴く。さらに腹部を聴・打診し、触診する。時には幼児の頭ほどの大きさの腫瘤に自分でも気付かない女性もいた。その人は婦人科に紹介し、手術を受けた。

その後、四肢の腱反射や浮腫（むくみ）の有無、足の甲、あるいは足首の内側の動脈を触診する。足の血管が触知できない人をたまに見かける。詳しく聞くと、五十メートルぐらいも歩くと、ふくらはぎがこわばって痛くなり、しばらく休むとまた五十メートルは歩けるという。間歇性跛行《かんけつせいはこう》という症状で、血管外科の世話にならねばならない。

ただし、全く同じ症状で、脊柱管狭窄症という整形外科の疾患もあるので要注意である。

その後、胃透視（バリウムを飲む検査）や胃カメラ、超音波などの検査を済ませ、その説明をする。

腹部の超音波検査では腹部臓器以外に、腹部大動脈を見て動脈硬化の程度や動脈瘤の有無を診断する。子宮や卵巣、前立腺も観察する。

彼が学生の頃、日本でも有名な動脈硬化が専門の病理学の教授が、欧米人では既に四十歳頃から大動脈に粥状《じゅく》硬化（コレステロールなどが蓄積してできるプラーク）があるが、日本人にはそれは極めて珍しいと言っていた。

しかし六十年経った現代日本で、今時の四十代の男性にはしばしば見られる所見であり、そのほとんどがメタボの人である。

胸・腹部大動脈の粥状硬化は血圧や体重を放置しておくと乖離《かいり》したり、動脈瘤になったりする可能性がある。やわらかいプラークは下肢に流れて、一瞬「イタッ」と思っても足だから大半は問題ない。大きな血栓や堅いプラークは下肢血管の閉塞をもたらすので危険だ。

一方、頸動脈の行先は頭である。頸動脈エコーで見るとプラークがある。微小血栓や軟性プラークは頭のほうへ流れていく。微小脳梗塞が多数見られる五十代の男性もザラだ。

もう一つ気付くことがある。一つは毛深い男性が多くなったことだ。五十年間たくさんの人を診察してきたが、昔はそうでもなかった。若い時から肉を食べるからであろうか？

柊が若い頃、アルゼンチン在住の日本人が「この国の人たちは朝からお肉を食べるのよ」と言っていたのを、「へー、日本では考えられない！」と思ったものだが、今は当たり前だ。

因みに江戸時代は外国人を毛唐と言ったが、『古事記』時代は毛人《もうじん》（または蝦夷《えみし》）と言った。奈良時代以降は上野国《かみつけのくに》、下野国《しもつけのくに》、と表記するが、それ以前は上毛野国《かみつけのくに》、下毛野国《しもつけのくに》と表記した。いずれも渡来人が住んだ地方とされている(10)。

毛深かったのであろうか？　最近は考古学的検証が進んできた。

もう一つ気付くことは、あるメーカーの下着をほとんどの男女が身に着けていることだ。着心地がよく丈夫なので、大半の日本人の肌を温めている。

今は東南アジアで作られているが、そのような役割を数十年前は日本が担っていた。初めは「安かろう、悪かろう」と言われ、欧米人に陰口を叩かれていたものだ。そのうち「メイド・イン・ジャパン」は評価が変わった。今では立派な製品の代名詞なのだ。

横道にそれたが、このようにしながら、医学生は立派な医者になっていく。

学生時代の成績が、卒業後の成功につながるのかと言えば必ずしもそうではない。

柊と同級のA君などは、頭は良いのだが、雀荘《じゃんそう》から寝巻の上に学生服を着て登校するのだ。「まぁー、あいつは！」と思っていたが、その後、大きな大学病院の病院長になり、日本内外の名誉教授ともなった。人は、生涯の、ある一断面だけで評価することはできない。その人の人生全体に亘っての総合的な人間力が立派な医師を作るのだ。

さて、大学を卒業すると臨床研修が始まった。大学病院は学生運動で騒然としていて、卒業証書はもらったものの、正式な卒業式は取り止められた。

四．婚約

大学を卒業して間もなく、宣教師にせかされて柊の結婚話が内々に持ち上がった。今から考えると、恐らく宣教師は自分の子どもの教育のために、ドイツかアメリカに移ろうと考え、その前に彼に身を固めさせ、教会を支える柱の一人にしようと思っていたに違いない。

事実その後、宣教師は、建築金物会社の営業をしていた当時社会人のNさんと、同じくアパレル関係の会計の仕事をしていたKさん、それに医学生の彼、同じく経済学部を卒業したばかりのHさんの四人に教会を託し、委任状を文書にして教会に残し、アメリカに渡ってしまった。六本松で宣教を始めて十一年目であった。

もちろん彼はそれまでに六本松に会堂を建て、さらに新しい教会開拓のために三カ所に三人の若い指導者を遣わしていた。柊ら四人は六本松に残った。今ではこれらは、それぞれ五つの教会と、もう一つの教会になっている。

教会を託された四人は、神学校に行ったわけではない。だが、互いの読書会や、年に二回の夏期キャンプと正月の聖会、説教や聖書の学びの実地訓練、日曜学校の実地訓練を受けていた。それらを通じ、聖書に関する実践的知識を身につけ、宣教師と同じような宣教のスピリットを植え付けられた。

キリスト教界では、宣教師がいなくなると、集まっていた人たちも雲散霧消《うんさんむしょう》することもあると聞くが、彼らの教会ではそうではなかった。先の宣教師の若者たちに対する指導力は優れたものであり、知的な聖書教育だけでなく、権限を与えて任せるという実地訓練を重んじていたからである。それは彼らに「自分たちの教会」という当事者意識と気概を植え付けた。牧師や指導者が何でもかんでも自分がやらないと気が済まないということを続けていると、後でしっぺ返しが来る。

さて、先に書いた社会人の二人は、会社の要職を担いながら教会の仕事もされていた。当時の日本は、経済的に右肩上がりの、「それ行けどんどん」の社会であった。

二人は教会の事務的な事柄や教会学校に力を注ぐ余裕などなかったので、いきおい、学生であった柊と、同じく学生であったHさん、女子大学生たちがそれらをこなしていた。

宣教師は、なるべく早く彼を結婚させ、身を固めさせようという気持ちがあり、せかしたのだと思うが、彼のほうでは、もう少し医学の実際を経験し、力をつけてからとゆったり構えていた。もっとも、二十六歳を過ぎ、意中の人がいなかったわけではない。

宣教師は彼を呼び、意中の人がいるなら早速プロポーズするようにと迫った。しかも一週間という期限を区切られた。元来、R宣教師は性急な人であった。

柊には、○○家と□□家の結婚式というようなことは全く頭になかったので、親に相談しようなどとは思いもつかなかった。親たちにとっては極めて重要で、喜ばしい行事なのだが、これは親になってみないと分からない。

さて、クリスチャンはよほどのことがない限り、日曜日に教会出席をさぼることはない。ということは翌週の日曜日には宣教師と必ず顔を合わせるわけだ。そのためには話を進めておかなければならない。彼は焦った。

当時はスマホやメールはなかった。教会には電話があったが、教会から電話をかけて相手とアポを取るアホはいない。そのうえ、本人の自宅に電話するわけにはいかない。ご両親と一緒に住んでいるということが分かっていたからである。

当時の彼らの教会は、至ってきまじめな教会であったから、若い男女が親しく話すという雰囲気はなかった。日曜学校のことを話す時にも、事務的な会話だけであった。

一方、病院では研修が始まり、柊は臨床各科を次々と回っていた。その都度レポート提出を課される。そうこうするうちに、相手に連絡したり会いに行ったりしないまま一週間が過ぎた。

結局、その女性には、電話はおろかプロポーズもしないままに終わった。

彼の優柔不断さに業《ごう》を煮やした宣教師は、一両日中に結論を出すようにと迫った。

柊は困った。というのは、当時、教会には国立大学の超優秀な二人の女性がいて、どちらとも決めかねていたのである。

彼の正直な人間的希望はCさんであったが、一方、神に従順でありたいと思う心の願いはDさんであった。恥ずかしながら、忙しさにかまけて、本気でそのことについて祈ったことがなかった。神を信じているくせに、それほど人生にとって重要なことなのに……。

早速ある晩、彼は教会の会堂で正直に神の前に白紙の状態で膝を屈《かが》め、祈り始めた。

時は夜の十時頃であった。彼はすべての条件をひいき目なしに白紙の状態で、様々な状況を考えては祈り、祈っては考え、申し訳ないと思ったが二人を天秤《てんびん》にかけた。

メリットとデメリットを右と左に書き連ね、素直な心で神の前に祈り、二人の人柄や信仰の姿などを勘案し、もしCさんならどうか、Dさんだったらどうかと祈り進めた。

優劣つけがたいものだったが、最後には、神が望まれるのはこの人だということが分かり、平安な気持ちになった。朝の三時を過ぎていた。彼は、穏やかな気持ちで眠りについた。

神は、彼の意中の人ではなかったほうの女性を選ぶように勧められたのだ。

彼の結果を聞くや早速、宣教師は社会人のNさんと、相手を決めた彼を連れて、その女性の実家に行き、事情を話した。そのことは予め、本人には告げてあったのであろう。ご両親はそれを受け入れ、教会で婚約式が行われた。結婚式の前に婚約式をするのだ。

その司式をしたのは、当時牧師をしていた先輩のB先生であった。先生も医者であったので、柊が信仰に入る時から、何くれとなく指導してくれていた。B先生にとっては生まれて初めての婚約式の司式であった。

一方、意中の人だった女性は、何らかの理由でその教会から他の教会へ移った。きっと彼の気持ちを今も知らずにいるに違いない。彼もその人の気持ちを知らないままである。

しかし、女性の勘の鋭さは尋常ではない。もしかして、彼のその人への気持ちが、伝わっていたかもしれない。思わせぶりな言動は絶対にしないように気をつけてはいたが……。

それが、土壇場《どたんば》でひっくり返ったのだから、その人は宣教師が待ったをかけたと思ったに違いない。宣教師や牧師、つまりその教会のトップに受け入れられていないと感じた者は去るしかない。これは一般企業でもそうであろう。

あるいは、親しい友人のために、自分のほうから身を引いたのかもしれない。二人は同級生であったのだから。実はそう思い当たる節もある。
後日、入院していた彼のベッドに、聖書の一節が書かれた、送り主の名前のない栞《しおり》が置いてあり、その栞には次のように書かれていた。

「まことに、あなたがたにもう一度、告げます。もし、あなたがたのうちふたりが、どんな事でも、地上で心を一つにして祈るなら、天におられるわたしの父は、それをかなえてくださいます。」

（マタイによる福音書一八章一九節）

書き置きしていたのは他の誰かかもしれない。事の真相は神のみがご存じである。
この時までは、彼は自分が何の病気であったのかを知らなかった。その聖句に込められた思い、同級生への思いやりかもしれないと、後になって気付いたが、その時は、「何の意味だろう」とあまり深くは考えなかった。

五．胃の手術

さて医師免許証をもらうと、休みの日にはネーベン（アルバイト）ができるようになる。柊も日曜以外に一日だけ休みがもらえた。

彼は、大学病院の仕事が終わると電車に乗って唐津の虹の松原にあるS病院までアルバイトに行くようになった。院長先生のご家族とともに夕食をいただき、聖書の講義を乞われて日曜学校で教えたようなことを三十分ぐらいで大人相手にお話をしていた。

きっと前任の先輩もそうしていたのであろう。参加するのは奥様とその妹さんであったと記憶する。その夜は当直であるが、起こされることはほとんどなかった。

翌日は内科の外来を担当する。医師免許取りたてのくちばしの黄色い、経験も乏しい青年医師が看護婦さんを従えて、大きな椅子に座っているのだ。

おっかなびっくりの心を隠して「この薬で良くなると思いますよ」と言うと、患者さんは有り難そうに薬をもらって帰る。当時、院外薬局はなく、病院の薬局で調剤していた。

外来が終わると、また電車で自宅に帰る。それが彼の一週間に一回のアルバイトであった。日頃、伊藤博文（千円札）お一人しかいなかった彼の財布に、突然、聖徳太子（一万円札）が伊藤博文の何人かを従えてお入りになった。

リッチになった彼は、とっても大きなスイカを買って来て、教会で若い者たち二、三人と一緒にそのスイカを腹いっぱい食べた。

当時、彼は夏の間宣教師から家と車の管理を任され、鍵を預かっていた。何のことはない、泥棒除《よ》けに夜はそこに寝泊まりし、昼はクラウンのエンジンを入れ、少し乗り回してバッテリーが上がるのを防ぎ、扇風機だけで暑い夏を過ごすわけだ。宣教師家族には福岡の暑い夏は耐えきれないので、軽井沢に友人から部屋を借りていた。

さて、スイカを食べた翌日のことである。朝起きる時にフラーッと立ちくらみを覚えた。夏だから血圧が低かったのだろうと自分に言い聞かせ、朝食を作りハムエッグとパンを食べた。黄身が固まらないように焼くのがコツだ。

その後、急に便意を催した。卵の黄身は胆嚢を収縮させ、どっと出た胆汁は腸の蠕動《ぜんどう》を促すのだ。トイレに行くと、真っ黒いタール状の便に驚かされた。いわゆる下血《げけつ》である。

そういえば……と、思い当たったのは、「医学部六年の頃、一、二週間単位で臨床各科を回るローテーションの時、早朝の空腹時に上腹部にわずかな違和感があったっけ！」という程度のものであった。

真っ黒い便を見て、彼は一瞬、「胃潰瘍だ！」と短絡的に思った。赤い便であれば、大腸からの出血であるが、胃や十二指腸からの出血は胃酸のためにヘモグロビンが塩酸ヘマチンに変わり、墨《すみ》のように真っ黒になる。

今にして思えば、出血するような胃潰瘍や十二指腸潰瘍で、症状がそんなに軽いはずはない。彼の医学的知識は、教科書的知識で、実地臨床での経験に裏打ちされたものではなかったのだ。糖尿病などで痛みのない胃潰瘍もあるが、たいていは空腹時にはシクシク痛いものだ。

漱石も胃潰瘍に悩まされていたという。彼の場合はもっと大量の吐・下血をして、明治四十三年「修善寺の大患」と言われるように三十分間意識を失ったことがある。

その後も胃病と神経衰弱に悩まされ、大正五年胃潰瘍で病臥中《びょうがちゅう》、さらに大量の吐血で亡くなった、享年五十歳であった。もしかするとピロリ菌がいたのかもしれないが、その時代としては知る由もない。胃潰瘍でなく、がんであったのかもしれない。しかし、両者の原因はいずれもピロリ菌なのだ。

さて、下血のことであるが、当時彼がアルバイトに行っていた唐津のS病院の院長先生の紹介で、唐津胃研究所のY先生が胃透視をしてくれた。

昭和四十年当時、大学病院でも胃の透視は、暗室あるいは黒眼鏡で目を慣らした後、頭から黒い布をすっぽり被り、蛍光板を見て診断していた。

一方、唐津胃研では既にテレビを導入し、現在のように、明るい部屋でもテレビに映る画像で胃や腸の透視像が見えた。Y先生はのちに福岡大学の教授にもなった人で、当時でも九州一円、胃の透視ではこの先生の右に出る人はいないと言われていた。

当時は、胃透視はレントゲン技師でなく医師が行っていたのだ。

柊は自分の胃のテレビをチラッと見て、大きな潰瘍だなあと思ったが、悲しいかな、くちばしの黄色い、駆け出しの医者であったので、それがボールマンⅡ型（山型のてっぺんが潰瘍で崩れてカルデラ状になった）の病変だとは思いもつかなかった。

先生は早速、ある国立病院の同じ大学出身、同じ医局の消化器科の医師に連絡を入れ、入院の手続きを取ってくれた。「医者になったばかりの大学の後輩がボールマンⅡ型のクレブスで僕の所に来たが、早めに手術をしたほうがいい。本人にはまだ知らせてない」と。恐らく、紹介した院長には結果を知らせたであろう。

柊は言われるまま、その病院に出向いた。診てくれたH先生は、黒縁の眼鏡をかけた丸顔の優しそうな先生であった。

入院してから早速、胃カメラを受けることになった。

現在は、胃カメラはファイバー・スコープ（グラスファイバーで胃の中が覗《のぞ》ける胃カメラ）であり、中を覗きながら口からのど、食道、胃、十二指腸とカメラを挿入する。しかし当時はファイバー・スコープはなく、ブラインドで（見ないで）カメラを入れる。だらりとぶら下がった蛇のような黒い管の先にカメラはついている。手許には操作用のメカニックがついていてそれで管を曲げたり、伸ばしたりする。

のどにキシロカインを噴霧して麻酔し、キシロカインゼリーという滑りを良くする麻酔のゼリーを塗ったカメラを入れるのだ。ブラインドで、気管に入らないよう注意しながら食道に挿入するのは、術者にも患者さんにも、なかなかしんどい。非常に飲みづらかったのを覚えている。

しかし、その後も何度も胃カメラを飲むことになったので、だんだん慣れてきた。また、彼も飲ませるほうになり、何度も経験することになる。「はい、真横になってください」と言って、胃カメラの管部分を噛まれないように、バイトブロックというプラスチックの輪《わ》っかを噛ませ、その間からカメラを口の中に差し込むのだ。

次に「首を前に曲げてください」と言いながら、のどの屈曲に合わせて管の先を曲げ、食道と気管との分かれ目に来ると、「そこでゴクッと飲み込んでください」と言って、嚥下動作に合わせて屈曲を元に戻しながら無理しないように押し込むのである。

うまく食道に入ると、用心しながら胃に入れる。そこで空気を注入して胃を膨らませる。さらに進めて、ここが幽門部、あるいはその先の十二指腸だろうと思う所から、蛇のような管を右回り、左回りとねじらせて引き上げながら各部の写真をブラインドで撮ってゆく。

カメラの先にはライトがついている。腹の中のライトはお腹の皮を通して光る。そしてこのあたりが病変だと思う部位は、念入りに何枚も撮る。

これで終わったわけではない。写真屋さんに頼んでフィルムを現像してもらい、翌日あるいは翌々日、それをスライド用の幻灯機《げんとうき》でスクリーンに映し出すのだ。

ブラインドで撮られているので、出来の悪いのもあるが、そのうちの何枚かに例の病変が写っていたのだろう。

今ならよく分かるが、当時は潰瘍は分かったが、それを取り巻く外輪山様の病変、皺壁《すうへき》（胃粘膜の襞《ひだ》）の途切れ方などは詳しくは分からなかった。もしかしたら、他の人の写真を見せられたのかもしれない。当時は、医者相手などの時にそのようなこともしていた。

彼は唐津胃研での胃透視でチラッと見た拇指頭大の潰瘍がかなり印象に残っていたので、自分が胃潰瘍であると信じて疑わなかった。

一方、先生は困られたであろう。彼がどれぐらいの医学的知識、特に胃についての知識を持っているのだろうか、平然としているが、自分の病気を全く知らないのであろうか、それとも既に知っていて、平然としているのだろうか。

それを本人に尋ねるわけにはいかない。下手な尋ね方をするとバレてしまう。バレて本人が手術しないと言い張れば、真実を告知し、納得ずくで手術をするということになる。本人にショックを与えるので、その病状説明は難しい。

先生は、「潰瘍の周辺に発赤があるから切ったほうがいいと思うよ」と言われた。どういうつもりでそう言われたのか、未だに分からない。多分ごまかしてそう言われたのだと思う。

確定診断は、今日のように胃の組織を摘《つま》み取って顕微鏡で診断することはできなかった。カメラに映った所見だけで良性か悪性か診断をするのだ。慣れた医師なら、良性か悪性かは潰瘍の周辺の盛り上がりと、胃粘膜の襞《ひだ》の途切れ具合で診断がつくのだから。

胃潰瘍の治療について、彼が当時、習っていた知識は、大きな潰瘍は外科手術で一カ月、内服治療なら入院二カ月が常識であった。現在のように効果的に胃酸を抑え、外来で治療ができるＰＰＩという薬はなかった。当時は胃潰瘍で何カ月も入院できたわけである。

他の病気であるが、元気そうなのに長く入院して病院の周りのお堀で雷魚を捕まえる不届き者もいた。金ダライの中に大人の片足ぐらいの大きな雷魚を捕まえて得意げであった。

柊はといえば、早く復帰して医師としての仕事をしたいと願っていた。また、早く自分の病気にけりをつけて結婚しなきゃと思っていた。それで、手術を勧められた時、「じゃあ、切ってください」とお願いした。切ったほうが早いと思っていたのだ。

手術に持っていくには手こずると思っていた先生は、きっと拍子抜けしたに違いない。

それでは、というわけで内科医と外科医とのカンファランスがあり、いよいよ胃を切ることになった。体毛を剃られ、手術用の衣服に着替えさせられ、麻酔前投薬として、ラボナとネルボンという薬を飲まされた。

彼は急にものすごく眠くなった。そのうちストレッチャー（移送用の寝台）に乗せられ、ゴトゴトする振動を夢うつつに感じながら手術室に連れていかれたのを覚えている。

その途中で、見守ってくれていた前述の信仰の先輩B先生から「Hast Du Angst?（不安がある?）」と尋ねられ、彼は「Nein, keine Angst.（いや、不安はありません）」と答えたそうだ。

外科の先生方によって胃の亜全摘術（少し残して、ほとんど全部を切り取る手術）が行われた。ビルロートⅡ法であった。

手術後、麻酔が覚めると、お腹が突っ張って「あっ、切られた」と分かった。

現在は術前から脊髄の硬膜下に麻酔薬の管を留置しているので術後の傷は痛くない。当時その方法はなく、寝起きするのも痛かった。それでも癒着を防ぐために歩かされた。

主治医のH先生がB先輩と同級だったこともあって、彼の病気については彼の母教会の主だった人たちにも知らされていた。もちろん、婚約者や彼を親代わりに育ててくれた伯父にも知らされていた。彼と彼の母だけが蚊帳《かや》の外だったわけである。

術後は、ガスが出るまでは点滴だが、ガスが出ると腸が動いていると分かるので、白湯《さゆ》からスタートして、重湯《おもゆ》、お粥《かゆ》と進み、次第に普通食の分割食になった。

しかし、術後は、食事は美味しくなく、母に代わって長い間、柊に付き添ってくれた妹が励まして食べさせてくれた。妹にも足を向けて寝ることはできない。

胃を切ると、グレリンという物質が出なくなり食欲がなくなるそうである。実際、術後しばらくは美味しくなかった。

術後何日目であったか定かでないが、ある時、昼ご飯に牛肉の少々入ったカレーライスが出た。彼は小さい頃から連日のカレーでも、望むところだというほど好きであった。

そのカレーが出たのだ。彼はいつものように、あっという間にガツガツ平らげてしまった。少々無理して押し込んだのではあったが……。

ところが、それから間もなく、周期的な腹痛に襲われ、ベッド上で輾転反側、のたうち回った。早期ダンピングだ。吐き出せば簡単だが、一旦小腸まで入ったものは、無理しないで吐き出すのはしんどい。また、せっかく食べたものを吐き出すのは勿体《もったい》ない。ようやく落ち着いたのは二時間ぐらい経った後であった。

その後も、同じようなことを何度も、体験した。つい、いつもの癖《くせ》で、急いで食べた時などに起こる。いつか来た道であった。

それ以来、よく噛んで休み休み食べるという習慣が身についた。特に好物であるうどんやラーメンの麺類《めんるい》は注意しなくてはならない。つるつるっと、ではなく、よく噛んでから飲み込むのである。

美味しくなかろうと言われても、身を守るために身につけた裏技、いや極意だ。

つるつるっと食べると、絡み合った麺が次第に伸びて膨潤《ぼうじゅん》し、大きな塊となる。その塊が、術後のまだ拡大していない小腸に運ばれてしまうと大変なことになる。細くて筋肉の薄い小腸の蠕動《ぜんどう》で先に送ることはできないため、腸閉塞《ちょうへいそく》になり、入院することもあるから要注意だ。

最近、胃切後の食事についての本が出ている(25)。食べ方の癖を直すということも懇切《こんせつ》に書いてある。また、中田浩二医師は胃切後患者の情報誌(26)の中で詳述している。

さて、入院中に夏も過ぎて、術後三カ月近くも経った。切れば一カ月のはずなのに、なぜなのか、それを先生に聞きそびれた。

体力も大分回復していたが、まだ入院中であり、彼は入院生活を楽しんでいた。

六．胃潰瘍の真相

その彼に、牧師をしている先輩のB先生から電話があった。彼はてっきり、胃を切って体力もなくなり、医者として多くを望めないので、先生と同じように牧師の道に入らないかとの勧めであると思った。

「これはまずいことになりそうだ。しかし、今までお世話になった先輩の言われることだから……」と、しぶしぶ病院から外泊許可を取ってそのお宅に出かけていった。

柊のほうでは早く退院して、医師としての腕を磨きたいと思っていたのだが……。

当時、B先生はフルタイムでKキリスト福音教会の牧師をしておられた。

客間に案内されると和室の真ん中に座敷用のテーブルが置かれていて、正面に座らせられ、その真ん前に先生が、側面にR宣教師が座られた。部屋を見渡す余裕はなかった。

「R宣教師も来ておられる。逃げられない！　俺の医者としての人生は終わった」彼がそう思っていると、先生は、「あなたがたは心を騒がしてはなりません。神を信じ、また、わたしを信じなさい……」と、ヨハネによる福音書一四章を一節から読み始められた。

例の、十字架に架かる前の最後の晩餐のくだりである。イエス・キリストがそのように言われた時、それまでついて来た十二弟子たちは意味が分からず面食らったであろう。

柊も同じであった。何のことか分からず、戸惑っている彼に、先生はおもむろに、「あなたの病気はがんだったのですよ」と告知された。

彼はあっけにとられた。話の内容が、懸念していた牧師になる話とは全く違っていたからである。さらに、胃潰瘍だとばかり思っていたのに胃がんだったとは……。

しかし、不思議にも彼はショックではなかった。そして、次の瞬間、母のこと、婚約者のことが彼の頭をよぎった。

また、なぜ髪の毛がごっそり抜けて「すだれ越しの満月」になったのか、なぜ鼻血や真っ赤な血の混じった下痢便が続いたりしたのかが分かった（制がん剤で毛根がやられ脱毛し、粘膜がやられて出血する）。腹腔内にも制がん剤が投与されたそうである。

のちにその病院で働くようになり、彼がこっそり自分のカルテの病理診断を見ると、「as far as serosa（漿膜《しょうまく》、つまり腹腔にまで）」とあった。長い英文で書かれていたが、そこだけ印象に残っている。それで制がん剤を腹腔（腹部臓器を入れている内腔）にだったか、と思った。

点滴でも、エンドキサンとマイトマイシンCが使われたと聞いた。

なぜ、同級生がどっと見舞いに来たのか、なぜ、母に代わってそばにいてくれた妹や、同じ教会で一緒に住んでいたHさんが、いつもうつむきかげんで口数が少なく、奥歯に物が挟《はさ》まったようなもの言いで、あまり立ち入った話をしなかったか、その理由が分かった。

しかし、彼はその晩、泊めてもらった先生宅でなぜかぐっすり眠った。翌日は秋分の日ながら、小春日和のような朝であった。その記憶は、五十年近く経った今でも、脳裏に焼き付いている。

そして、永遠のいのちを与えられていると確信できているなら、死も怖くないということが事実その通りであると分かった。彼は、それ以前からそのことは頭の中では分かっていたのだが、自分がその身になってみるとまさしくその通りであると分かったのである。

ただし、一般的に、幼い信仰のうちは、死への恐れを抱く人もいないではない。

当時、彼は二十七歳になったばかりであったから、人生のしがらみが少なく心配事がなかったから、死を恐れなかったのだと言われるかもしれない。

今だったら、仕事の引き継ぎ、年老いて百歳を超えた母、そう多くはないが、母から受け継ぐ遺産の分割、自分の死後に妻の面倒を誰に見てもらうか、子どもたちのこと、孫たちのこと等々、あれこれ神様の先回りをして考え始めると平安に寝付けないかもしれない。

しかし今でも、考えることなく、すべてのことを善にしてくださる神のいつくしみの御手に委ねる気持ちになれるのである。彼の信じている神はそのような神だと分かっているからすべてを委ねられるのだ。丸投げではない。人事を尽くして天命を待つのである。

B先生には、これが最初のがん告知であった。やや荒っぽい告知ではあったが……。

柊は何も知らずに悠々と医者としての今後の働き、結婚のことなどを考えていた。

先生は、あと六カ月の命なのにその段ではないと、主治医のH先生に話したが、そのH先生は「あなたがしてくれないか?」と、がん告知をB先生に頼んだのだ。

当時、根治できるがんでも、本人への告知はしないのが通例であった。

先生は様々なことを考え、祈り、宣教師とも相談しながら、彼なら救いの確信をしっかり持っているので大丈夫と考え、今後の身の振り方もあるのでと告知をしてくれたのである。

先生はその後、主任牧師を譲って医者の働きのほうに軸足を移された。そして、現在も医師と牧師を兼任しながら、ホスピス医としてたくさんの患者さんにもっと気の利いたがん告知をされている。

今でこそ告知を受けてからホスピスに来られる方のほうが多いが、当時はほとんど告知を受けずに紹介入院される方が多かった。

紹介元の主治医が告知の経験がないか、告知した後の精神的、霊的フォローアップ体制が整っていなかったからである。


ここで、ある人への告知のことに触れておこう。

柊が今の病院に移り、循環器科の医師として働くようになってからの話である。

ある大手の建設会社の役員の方は、柊が大学病院で師事していた循環器内科教授と同窓の方であり、告知されていなかった。だが、この方に残された時間はそう長くないと予想されていた。会社の役員としての引き継ぎ、家族、特に奥様への感謝の言葉や別れの言葉もあろう、人生最期の時になさねばならないこともあろう。今で言う「終活」が必要なわけだ。

そう考えてB先生の主導で、柊は一緒にその患者さんに告知をした。

「首根っ子を鉄槌《てっつい》で殴られたような」とか「飛行機がきりもみして落ちてゆくような」という言葉を使って、患者さんは自分の気持ちを表現された。海軍兵学校上がりの方であった。

告知を受けるとはこのような感覚なのだ。受けた者でなければ分からない。

さて、話は柊のことに戻る。彼は告知を受けてすぐ、自分はあと数カ月の生命だと悟った。その時から、彼の人生観はまたも一変した。あと数カ月と分かっている者にとって、医師としての仕事も結婚も、地位も財産も全く意味をなさないのは当然のことである。

未告知の患者さんで、柊のように楽観的な者は、終活を思いつきもしない。

他方、悲観的な性格の者は、自分はがんなのでは？　という疑念と、そうあってほしくないという微かな望みの間を揺れ動いている。自分の病状や主治医の先生の顔色、周囲の者の言動や表情で、こうではないかと想像をたくましくするのだが、直接聞くのは怖いのだ。

告知を受けると、「自分だけがどうして……！」と、周囲の世界から取り残されたような疎外感や寂しさを感じるものだ。

以上のことは頭では理解できるが、告知される経験なしに、その気持ちは分かるものではない。

周囲の人間は事態が重すぎて言葉をかけることもできない。かけてくれても、当人は「お前は私と違った世界で元気にしているではないか、その言葉も所詮、表面上の『ご挨拶』ではないか」と周囲を恨む気持ちもある。柊もそうであった。

「病気はあの罪のせいだろうか？」という思いが時々頭をよぎった。

もちろん柊には警察の厄介になったことや不倫をした覚えはないものの、過去の、現在でもある心の中の淫らで卑しい思い、特定の人に対する嫉みや恨み、限りなく真っ赤に近いうそ、色々思い当たったが、むしろ、それを赦されている我が身の幸せを感じる自分がいた。

どうして神はそんなことを自分になさったのかという、神への恨みは微塵《みじん》もなかった。

一方、木々や草花の美しさ、秋の空や雲の美しさ、人の真実な言葉や態度が心に沁《し》みた。

今後どうなっていくのか、半年後にはどうなるのか分からなかったが、「すべてを御手に委ねます」という思いで不思議と彼の心は平安であった。

「私たちの国籍は天にあります。」というピリピ人への手紙三章の言葉が、神の慰め、望みの言葉として、いつも彼の心に響いた。

横道に逸れるが、日本の景気が良くて浮かれている時に、彼はアフガニスタンで亡くなった中村哲医師の報告会を聞きに行ったことがある。中村氏曰く、「日本人は穴の開いた宝船に乗っていることに気付いていない」と。外から日本を見ると、見る目のある人には見えるのだ。

当時と今と、日本人の平和ボケは基本的には変わってはいない。

もしかしたら、死因の三分の一を占めるがんによって、あるいは交通事故によって、あるいは新型コロナによって、明日にも死ぬ運命かもしれないのだ。運良く長生きしても、ほとんどの人が数十年内には確実にこの世にはいないのだ。

自分が死ぬ運命にあるということは全く考えもしないで、いつまでも若くきれいで健康に生きていけるかのように錯覚し、仕事の面白さやスマホを通して流れて来る膨大な情報の渦の中で、永遠に関する事柄、霊的な事柄から目を逸らされているのである。

聖書の中に「愚かな金持ち」と題された次のようなキリストの言葉がある。

そして人々に言われた。「どんな貪欲にも注意して、よく警戒しなさい。なぜなら、いくら豊かな人でも、その人のいのちは財産にあるのではないからです。」

それから人々にたとえを話された。「ある金持ちの畑が豊作であった。

そこで彼は、心の中でこう言いながら考えた。『どうしよう。作物をたくわえておく場所がない。』

そして言った。『こうしよう。あの倉を取りこわして、もっと大きいのを建て、穀物や財産はみなそこにしまっておこう。

そして、自分のたましいにこう言おう。「たましいよ。これから先何年分もいっぱい物がためられた。さあ、安心して、食べて、飲んで、楽しめ。」』

しかし神は彼に言われた。『愚か者。おまえのたましいは、今夜おまえから取り去られる。そうしたら、おまえが用意した物は、いったいだれのものになるのか。』自分のためにたくわえても、神の前に富まない者はこのとおりです。」

（ルカによる福音書一二章一五節〜二一節）

思い違いしてはならない。この世やお金がすべてではないのだ。真の心の平安と永遠のいのちはお金では買えないのだ。金儲けより自分の死の準備、終活と死後の行先のことを考えるのが最優先事項なのだ。

さて、告知を受ける前の柊は、早く退院して、医師としての腕を磨いて自分の力を試したいと考えていた。それほど、医師としての仕事は楽しく張り合いがあるものだ。

しかし、彼が現実を知らされた時、それは全くの夢物語になってしまった。

そして、その陰で眠っていた、「自分が永遠のいのちを与えられたからには、他の人にもそれを伝え（シェアし）なければ」という思いが、彼にはよみがえってきた。

七．母の驚きと悲しみ

柊は、まず母に福音（神の救い）のことを語り、自分が生きているうちに入信してもらわなければと思い、宮崎に帰郷した。当時、彼の母は五十歳過ぎぐらいで、現役で「ボンテ」という洋裁店を経営していた。

彼はうかつにも、彼女に自分の病気のことを話したのである。

彼女は三日三晩泣き通した。また、そのことで頭がいっぱいになり、一人息子をこんな目に遭わせた神への恨み心も手伝って、キリストによる救いを受け入れようとはしなかった。

当時の柊は、母親が我が子に抱く愛がそれほどであるとは思いもつかない、くちばしの黄色い医者であった。それが分かるには結婚し、子どもを持って初めて分かるものだ。

彼は、良かれかしと思ってやったことであった。でもそれは、相手の立場に立ち、相手の気持ちや理解度、語った後のことも勘案して語ったのではなく、あくまで自分の尺度でしか物を考えていなかったのである。

振り返ると、他の様々のことでも、自分では気付かず、家族を含め、多くの人に同じような迷惑をかけたことがあったであろうと今になって分かる。

世の中のことを本当に知るには、いくら大量の知識や情報を詰め込んでも無理で、その知識を人生の様々な経験を通して確かめながら、初めて人は学んでいくものなのだ。

しかし神に感謝すべきかな！　三日三晩泣き通した彼の母も、それから三十年近く経ち八十歳過ぎて福音を受け入れ、キリストを信じるようになった。クリスチャンであった洋子叔母、つまり彼女の妹の祈りは、四十数年経って成就したのである。

八．別れの挨拶と婚約解消

柊が退院しても病後では一人暮らしはできないだろうと、B先輩が牧会されている教会の居間に住まわせてもらい、食事は三度三度お世話になった。奥様は、長女のKちゃんがまだ一歳でお忙しい中、柊をお世話してくださった。そのKちゃんも今はオーストラリアで看護師として指導的立場で、グリーフケアの講演などもしている。

さて彼は、ある時、別れの挨拶を思い立った。病後の休暇中であり、定職にはまだ就いていなかったので時間があった。それは、世話になった方々や牧師さん、教会を訪問するため、神が自分になさったことをシェアし、生前のお礼かたがたお別れの言葉を告げるためでもあった。「すだれ越しの満月」は少しずつ雲に隠れてきていた。いや、髪のことである。

死ぬ運命の者にとって婚約も意味がなく、相手に失礼であると思ったので婚約も解消した。夜明け近くまで祈り、神様からの確信と平安のうちに決めた婚約相手であった。楽しい婚約期間であった。どうしてこんなことになったのだろうという思いもあった。けれども、神への恨みは微塵《みじん》もなく、ここも神のみこころに従おうという気持ちがあった。

自分を最期まで世話しようという相手の気持ちも考えてみた。だが、彼女に早く別の結婚の機会を与えるべきではないかとも考えて、ごく当然に婚約を解消したのであった。

しかし、よく考えると、相手は彼が天に召されるまでは、「では、さようなら」と別の人に嫁ぐなんてできようがないではないか。彼女は彼の病が癒やされるようにと、祈っていた。彼はと言えば、クールに本心から恭順に、「どちらでも結構です。あなたのみこころが成りますように！」と祈っていた。

立派な信仰などと思わないで頂きたい。誰でも神を本心から信じ、救いの確信があり、同じような立場になれば、この心境になるものだ、というのが、彼の体験である。

第一三章　国立F病院で

さて、話は術後のことに戻る。

当時は大学紛争の真っただ中で、大学の医学部もその例に漏れなかった。彼は全員で決めたストライキ、つまり診療ボイコットや、立てこもり、団体交渉などに積極的には参加しなかったものの、間接的に多大な影響を受けざるを得ず、臨床研修はできなかった。

幸いなことに、彼は全員で決めたストライキその他に参加しなかったが、皆は彼の信条を尊重し、誰も文句は言わなかった。彼の同期生は理性的に行動した。

一級下のクラスは真っ二つに分かれて意見を戦わせ、暴力沙汰の寸前までいったと聞く。

柊のほうは、術後一年近く経ち、大学紛争のために、らちが明かない大学を飛び出し、手術を受けた国立F病院（当時は大濠公園のすぐ隣にあった）で臨床研修を続けるようになり、それに合わせて、大濠公園の近くにアパートを借りた。

大濠公園の湖面を左手に見ながら、十五分ほどの徒歩通勤であったが、朝食後のダンピング（胃切除術後の腹部や全身の後遺症状）がひどく、死ぬほど身体がだるい。冗談抜きに、本当に道路に横になりたいほどであった。

その病院に勤めている間も、若くして胃がんになり手術を受けて、一年前後で亡くなっていく人が何人かいた。若い人は再発するとがんの進行が速いのだ。しかし、彼の場合は、半年経っても、一年経っても、二年経っても、なかなかその兆候が現われず、結局、その間に内科の臨床研修を終え、その病院の神経科のA先生の下で働くことになる。

一・結婚

術後三年半経ち、検査を受けて異常が見つからなかった彼は、解消していた婚約を復活させて結婚した。その司式をしてくれたのもB先輩であった。

当時も五年生存という言葉があり、五年経てば完治と言われていた。なぜ三年半だったのか今でもよく思い出せない。彼女を待たせるわけにはいかないと焦っていたのか……。

娘をそのような男に嫁《とつ》がせる親の気持ちがどうであるか、しかも、四年目に再発して、今で言うホスピスに入院しかねない相手と、信仰により結婚するという一途《いちず》な娘に、反対もできにくい親の気持ちがどうであるかも、今ならよく分かる。

しかし、当時は嫁がせる親の心を理解するには彼はまだ若かった。相手は四人兄妹の一人娘だったのである。懐の深かった彼女の父親に感謝と尊敬の念を禁じ得ない。

神からの確信を頂いて決めた婚約であったが、胃がんにより一時消えかかり、双方に対する信仰のレッスンの後、彼はこのような形で、結婚できる恵みに与った。

それから二十年も経ち、その義父も病気になり、彼が今の病院で看取った。まだ七十代であった。お別れで遺体を清拭《せいしき》する（洗って拭き上げる）時、高校生であった柊の長男もそれに加わった。多感な時期にお祖父《じい》ちゃんの遺体を目の当たりにしたわけだ。

その時の気持ちを長男に聞いたことはない。彼はのちに循環器科の医師になった。

二．神の主権と摂理

柊がお腹いっぱいスイカを食べなければ、胃がんはもう少し遅れて発見され、彼は助からなかったであろう。聖徳太子を後生大事に財布の中にしまっていたら、今の彼はなかったろう。

神は悪の満ちたニネベに行って預言せよという勧めに素直に従わなかったヨナが、困った時にとうごまを用いられたが、彼にはスイカを用いられたのだ（ヨナ書四章六節）。神の摂理の御手を感謝せざるを得ない。

そのことを頭の中では分かっていたが、当時は冗談半分に、「スイカは私の命の恩人です」と、うそぶいて、神への畏れの乏しい、霊的感覚の鈍い人間であった。

しかし、のちに牧師として立てられ、聖書の言葉、つまり神の御言葉を、神学的知識ではなく、信じる者の内に生きて働く、神の言葉として、礼拝の心で耳を傾けるようになった。すると、現実の人生や生活のうちに、意のままに生きて働かれる神とその御手の存在に彼は気付くようになった。そして彼の命を助けられたのは神、スイカは神が用いられた道具に過ぎないと、本心から神に感謝できるようになったのだ。

後から考えると、アルバイトに行っていた病院の院長が、胃の透視では当時としては九州随一のY先生と懇意で、すぐ紹介してくださったこと、その先生が、当時としては最新鋭の機器で診断し、柊の信仰の先輩であるB先生の同級のH先生に連絡されたことも、単なる偶然でないと感謝するのである。

さらに後で分かったのであるが、彼の妻は、神を頭ではなく心で感じて、早くから神の愛や恵みに感動して喜ぶことのできる人であった。日常生活の中に生きて働き、祈りに答えてくださる神に目が開かれていた。

一方、柊はと言えば、感情は秋の空のように変わりやすいので、信仰は常に理性的でなければならないと考えていた。だから、その当時はそのような彼女に内心、軽蔑ほどまではいかなくても、賛同できない自分があった。

信仰は神に関する知識ではない。それなら神学校に行けば可能である。信仰は観念的なものでなく、霊的感性、つまり霊の目を通して神の真の姿を拝し、霊の耳を通して神の声を聞き分ける信仰なのである。神ご自身がそばにいて、語りかけ、働いてくださっていると分かり、実感できるようになっていくものなのだ。そのためには霊的感覚が必要なのだ。

自分が少しは柔軟性を持ってものを考え、神の恵みが分かる者とされるために、このような妻を神が備えてくださっていたのだと、今になって彼には思えるのである。

朝の三時まで神に祈った祈りは、このような形でも答えられたのだと彼は感謝している。

三．うつ病と完璧主義

彼は結婚後も、胃を切ったその病院で一年間は内科で研修、その後二年間は神経科で勤務した。内科には立派な先生方がおられたが、故人となられた先生もある。

神経科では、神経科疾患以外に精神的な病の患者さんも診ていた。

その中で、多かったのは様々なタイプのうつ病、例えば躁うつ病（双極性障害）と言われ、思春期の頃に発症するもの、神経症の一症状としてうつの症状が出るもの、初老期に起こる初老期うつ病等々であった。

双極性障害の躁の時期には、金遣いが荒くなり、宝石や着物を買い、あちらこちらに贈り物をする。

ある開業医の奥様は、満面の笑みで、「いつも診て頂くお礼です」と、一抱えもあるバラの花束を持って来られた。彼は断り切れず、お礼は言ったものの処分に困った。花束は後に、看護婦さんたちで分け合ったのであった。

最近は、人がやる気を失って元気がなくなれば、何でもかんでも「彼はうつじゃなかろうか？」という素人判断をする。

今は忙し過ぎる時代である。睡眠を削ってでも、上司からの言葉通りやろうとするが、なかなかできない。明日のことを心配し、上司の顔が浮かんで眠れない。

睡眠時間が削られると、身体は正常な睡眠・覚醒のリズムを失い、朝は起きづらくなる。目覚まし時計で起きても、身体は眠っている。身体がだるくて動けない、当然出勤したくない。一回でも会社を休むと次は行きづらくなり、何回か休むうちに、とうとう行けなくなる。これは、うつ病と診断される。

このような患者さんを柊は今の外来でよく経験する。時代の申し子なのだ。

この病院で診た初老期うつ病の精神力動論と病前性格には教えられるところがあった。

初老期うつ病の人々の病前性格は、几帳面、潔癖で完全主義的傾向が強く、物事を順序正しく、完璧にやることに生きがいを感じるのだ。完全にやらなければ気が済まないと言うほうが当たっているかもしれない。「向上心が強い」と言うこともできるだろう。

だから、その人の仕事の出来栄えは立派で、職人技のようである。

他方、こうした人々は頼まれたことを断るのは苦手である。完璧主義の性格やプライドが許さないのである。責任感が強く、完璧な仕事をするので、所属する部署で皆に信頼され、頭角を現わしてくる。人には評価されても、自分の標準は高いのでなかなか満足できない。

また、プライドと同時に、密かに「自分はあの人のように、要領良くさっさと仕事を片づけることはできない」という、不思議な劣等感も同居している。

しかし、頼まれたことは時間がかかっても完璧に仕上げるので、遅からず、各セクションの長などに抜擢《ばってき》されたり、栄転したりする。

栄転しても、若いうちは急に増えた仕事量をこなすことができるし、部下に任せた仕事が気に入らず、修正するのに自分が持ち帰ったり、残業したりする。完全主義者にとって、部下の仕事は百点満点ではないのである。しかし、若いので体力的に問題はない。

しかし、体力にかげりが見え始める初老期にそうはいかない。栄転によって仕事の責任は増え、家庭では妻が更年期を迎え、子どもたちは父親の出番を必要とする年齢に達している。

残した仕事や部下の不完全な仕事はフラストレーションの種になるが、誰かに相談したり、頼んだりするのはプライドが許さない。中途半端に残した仕事が次々と、しがらみのようにまとわりついてくる。

第一の症状は「頭痛」である。寝不足の人に特有の、頭を締め付けるような痛みだ。後ろ頭が重いという人もいる。肩こりや腰痛を訴える人もいる。

ＭＲＩで、頭部や腰部に異常がなければ、それは恐らくうつ病によるものだ。

もし拍動性があって、吐き気を催したりするなら、うつ病特有の頭痛ではない。それは血管性頭痛、つまり片頭痛、目の奥が痛いなら緑内障も疑いに上る。

第二の症状として、「不眠」がある。残った仕事のことが気になったまま眠りにつくので、それが頭の中でグルグル回って眠りは浅く、ぐっすり眠ることはできない。

しばしば、朝早いうちに目覚めてしまう。早朝覚醒だ。目覚めても、まだ四時だ。昔ならサッと起きたが、後ろ頭は鍋を被ったように重く、起きようにも身体がきつい。うとうとしながら六時ぐらいまで待って、仕方なしに重い身体を引きずって起きる。

第三の症状は「憂うつ気分」だ。憂うつで気が重く、気分が冴えず、何も楽しくない。

第四の症状は、「意欲」「食欲」「性欲」の三つの欲が低下することだ。

意欲が低下し、何事をするにもおっくうで、長続きしない。以前楽しくやっていたことも気が乗らない。面倒なことはなおさらおっくうである。

食欲も低下し、美味しくない。食べないので体重が減ってくる。よく訴えられるのは、「砂を噛むようだ」という言葉である。舌も乾燥し、味もしなくなるのであろう。

性欲も低下する。あれほど楽しかった夫婦の営みが、相手から誘われても、その気にならない。「もう何カ月も一緒に寝たことがない」とよく言われる。

ある外国人作家は、自分が生まれた時、父は七十五歳だったと言うのでそんなはずはない。

さらに症状が進むとボーッとしていて頭の回転が鈍くなる。自信がなくなり、「決断力も低下」し、どちらを買ったほうがいいのか迷って決断がつかない、買わずに帰って来る。これはかなりの重症だ。頭がうまく回転しないのだ。これは専門用語で「思考渋滞」と言われる。

八方塞がりで、行く手に光は見えない。だんだん悪循環に陥ってしまい、物事を、悪く悪く考え、自分を責め、衝動的に自殺という最悪の事態に立ち至ったりすることもある。

「栄転うつ病」の他に、「引っ越しうつ病」と言われるものもある。普通の人は、荷造りするのも引っ越し屋に頼み、荷解《にほど》きも適当に時間をかけてやれば良いと考えているので、うつにはなりにくいが、完璧主義の人はそうはいかない。引っ越し屋に荷造りを任せると、大事な物をいい加減に扱うかもしれない、と、なかなか任せることができない。

いきおい、睡眠を削ってでも膨大な量の物を完璧に荷造りし、さて引っ越すが、早く荷解きせねばと思っても、思うに任せない。荷解きのことが頭に残って眠りは浅くなる。そのうち、だんだんうつになってくる。

以上のように書いてくると、このような性格は「悪者」のように受け取られがちだが、その飽《あ》くなき向上心のゆえに、人々の生活や文化、芸術、学問を支えてきたのは実はそのような人たちの専門性と職人技と努力（こだわり心？）に負うところが大きいのも事実なのだ。

柊は初老期うつ病の人たちの内に、二十年後の自分を見た。

「まさしく、自分もこのような性格だから、五十代になればきっと、このようになる！」と思ったのだ。

そして、完璧主義やこだわりを押し通して自分がうつ病にでもなれば、元も子もなくなる。だから、これは優先順位の問題でもあると気が付いたのである。

最も大事なことは自分の健康のことだ。細かなことまで完璧にやっていては身体《からだ》を壊す。以後、極力そのような自分を改めようと決心した。百点満点ではなく、「八十点でまあ、いいか！」と思うようにしたのだ。

ところが、そう簡単にはいかない。習慣化するには三週間あればできるとよく言われるが、それは日常の習慣のこと、例えばラジオ体操とか、気付いたことはメモし、そのため手帳を持ち歩く等であって、自分がつくり上げてきた性格を変えるのはそう簡単にはいかない。「これは少し手を抜こう」と、自分に言い聞かせても、例のこだわり心が出てきて、それに抗しがたいのだ。それで、つい、時間をかけてでも、完璧にやってしまうのである。

事実、彼もそれで身体を壊したのだ。

その問題点には一つ、いや二つある。

一つは網羅主義だ。完璧に全部を網羅するので、最も大切な本質や、論点がぼけてくることだ。自分にとって、また相手にとってもだ。相手は何を言いたいのか分からない。

もう一つは、そのような性格ゆえに、自分自身や他人の良いところではなく、足りないところや自分と違ったところが無意識のうちにすぐ目に付いてしまう。表面上は肯定できても、本心では受け入れがたいのだ。自分の主義・方法、こだわりがそれを許さないのだ。つまり、相手を否定し排除する論理が無意識のうちに働くのだ。

人それぞれに思うところがあり、自分の考えがベストとは限らないのに、彼は自分の考えが一番と思っているのだ。相手のやり方や考えが、自分のと違った時には、無意識のうちに表情や、言動に表われ、それは相手に落ち着かない思いや疎外感を与えるものである。

彼は当時、このことには、全く気が付かなかった。彼の外来の診察を介助していた看護師が、今でも言う。「先生の介助をしていた頃は、手が震え、冷や汗をかくことがしばしばでした」と。しかし今、若い看護師たちに、先の看護師の言葉を話しても、「えーっ、信じられない！」と言う。

彼は医師であり、病気を見つけるのが仕事なのだ。健康な個所は飛び越して、異常な個所だけが目に付くように無意識のうちにも訓練されていたのだ。

これは医師だけでなく、物事をきちんとするように訓練された教師、牧師、看護師、薬剤師、銀行マン、税理士、また職人と言われる人々も同じことである。要注意だ。

というのは、きっと柊と同じように、自分の子どもをそのように見て減点主義で育て、自己肯定感の乏しい子どもに育ててしまうかもしれない。子どもこそいい迷惑だ。

柊自身も、厳しい儒教的環境で育ち、小学生高学年頃から、他人に見せられないような卑しい、淫らで罪深い自分を知っていた。それで悩んでいたのだから。

それゆえ、彼が救われ、神様がありのままの自分を赦してくださっているという恵みを頭では分かっても、現実の自分を見て幻滅し、長い間、この恵み、この事実が実感としてピンと来なかった。自分の二番目の娘に千恵という名前を付けたにも拘らず、である。

これは後で分かったことであるが、彼を含めそのような完全主義的な性格傾向を持っている人の心の視線は、無意識のうちに自分に対してだけでなく、他人に対しても鋭く向けられる。小さなことにこだわり、自分と違う考えややり方の人を赦せなかったりする。

これは一歩退いて、より高く広い観点から考えることが身について、無意識のうちにもそのような長期的、大局的な物の見方ができるように改められる余地があるのだということを彼は次第に分かって来た。多様性が求められる現代こそ、まさにそうである。

彼の妻は彼とは反対の性格で、大雑把《おおざっぱ》と言うほどではなくても、彼の標準から言えばほど遠く、凡《およ》そ細かな点には頓着しないのだ。「これでいいんじゃない?!」というわけだ。

例えば、柊がネクタイをするのを忘れて出勤したことが、今まで数回あったが、外に出て見送る彼女も、彼がネクタイをしていないのに気付かないのだ。出勤してから周囲に、「あら?先生ネクタイしてないの?」と言われて、初めて彼は気付くのだ。

人を見る目も厳しくなく、大変優しい。悪く言えば人を見る目がない。

結婚した初めの頃は、彼の目から見て不十分な片づけ方や頼んだ仕事の不完全な出来栄《できば》え、またそれに小言を言わないことは、彼には大きなフラストレーションの種であった。

彼が叱ったり、彼の口がすべったり、あるいは皮肉たっぷりに小言を言ったりした時は、妻にとってはかなりのストレスであったろうと、今になって悪かったと思う。

しかし、口で言わなくとも赦さない心は表情や仕草で相手に伝わるものだ。きっと、彼女は苦しい何十年だったことであろう。

結婚後、十数年経って初めて、「あなたは少し優しくなったわね」と言われたが、これには彼も参った。自分はその変化に気付いていなかった。妻に飼いならされたのであろうか、それとも、神様とともに歩いて、神様が少し変えてくださったのであろうか。

もちろん、立派で寛容な夫、父親になったわけではない。

日本人は、おしゃれにしろ、身の回りの清潔さにしろ、仕事にしろ、すべてに細かく標準が高くなってきたので、結婚相手についてもそうなのであろう。結婚年齢が高くなったり、結婚しなかったりするのも、それと関係があるに違いない。

さて、彼の妻について、大雑把と言ったので、いい加減な女性と思われるかもしれないが、必ずしもそうではない。彼女の名誉のために、後で詳しく述べる。

第一四章　大学病院で～男のロマンを求めて～

一．畑違いのところで

程なくして、彼は、友達からの誘いもあって、大学に戻ることになった。

戻ると言っても、それまでの神経内科や精神科的な分野をやっていた者が、ある日を境に突然、循環器内科をやるわけだ。

分野が違っても、医者ならそれくらいは習ったんじゃないの、と思われるかもしれない。

しかし循環器内科に入局して初めのうちは、同僚が話している会話の内容は、日本語であるにも拘らず外国語を聞いているかのようで、彼には十分に理解できなかった。

例えば、最も簡単な「心拍出量」という概念がある。「一分間に心臓が排出する血液の量である」と言っても、文章としては分かるが、イメージできないわけだ。

しかし、心臓の形や心腔の大きさなどを理解した上で、心臓の内腔はおよそ一〇〇ミリリットル、一回でその七〇パーセント、すなわち七〇ミリリットルを排出する。安静時の脈拍は平均六十回なので、これを一分間つまり、六十回繰り返すと四二〇〇ミリリットル、つまり二リットルのペットボトル二本強の量になる。

運動時には交感神経が働いて（アドレナリンが出て）脈拍が増え、収縮力も倍増し、心拍出量はその二倍三倍、時には四、五倍にもなるわけだ。

こんなことは初歩の初歩であるが、彼は、初めはイメージもできなかった。患者さんが病気の説明を受ける時、医師は無意識に専門語を織り交ぜながら病態の説明をするが、このようにチンプンカンの感じなのだろう（もしやこの文章もそうかも…？）。

半年で少し分かるようになり、二年ぐらい経つと、ようやく対等にディスカッションできるようになった。

そこでは、もっぱら循環器内科の専門医としての知識と技術を身につけるため、外来の患者さんや入院患者さんの診療と、学生や後進の指導に当たる。

学生を教えるのは教授・助教授がするものだと思われるかもしれないが、実際は講義の大半は助手や講師クラス（今で言う助教）が埋めるわけだ。

教授は医局を監督し、研究室での研究を指導する。学生の講義は臨床講義で五年生と六年生、二百人ぐらいの学生を一堂に集め、そこに患者さんに来てもらって、学生に診察させ、検査データを見せながら講義するわけだ。

また、外来ではポリ・クリニックと言って、外来医長が、心雑音などの典型的な所見の患者さんにお願いして、まず小グループの学生たちに診させて、診断を考えさせ、その後、教授もしくは助教授がやって来て模範解答を披露するのだ。まだ続いているかな？　テレビ番組のドクターGのように講義する。今の柊はドクター爺《じい》だ。

これらの準備は、病棟医長や外来医長、その配下のスタッフが行う。

彼は外来医長や病棟医長を何度かさせられたので、やりがいもあったが忙しかった。ポリ・クリニック以外の新患の外来患者さんたちを、それぞれ医局の医師たちに診てもらうために振り分けるのだが、彼らは動物実験による研究や臨床研究を早く完成させたいので、皆、時間が惜しい。彼が厳しく言わないのを良いことに様々な理由をつけて、より少ない患者さん、あるいは全く診ようとしない先生方がいた。全員とは言わないが、特に彼より年配の先生方にはよくあった。自分ファーストなのである。

残った患者さんの全部を、彼が診なければならない。昼食抜きの三時頃までになることがしばしばあった。患者さんたちは大学病院の先生だからと不満を漏らさず、じっと待っている。

彼がもう少しはっきりものを言えば、医師たちも協力してくれて、患者さんたちも帰りが遅くはならなかったであろう。それは、「ノーと言えない日本人」として解決しなければならない問題である。だが、これは上手にやらないと周囲との関係を壊してしまうので難しい。

ちょうど彼が病棟医長をやっていた頃、百人ぐらいの卒業生たちの、上位から五人ぐらいのとびきり優秀な者たちが入局してきた。

手取り足取りの指導をしたのは初めだけで、途中から彼らは本当に信頼できるノイヘレン（Neuherren：入局一年目の医師たち）となった。のちに彼らのほとんどが教授や病院の枢要な地位を占めるようになった。

当時の指導教授はN先生、その後T先生が継がれた。お二人とも、日本でも屈指の循環器内科の教授であった。そのような教室であったので、助教授、講師、助手に至るまで、優秀な先生ばかりで、循環器内科は学生たちの憧れの的であった。

この頃の柊は「クリスチャンの医者は、人はいいが腕は落ちる」と言われるのが癪《しゃく》なので十分な臨床の力をつけようと考えていた。そして、それが出来上がったら、それを通して神様に仕えようと思っていたのである。

二．神にしか満たすことのできない心の渇き

しかし、仕事や学問の中には、興味をそそるというか、男のロマンをくすぐるものがある。気をつけないとそれが自分を神から遠ざけてしまうのである。

一般の方には「神から遠ざかる」という意味は分かりにくいかもしれないが、神以外のものが彼の神となってしまい、神の恵みと祝福の道を閉ざしかねないという意味である。

彼もいつしかそうなっていた。もちろん、教会の礼拝には欠かさず出席し、教会の役員とし

ての仕事も、月一回の礼拝説教も続けてはいた。

このようなプライドやロマンを追い求める男性としての特質を、神は人間の文化や学問の向上や祝福のためにもお用いになるのであろうか？

もちろん、キリスト者として、人々の健康や安寧に貢献するすばらしい人材がおられることは否定しない。

しかし、あたらキリスト者としての大切な生涯を、こうしたプライドやロマンの追求のために無為に費やしてしまいかねない。柊もそれを追い求め、ついに長居をして十年間、大学にいたことになる。

この頃の彼は壁にぶち当たっていた。男のロマンを追い求めてきたものの、求めていたものはこんなもののはずではなかったという思いであった。他方、自分が求めていたものは神様しか満たすことはできないということも心のどこかでおぼろげに気が付いていた。

先に述べた「神からの自由」を求めて神と袂《たもと》を分かった人類は、それでも、自分も気付かない神への帰巣本能とでも言うべきものを持っているのだ。それが何なのか分からないまま、それを求めて求道の旅に出るのである。その思いは神しか満たすことができないのだが。

彼は、大学では臨床的なことに関してはもう習うことはあまりないのではないかとも感じ始めていた。大学では、臨床研究や動物実験の研究のホットなところを中心とした論文を教室の中の一員として書かされるのである。

研究面に専念できる同僚たちは、欧米のトップジャーナルに掲載されるような論文を書くのである。一方、外来医長や病棟医長などの臨床の役割をもっぱら引き受けることの多かった彼は、論文を書く時間がない。そのうえ、牧師のいない教会を社会人数人で世話をする集団指導制の教会であったので教会の仕事も多々あった。いきおい、論文執筆の優先順位はその下であった。

また、この頃の彼は幼い子どものために、父親として、せめて食事だけは一緒にしたいと色々工夫していた。

夜の十時になると病院での仕事を切り上げ、自宅への帰路に就くが、後に大阪千里の国立循環器病センターの病院長になった同級のT君はまだ仕事をしている。

家に着く頃には子どもたちはスヤスヤ寝入っている。それから食事をして零時近くに寝る。

朝六時に起きて子どもたちを叩き起こし、一緒にシャワーを浴びる。子どもたちは眠たそうにしているが、シャワーで目が覚める。その後、一緒にわいわい言いながら、フランスパンやイングリッシュマフィン、コーンブレッドなどの朝食をするのだ。

その後、大学病院に向かうが、子どもたちは母と一緒に「お父さん、行ってらっしゃい！」と向かいの公園の金網に登って手を振る。

病院に着くと、もうT君は机に向かっている。彼より遠い所から来ているのに……。

午前中、受け持ちの入院患者さんの世話や事務的な仕事を終えると、もうお昼だ。

愛妻弁当には、娘たちの絵や手紙が入っているので、それを見ながら彼は昼ご飯を食べる。妻はその絵を取って置けば宝になったのにと今になって言う。

午後は、心音図や心臓超音波の検査などが待っている。現在は専門の技師が行うが、当時は医師がそれらをこなしていた。特に心臓の超音波の検査は暗い部屋で、何人もの患者さんを、ベッドに横にして探触子（ソナー）を心臓に当て、心臓の弁の動きや形、心室の内腔や心筋の厚さなどの異常、収縮の具合を見る。ブラウン管をじっと見つめながら何人もの患者さんを検査するのだが、寝不足気味で部屋は暗い、彼もつい集中力を失い眠気を催すことがしばしばあった。

そのような忙しい毎日の中で、教会の役員として、また夫として父親としてその務めを果たさねばと思っていた彼は学問にだけ全力投球できるはずがない。

いきおい、国内外の学術専門誌にいくつか投稿しただけで終わった。

三．非友好的・排他的コミュニケーション

学問といっても、他人の論文の優秀さを評価して、追随するだけでは能がないのだ。たとえ、自分より相手が優れていても、どうにかして、それとは違ったことや超える仕事をして、相手よりも自分の考えや説が上であると主張しなければ意味がないのである。

しかし、これでは他人を素直に受け入れたり、認めたりするよりも、いつも競争や対決、排除の姿勢を取ったり、自分がいつも優位に立とうとしたりする習性を身につけてしまう。「自分は他人と違うのだ」とか、「自分は他人の真似はしたくない」という変なプライドを持つようになり、いつの間にかこのような非友好的、排他的なコミュニケーションのスタイルをキリスト者である自分が身につけてしまった、と彼は気が付いた。

のちに、彼が今の病院で院長として働くようになり、患者さんや同僚、スタッフとのコミュニケーションについて考えさせられるようになって、気付くようになった。

医師はなかなか医師同士で話すのが苦手である。つい、看護師や事務クラーク、医局秘書を介してのコミュニケーションが多い。最近はメールを使うことも多いのであろう。

さらに、自分が牧師として立てられた教会全体のことを考えるようになると、パートナーシップについても考えさせられた。

このような変なプライドや隠された劣等感が、同僚やスタッフの才能を認めたくないという、嫉みや競争心、また排他的な心を起こさせ、その思いが無意識のうちに相手に伝わり、コミュニケーションを阻害するのではないか。それがお互いの心を開き合えない状態にしてしまうのであろう。

彼は自分の内にある、その複雑な思いに気付いていたが、聖書の言葉からもその弊害を教えられつつあった。

すなわち、自分の周囲にそのような人を置かれたのは神であり、自分の単なる肩書きや先輩としてのプライドを誇示するために、神の主権を侵したり、病院全体や教会全体の益が損なわれたり、個人の尊厳を傷つけてはならないということが、彼は次第に分かって来た。

これは世の指導者に対する態度についてもだ。

聖書の中に次のような言葉がある。

人はみな、上に立つ権威に従うべきです。神によらない権威はなく、存在している権威はすべて、神によって立てられたものです。したがって、権威に逆らっている人は、神の定めにそむいているのです。そむいた人は自分の身にさばきを招きます。

（ローマ人への手紙一三章一節、二節）

それからは、スタッフや同僚の中に自分より優れた人がいても、その人と競い合うのでなく、広い心で受け入れ、自分もその人から学び、その賜物、才能を病院、教会のために役立ててもらうことのほうが大切であるということがはっきりしてきたのである。

自分のすべきことは、どうすればみんなの意欲を引き出すことができるかを、祈りながら一人で、あるいはサブリーダー（後継者）と一緒に考えることなのだ。

サブリーダーも一緒にというのは、サブリーダーも何年か後にはリーダーとしての立場に立つということを自覚してもらわなければならないからである。

柊もそれは分かったが、知っていることを実践するのはこれほど難しいことはない。

四．リーダーシップ

リーダーシップとは、指導者が言う通り、思った通りにある集団を動かすと定義されがちだが、それだけでは一部しか言い当てていない。

その集団が衆愚ならそれもあろうが、今はそのような時代ではない。

集団のスタッフのレベルは上がってきている。そのような時代のリーダーシップとは、共通の目標のために、それをやろうという皆の意欲を引き出すことである。これができると、その指導者の思いとその集団の思いが一致して、その集団はその指導者の思い通り、しかも、生き生きと動くようになる。

そのためには、全員が共有できる理念とそれを具現化する大きな目標を、皆で立てることである。

一般企業でも病院でもそうであるが、三つの大きな目標がある。「顧客サービス」「経営基盤の安定」「働きやすい職場環境」である。

一つ目の「顧客サービス」（ＣＳ）は、顧客のニーズを感じ取り、これに応えることである。

これがなければ、顧客から見放されて、経営が成り立たなくなる。

二つ目は「経営基盤の安定」である。これがなければ企業も病院も傾いて、いくら高邁《こうまい》な理念を掲げても、やっていけなくなる。

最後の一つは「働きやすい職場環境」（職員の安寧）である。さもないと、職員が次々と辞めていって、人材教育はおろか、働く者がいないので、顧客サービスもできようもない。

だが、現在の介護施設などでは、このことが起こっている。空室はあり、介護を必要とする人はいるのに介護士がいないので入れられないという状況が続いている。尊く大変な仕事の割には、プライドが保てるような給料や環境ではとてもない。プライドはとても重要な要素である。

団塊の世代が大量に介護を要するようになることは以前から分かっていたので、これまでの政府の無策と言えるだろうが、今になって泥縄《どろなわ》式に居宅とか在宅介護とかを急速に進めている。同時に女性の社会進出を勧めているが、家に女手《おんなで》がなければ在宅介護もなかなか難しい。矛盾としか言いようがない。

以上の「顧客サービス」「経営基盤の安定」「働きやすい職場環境」の三つは微妙に絡《から》み合っている。このうち何が一番大事かと言えば、「顧客サービス」であり、これが実現できれば、後の二つはついてくる。

「顧客サービス」の基本は、お客さんの尊厳を尊び、そのニーズに応えることである。

「相手の尊厳を尊ぶ」と一口に言うが、社長、部長、医師、看護師などは、尊厳を傷つけられる経験に乏しく、字面は分かっても具体的にはなかなか分からないだろう。

具体的なことは第一六章でお話しするので、ここは先に進もう。

そのために、人材教育やシステムの効率化、トレンドウオッチ、情報分析、もしやるならどうなるかのシミュレーションなどの担当者を決め、考えてゆかねばならないだろう。

リーダーはこれらのことを、手を替え、品を替えて伝え、実施させる必要がある。

そのためには、自分の考えを伝えるだけでなく、皆の考えや気持ち、理解度に見合った伝え方をしなければならない。

コミュニケーションについても大変重要である。第一六章、第一七章でお話ししたいと思う。

キリスト教界では「仕えるリーダーシップ」という言葉がある。イエス・キリストも弟子たちに、仕えることの大切さを身を以て教えられた（ヨハネによる福音書一三章）。

権威主義の指導者からは皆の心が離れてしまう。面従腹背である。

大切なことは権限の委譲である。リーダーは、スタッフ仲間の才能を掘り起こして、より高い目的のために働いてもらうため、その人に合わせて権限を委譲すること、つまり役割を分担してもらうことだ（エペソ人への手紙四章一一節、一二節）。何でもかんでも自分が関与したいという思いは捨てなければならない。

役割を分担できる人材を決めるためには、全体を見る目と人を見る目が必要である。全体の中で一人ひとりの才能や潜在能力を見て、役割とビジョンを与え、全体との調和を図りながら、やる気を引き出すのである。

そのためには、リーダー自身が神を敬い、人を愛して温かく包み、より広い見識を培うことに努め、皆から尊敬され、愛される人格になることであると、柊は分かってきた。

人は温かく包まれ、そこに自分の居り場と出番を与えられて初めて成長するものである。

自分の尊敬する社長や院長、牧師から評価され、責任ある仕事を任されることは、その人に喜びと当事者意識と使命感を与え、ひいては全体の士気を高めるのだから。

最後に各チームのリーダーからの報告を受ける会議か、一対一の会合は必要であろう。

さらにもう一つ加えるとすれば、コーチングの姿勢である。

コーチングは、コーチする相手に、顧客やその背景、取り組む課題、また自分自身の問題などを、イメージさせ、考えさせ、発想させる人材教育である。

以上のようなことが最近言われるリーダーシップの概要であるが、それは出エジプト記一八章、ヨハネの福音書一三章に見ることができる、聖書的なリーダーシップに他ならない。

こうは言ったが、リーダーには光と陰の部分があるのは皆さんもお気付きだろう。各界のトップを見ても、光の部分と同時に陰の部分がある。

ある程度まではリーダーシップのためには必要であろうが、永らくその地位にいると、おごりが生じ、その地位からくるリーダーの言動に皆が逆らえなくなる。これは問題だ。それによって、上に書いたような真のリーダーシップを失いかねない。心すべきことである。これについては、ここでは述べず、成書(27)に譲り、先を急ごう。

第一五章　公立K病院へ

一．神の導きを見極める

大学病院にこのまま勤めていて、家庭、教会、大学病院の診療、研究、これをすべてできるだろうかと、彼は真剣に考えた。自分の能力については自分が一番知っている。凡人の自分が学問に全力投球できる皆と同じことはできない。

国立の大学病院なので、神やキリスト教のことを語るわけにもいかない。

大学では本人が求めてきた人、上司から頼まれた人など、四人の方に福音を語る機会があり、その方々がキリストを信じ救われ、そのうちの何人かが洗礼を受けた。いずれも心臓病で、先行きの短いと思われる患者さんたちであった。

彼の中には、「自分がやっていることは、亡くなるはずの人の肉体的な生命を数年延ばすに過ぎないのではないか。それだったら他の人でもできる。永遠のいのちをシェアすることこそ自分に与えられたことなのではないか」という思い、「お前は、永遠のいのちが如何にすばらしいかを分かったはずではないか?」という心の中のささやきがあった。

年齢はもう四十歳になっていた。彼は自分の残りの「使える」人生を数えてみた。あと二十年前後しかない、そう考えた時、優先順位がはっきりしてきた。

「私は今、ここで一体、何をしているのだろう?」「永遠に朽ちないことのために、残りの人生を使おう」、そう考えて大学を退任したのであった。

神に委ねた、と言えば聞こえは良いが、後のことは十分には考えていなかった。

尊敬する先輩のK医師の誘いもあって北九州は八幡西区の公立K病院に勤めるようになった。先輩はその病院の院長に頼み込み、彼を空席のリハビリテーション部の部長のポストにと提言した。循環器が専門の枠ではあるが、彼が以前、神経内科で二年間、診療に従事していたからであろう。

リハビリテーション部は神経内科や脳外科、整形外科、最近ではリハビリテーション科などの医師が部長を務める。彼の前任の医師も神経内科であった。

そこは院長、彼の部下の技師長にはよく伝えてあったようで、部長なしでも、そこのリハビリ部門は、整形外科、神経内科、内科などの各科から、骨折術後や脳卒中、廃用症候群などの患者さんを受けてスムーズに動いていた。

法的な意味から医師の関与を必要とする仕事は技師長や技師さんたちにお膳立てをしてもらってやるのが枠のリハビリ部門での職務であった。

残りの時間は得意の循環器や内科の外来、循環器の病棟での主治医として勤務、心音図や心エコーなどの検査を担当させられた。

人の才能や得意分野を、柔軟に活かすような人員配置であることに目を開かれた。

もう一つ、新鮮に映ったことがある。

彼のそれまでの不勉強のせいかもしれないが、東京などでは既にドックや健診（健康診断）は出来上がっていた。

一旦病気になった人が再発しないように予防するのが二次予防、その病気すら起こらないように予防するのが一次予防である。これを目指すのがドックや健診なのだ。特定の病気の有無を検査診察するのは「検診」という。胃がん検診、乳がん検診などだ。

今でこそ健康ブームで、二十代でもドックを受けに来るが、当時は違った。しかし、先見の明があった病院長は、かなり早い時期からドックや健診に力を入れており、そのための施設やシステムが既に動いていた。

もちろん政府、厚生省は予防が第一であることはよく知っており、昭和四十年頃までにはがん検診を始めていた。がんが死亡原因の第一位で三〇パーセント以上も占めているからだ。病気になると、それだけ国は医療費が嵩《かさ》み、企業も生産性が損なわれる。だから予防と早期発見、早期治療に力を入れるのである。国と企業と職員はウィン・ウィン・ウィンの関係だ。

昭和四十年代後半には、国は労働安全衛生法に基づく企業健診も始めている。その頃からこの病院は健診にも力を入れてきたわけだ。

平成二十年に、国は生活習慣病予防に特定健診を始めた。死亡原因の第二位の心臓病や第三位の脳血管障害の原因になる「動脈硬化」を標的にして予防・指導を促すものである。いわゆるメタボ健診である。しかし、現在に至るまでその受診率は低く五〇パーセント程度である。

さてこの病院では、一般的なドック以外に、特別なドックを行っていた。

それは、一週間かけて全科の診察・検査を受け最終判定を下すもので、ソファやテレビ付きの広い特別室に一人で入室、特定の看護師と主治医がその担当に当たる。彼はその主治医を担当させられた。「彼なら人当たりもいいんじゃないか！」というわけである。

この特別なドックを受けるには、当時のお金で四十万円もかかった。今なら百万円以上に当たるだろう。そのため、企業のお偉方《えらがた》が多かった。企業の中枢を担う人たちであり、景気の良い時代でもあったので、それだけのお金を出しても費用対効果に見合うと判断されたのだろう。

裏社会の人もたまに来られた。その人たちにとっても仕事をやっていく上で健康は極めて大切である。

今でこそスポーツ選手の中に刺青（？）をしている選手がいるが、もっと本格的で芸術性の高い倶利迦羅紋紋《くりからもんもん》を腕から胸、背中にと彫られている人もいた。

その社会でそれなりの地位の人たちは、表社会の人間に対しては対応もいんぎんで穏やかである。看護師さんに手を出したりクレームに悩まされたりすることはなかった。退院時には、二十人前後の黒っぽい服を着た若い衆が迎えに来ていた。

この病院での診療を通じ、柊は自分が如何に「専門馬鹿」であるかを思い知らされた。それまでは大学にいて、いっぱしのことは知っていると思っていた。確かに循環器についてはそうだったかもしれないが、外に出てみて、内科一般、リハビリテーション、義肢やその作製と装着、ドック・健診について、また特に、看護については全くの素人であると、初めて気付かされたのである。それからは、看護師さんから多くのことを盗み、かつ教えてもらった。

様々な意味で、ここも彼にとっては良き学び舎《や》となったのであった。

大学という環境では、ともすれば井の中の蛙《かわず》となってしまっていて、自分の傲慢さにすら気付かなかった。多くの患者さんは医者を見て受診するのではない。大学病院という看板を見て受診するのである。

小さい頃イソップか何かの絵本で次のような絵を見たことがある。

仏像か何かを背中に乗せたロバが、人々が自分に向かって拝むので、ロバは自分を拝んでいると勘違いして得意がっていた。愚か者の見本として教えている絵本であった。

医者もそのように勘違いしているということもあり得る。○○病院という看板、○○長という肩書きで患者さんに見られているのかもしれないのだ。

患者さんは、例えば「お腹が痛い」という主訴（ニーズ）を持って来院する。対応する医師は、その患者さんに必要で十分な問診と内科的診察、最小限の検査で的確な診断を下し、必要ならもっと詳しい検査をして、上手な診療を行える臨床能力を備えているかどうかが問われるところである。だが、患者さんはそこまで見抜くことはできない。

もう一つ、患者さん自身も意識しない訴えを持っている。それは自分の人格を尊んでほしいというニーズである。それに応える優しさと誠実さを備えた医師であるかどうかも最初に見抜くことは難しい。また、医師自身もそのことは意識していない。

それは尊厳が傷つけられる経験をして初めて分かる。しかし医師はお偉いのでその機会に乏しい。たとい患者になっても医師として遇されるので、その経験ができないのである。

患者さんはお腹《なか》が痛くてたまらないのに、さんざん待たされた挙げ句、ようやく来た医師が「すみません。お待たせしました」の言葉もなく、顔も見ないでパソコンに向かい、ぞんざいな診察をしたらどうであろう。いくら鈍感な人でも尊厳を傷つけられたと感じるであろう。

患者さんは受け身である立場上、何も言わないので、医者のほうも気付かないのだ。

柊も若い頃はものすごく忙しかったこともあり、鼻っ柱も強かったので相手の尊厳を傷つけたであろうが、その多くを気付かなかったのかもしれない。

二．素顔の自分を知ってもらう

さて、公立K病院に行く前に、彼の大学病院時代の上司であった先の先輩を通じて、彼のことは予めその病院には伝わっていたようだ。すなわち、臨床の腕は確かで、人柄も悪くないクリスチャンの先生が来るからと（ただし、これは誉《ほ》め過ぎだろう）。

しかし、彼のほうでは、クリスチャンのイメージ、つまり一般的な日本人が持っている、清く、優しい聖人君子という姿を、自分の周りの人に期待されてはかなわないという思い、そしてそれは自分を含め、聖書が語る人間観の実像に即してないという思いがあった。

柊は、人は立派な人間になることによって救いを得るのではなく、神の標準に達し得ないことを悟り、身代わりとなられた贖い主イエス・キリストを信じて救われるのだと知ってもらいたかったのだ（ローマ人への手紙三章二三節、二四節）。

クリスチャンとノンクリスチャンを分けるのは、人間的に立派であるか、いい加減であるかではなく、このキリストを自分の救い主として信じ、ついていくかどうかなのだ。

だから、クリスチャンも人の子、神に赦された罪人であり、感謝のゆえに神のみこころに従いたいと願い、人には優しく、自分に誠実に歩もうと心している者なのである。

彼は周囲が誤解しているクリスチャンの虚像を崩《くず》そうと思っていた。

例えば、昼休みに机の上にだらしなく横になって昼寝したり、無精《ぶしょう》ひげで出勤したり……。

それでも不十分だったかもしれない。

けれども、思いがけない、絶好？　の機会が訪れた。

その年の忘年会、兼、新入職員歓迎会で、新入職の者たちは劇をすることになっていた。呼吸器科の先生か誰かが監督になりシナリオを書き、あまりにも砕け過ぎた、卑猥《ひわい》な劇が出来上がった。彼は忙しさも手伝って、原稿の全部を読むことはできなかった。

彼はある役を仰せつかって、考え込んだ。キリスト者として、この役を引き受けるべきか、それとも、何かの都合をひねり出して欠席すべきか？

監督はさほど考えないで、配役を考えたかもしれないが、彼にとっては「踏み絵」のようにも思われた。

今なら、妻にも相談し、神様にも知恵を与えてくださるようにと祈ったであろうが、神に祈ることを考えつきもせず、妻にものを尋ねるような弱みを見せたくなかったのだ。聖書に関する知識は自負していたが、キリスト者としての生き方はまだ身についていなかったわけだ。洗礼を受けて二十年も経ち、説教で人を教えて（？）いたのに。

彼は独り考えた。そして、これはクリスチャンや福音に対する誤ったイメージや誤解を解くチャンスになると思い至ったのだった。

いよいよ、その日が来ると、黒崎の当時の名門Sデパート七階の催し場は二、三百人の看護婦さんや先生方で膨《ふく》れ上がった。その中で、くだんの劇の幕は切って落とされた。

すると、舞台の右端から左端までストリーキングをした者がいる。一糸まとわずでは軽犯罪法に触れるので、女性用の細く赤いものだけ身に着け、女もののかつらをかぶっていた。

一瞬、「あれは誰だろう！」と皆は思った。

終わってから、あれはリハビリテーション部の部長、クリスチャンの柊先生だということが分かった。これは彼の母校の大学病院の医局にも知れ渡ったと見え、「あの柊先生がねえ……！」と彼の変わりように皆は驚いたようであった。しかし、この病院には三年間いたので、彼の意図した所が少しは伝わったかもしれない。

事の善し悪しはともかく、この時はこれくらいにしか考えなかった。

しかし、のちに彼が今いる病院で医師として、また教会で牧師の立場で、患者さんや同僚、メディカル・スタッフ、同労者、求道者の方々とのコミュニケーションを考えるようになって、相手に心を開いてもらうためには、こちらがありのままの不完全な自分を素直に現わし、隠したりしないことが大切であるということが分かってきた。

これは、俗に言う帝王学とは全く逆である。

そして自分のしようとしたのはこれを打ち破ることでもあったのかと改めて考えさせられた。

相手がごく自然に自分の胸中をこちらに打ち明けてくれたり、あるいは自分の本音を話してくれたりするのを妨げているのは、医者としての肩書きや、意識・無意識的に自分の内に人を入らせない、医者然とした物腰、キリスト者としては、優等生として振る舞わなければならないと信じて生きている、窮屈そうな姿なのだ。

ただでさえ、クリスチャンは、相手に「何となく、落ち着けない」と感じさせているわけだから、相手は違和感を持っていることもあり得るわけである。

そのような自分に気付き、そのような態度を取り払って、こちらが普通の人と同じように弱さを持っている者だと分かってくれた時には、相手も心を打ち明けて話してくれる。

つまり、ありのままの自分を現わすというのは「仮面を被った自分」でもなく、また、「自分の本音を遠慮なく丸出し」でもない。「ありのままの自分を素直に現わす」という意味である。硬い言葉で言えば「自己開示」と言えるだろう。

「双方向性のコミュニケーション」と、人はわけ知り顔で言うが、その前に自己開示が必要なのだ。つまり、相手が自然に本音を言えるような雰囲気をこちらが備えているかどうかなのである。これが真のコミュニケーションの原点である。大きな体格や白衣、肩書き、性差、年齢差等々ですらそれを妨げるのだ。

こちらが素顔の自分を見せれば、相手も本音を言える。それが正しい診断や治療につながるだけでなく、心の触れ合うコミュニケーションを創り出すのである。

「自己開示」ができるためには「自己受容」ができなければならない。自己受容とは自分の劣等感の内側にある弱さを人前に取り繕う心が、それを覆い尽くす神の恵みで占められるようになり、あれほど自分の心を占めていた劣等感や欠点、弱さ、他人に対するうらやみ、嫉《ねた》みなどに左右されなくなることなのだ。

この姿勢こそ現代社会のリーダーにとって、またキリスト者にとって大切なのだ。同時に、弱い自分であっても、神の恵みにあぐらをかくことなく、人の心が分かる感受性や優しさを備え、誠実で、他人からも尊敬される品性を目指すのは重要なことである。

三．時代の変化とニーズ

話は変わる。彼が一世一代の芝居を打ったデパートも、時代の変化を読み切れず、ついに閉店になってしまった。旧来の経営を続けていたからなのであろうか？

デパートや銀行や企業だけでなく、病院にとっても今は冬の時代である。はっきりとした経営理念、建院の精神を持たない病院はつぶれていく。これらのことは一時的な現象ではなく、今後も続くと思われる。

病院や介護施設の源流は、修道院で病む人に仕える修道女たちの愛の行為に遡《さかのぼ》る。この原点を忘れて経営だ、利益だと言っていると、CS（顧客サービス）が疎かになり、患者さんからそっぽを向かれて、却って自分の首を絞めることになりかねない。

教会も、孤高を持していてはこの世との接点を持つことができない。

また教会が信徒を増やそうと躍起になっていると、世の人々の真のニーズに応えられず、これまた、思いとは逆の結果になりかねない。

教会はこの世に神の愛を携えて遣わされているという事実を見失ってはならないだろう。時代は昔のテンポでなく急激に変化している。唯々《いい》諾々《だくだく》として、今までと同じような方法を続けていては、人々の心のニーズに応えきれず、福音に振り向いてもくれない。それは病院や一般企業とて同じである。

今は人々が癒やしを必要としている時代である。競争や戦いの中にある者も癒やしを必要とし、その競争に取り残された人々も癒やしを必要としている。

そのつもりでいると、癒やしという言葉がやたらと目につく。

ある企業マンが、教会で讃美歌を歌いながら涙が止まらなかったということを話してくれた。人は癒やしを求めており、涙は人の心を癒やすのだ。

福音やそれを織り込んだ讃美歌は、傷んだ心に癒やしを与える神からの贈り物なのだ。

癒やされて優しさを取り戻した者たちの愛は教会の内外の人たちに流れていくのである。

福音という本体は断じて変えることはできないが、外側の部品を取り換えてでも、教会やキリスト教病院は現代人のニーズと心の叫びに的確に応えていかなければならないだろう。

第一六章　ホスピスを持つ病院で

その三年後、彼は九州で初めてのホスピスを持つキリスト教病院の設立に参画し、A院長、B医師と共にそれぞれに与えられた賜物（才能）をもって神と人とに仕えることになる。

その病院の前身は、昭和の初め頃から続いてきた炭鉱病院であった。上質の瀝青炭の出る炭鉱であったが、時代も移り閉山になると経営者も代わり地域医療を担う一病院として診療を続けていた。

その病院で出会った前出の三人はキリスト者であったので、床板がきしみ、トイレが臭く、時に雨漏りのする木造六十八床、二階建ての病院を、「ホスピスを備える新しいキリスト教病院へ」と、祈りをもってスタートさせた。四十年も前の昭和五十八（一九八三）年のことである。

新病院の竣工は数年後の、昭和六十一（一九八六）年のことであった。百五十床でスタートしたが、すぐ満床になり、二年後には百七十八床に増床し、そのうち二十四床がホスピス病棟であった。その後、時代の要請に応じ、現在は七十一床という全国最大規模のホスピス病棟を持つ病院となっている。

もともと、ホスピスとは西欧の修道院の奉仕の働きから生まれたもので、病んでいる方々に心からのもてなしを、ということを目指している。

先にも引用したが、病院での働きの中から、

「これらのわたしの兄弟たち、しかも最も小さい者たちのひとりにしたのは、わたし（キリスト）にしたのです。」

（マタイによる福音書二五章四〇節）

という聖書の言葉が病院を導く聖句となり、キリストに仕えるように患者さんに仕えるということが、当然のように病院を導く理念となっていった。

これはトルストイの童話『くつやのマルチン』のモチーフとなった聖句としても知られ、マザー・テレサを奉仕の人生に導き、その生涯を貫く聖書の言葉として知られている。

さらにそのように仕えれば、返ってくる感謝で仕える側も癒やされるという事実は、「癒やし、癒やされる」という標語となって職員をも支えている。

一．病む人の気持ちを！

「病む人の気持ちを」という言葉は、柊が学生時代、放射線科のI教授が色紙などに揮毫《きごう》しておられた言葉である。太い眉毛の、相当にこわもての教授であって、医局員たちはピリピリしていた。でも、優しい心の人でもあった。

キリスト者の柊であったが、その言葉の真の意味が当時、分からなかった。しかし今ならよく分かる。

ホスピスは一般の医療から見放されたがんの患者さん、及びその家族の心の世話をする。つまり、人生の最期の日々を本人が世話になっている医者やスタッフたちに気兼ねすることなく、家族とともに自分らしく過ごせることを旨《むね》とする。

つまり転移などのために手術や化学療法、放射線療法の治療効果が見込めなくなった患者さんを治療（キュア）でなく、看護・介護（ケア）するのだ。まずは痛みや苦しみなどの症状を取ってあげ、あらゆるニーズ（必要、訴え、気持ち）に応えようというわけである。

ホスピスでは、がんの痛みは、痛みそのものが普通の鎮痛剤ではなかなか効かない。モルヒネなどを中心とした専門的な治療を要する。

そのうえ、告知を受けてない患者さんは、自分の真の病態に対する疑問、不安、周囲に対する疑いの目を持っている。

だからと言って、主治医に聞くのは怖いのだ。「もし、がんと言われたらどうしよう」と。

一方、告知を受けた患者さんは先行きへの恐れ、すなわち日に日に衰えていく体力を通して、自分の人生が終焉《しゅうえん》に向かっていることへの恐れ、家族との離別、どんな風に死んでいくのかの不安、死後の世界への恐れにおののいている。いわゆる霊的痛みである。

それゆえ、症状の少しの変化や周りの人のちょっとした言動にもその心は敏感に揺れ動く。そのように心身ともに打ちひしがれ、孤独と不安の中にいる患者さんにとって、キリストの救いを語ることが、如何に助けになるだろうかと、多くの牧師は考えるに違いない。

確かにその通りなのではあるが、ある意味でそれは間違いなのだ。

彼や彼女には耐えられないほどの身体的苦痛や、具体的な心配事がある。そのため、ややこしいことを考える余裕は全くない。

遠慮もあって言わないかもしれないが、「とにかく私のこの痛みのほうをどうにかしてよ！」と叫びたいのである。だから、聖書の教えとかキリスト教の救いなど、この時点ではもっての外《ほか》という気持ちなのだ。

そのように「自分の痛みやニーズを本当には分かってくれない」と感じさせてしまったら、その人の閉ざした心を再び開かせるのはなかなか難しい。

その患者さんの気持ちや表情は看護側、医療側にも伝わり、近づきにくい患者さんとして受け取られ、「この患者さんは苦手だなあ」という看護・医療側の無意識の思いや表情が今度は患者さんに伝わり、患者さんは益々心を開こうとしないのである。

つまり、この時点で看護・医療側は患者さんの本当のニーズをつかみ損ねていて、そういう自分たちに気付いていないのである。だから、さらに不用意に相手を傷つけるようなことをしてしまうのだ。そのような無神経な相手に対して患者さんは益々、その口をつぐむのだ。

ただでさえ、「自分だけがこんな目に遭って」と、一人で孤独と疎外感に耐えている人にとって、健康で楽しそうに生きている人との距離は健康人が考えている以上に遠いのである。

柊自身も、がんの告知を受けた時、同じような疎外感を経験した。しかし、がん死を免れた今、それは時間の経過とともに風化して、いつの間にか忘れていた。

しかし、この病院で、柊は次第に真のコミュニケーションの必要性が分かるようになった。つまり、互いが心を開いて、素直に自分の本当の思いや必要を言えるような場こそ真の人格的な交流、心の触れ合いが成り立つのである。それは夫婦の間でも、病院でも教会でも、一般企業ですら同じである。

二．ありのまま受け止めてあげる

ホスピスはそのようなことを前提とした「場」であると言える。

看護や医療側は、まずそのような患者さんの気持ちを汲み取り、身体的な痛みを取るのに全力を注ぎ、可能な限り、患者さんのニーズに全面的に応えることに努める。

すなわち、カウンセリングでも言われるように、「絶対的受容」（ありのまま受け入れること）を末期がん患者さんの診療、看護の場でも実践しようというのである。つまり、大変な苦しみの中にある患者さんをホスピタリティーのこころをもってもてなすのだ。

身体的、社会的、精神的、宗教（霊）的な痛みやニーズに対して、全面的に応えようというわけなので、医師や看護師だけでなく、介護士、リハビリ技師、ソーシャルワーカー、カウンセラー、牧師、様々な立場の人の協力を必要とする。

こちらの優しい心が伝わると、患者さんの心は癒やされるのである。

一〇〇パーセント受け入れてあげるわけだから、それを実際に行う看護師たちにとってはきれいごとでは済まされない大変なことである。技術的訓練だけでなく、忍耐や愛、レジリエンス（柔軟で挫《くじ》けない心）という能力の訓練も必要とされる。また、スタッフ同士のいたわりや気配り、コミュニケーションも訓練される必要がある。看護師さんへのカウンセリングというか、上司の温かい、励まし、慰め、指導を必要とする。耐えきれなかったり、力不足を感じて、辞めたり、配置転換を自ら希望する看護師さんもいないではない。

根治の可能性がないからといって見放されて、尊厳を傷つけられた患者さんが理想的なホスピスという場では、ありのまま、全面的に受け入れられ、愛されることによって、その心が癒やされ、ホスピスという所が、強がりを言ったり、我慢したりする必要がなく、痛い時には、「痛い！」と言えるような「場」、自分がありのままの自分でいられる場であることに気付いた時、患者さんはホッとできるのだ。その安《あん》堵《ど》感《かん》によって、また、がんの痛みを取ってもらったこととも相まって、彼や彼女は眠れるようになる。

　痛みのために交感神経が強い緊張状態にあったのが、痛みがなくなりその緊張がほぐれて食欲も出てくる。そして、彼や彼女は、固く殻を閉じていた貝がその殻を開くように、周囲の人に心を開き、少しずつ余裕を持ってあたりを見ることができるようになるのだ。

　そのようになって初めて、本当のコミュニケーション、真の人格的交流が成り立ち、信頼関係が出来上がる。そのような中で初めて、真の診療や看護、介護、指導ができるようになり、そこに臨在しておられる神、主治医や看護師さんを通してご自分を現わしておられる神、チャプレンの先生の語る神にも心が開けてきて、患者さんたちの中には、自分もその神を受け入れようという人も出てくるのである。

　もちろん、信教の自由があるので押し付けることはなく、あくまで本人の意思を尊重する。先に、救いとは神と人との関係が回復されることと書いたが、まさしくホスピスでの人と人との真の関係のように、神と人との間にもこのように関係が回復されることなのである。

　そしてその完成された姿は、神が聖であるにも拘らず、いつくしみ深く、懐の深い方であると知り、この方に自分の本当の思いを語ることができ、慰め癒やされる関係なのである。

三．温かく受け入れる組織風土

このように相手を全面的に受け入れることとは、その重要性を知らず訓練されないうちは、なかなか簡単にできるものではない。そのセクションのトップがそのことの重要性を十分に知り、自身も訓練されていなければならない。スタッフの自己犠牲と忍耐は大変なものだからである。しかし、そのスタッフたちも相手に対して条件を付けずに全面的に受容するということが看護や医療、カウンセリングで如何に重要であるか、その意味が分かり、自分がその役割を担っているということが分かると耐えることができるようになる。

また、そのような看護がなされている所に若いうちに入ると、郷に入れば郷に従えで、自然にその環境の中で、そこを支配している価値観に従って、皆のするように自分も見習って、それができるようになる。このように、本人が訓練とは感じないで育てられる。これこそ人を育てる環境、組織風土ということができる。

ただし、である。その組織風土の本質を汲み取らず形だけを真似ても、そのような環境は出来上がらない。その中身、本質は何なのかということを学び取ることが重要なのだ。

さらにこれは、新入職の者に対しても上位の者が温かく受容して、居り場をつくってあげることも必要である。

では、そこで育った看護師さんが一人でどこかに出向して、そこで同じようにできるかと言えば、実は、すぐにはできない。周囲のスタッフが同様の訓練を受けていないからある。

そこでは、人をありのまま受け入れるということが日常化しているのはただ一人だけである。未だ、それは点であり、線や面、つまり組織の風土とはなっていないからである。

しかし、トップがそのことをよく理解して、点に過ぎないその人に権限を与え、皆がそれを受け入れ、同様の訓練を受け、形だけでなく、魂が入っていれば、すばらしいケアの環境が出来上がってくる。

そしてそのようにして育てられたスタッフたちによって、ホスピスに入ってきた患者さんたちの心が自然に開かれ、良い人間関係が築かれ、穏やかな「環境」（ある人に言わせると、「ここは何かが違う」という雰囲気）が準備され、それがそこの組織風土となるのである。

第一七章　牧師として召されて

一．召　命

柊の勤めていた病院がキリスト教病院としての基礎が固まった頃、彼の集う教会は会堂の新改築を既に終え、建物だけでなく、内的な改革が草の根的に始まっていた。

彼の属する教会はプリマス・ブレズレンの流れを汲むドイツ人宣教師により開拓された教会で、当時は、牧師制でなく数人の「長老」による集団指導体制をとっていた。

彼も長老の中の一人であった。永年の信仰と社会人としての常識を備えた人たちと神学校を卒業した者たちによる役員会は暴走や、迷走はしないものの、紳士的な人たちばかりで互いに遠慮し合い、方向性やビジョンを打ち出す指導者が出にくい環境で、制度的にも全員が同格の役員の寄り合い所帯であった。

話し合いは譲り合いとなり、平均的で無難な目標や計画に落ち着くのが常であった。

その中で先輩格の役員たちの主導による十年来の改革がようやく固まり、「牧師制」が浮上してきて、具体的な人選が考えられた。

祈りと確信のうちに、語りかけられた神の召しに柊が応えることになった。

前述の病院の院長と兼任になり、多忙な彼に助け手が必要ということで、当時、クリスチャンの学生団体の九州地区主事で教会の同じく役員であったN主事（現K教会牧師）がこれも九州地区主事を兼任のまま副牧師の役を引き受けてくださった。

また病院でも激務の彼に院長秘書を付けてもらって、本当に有り難かった。

「信徒の信仰生活の自立」と「次期牧師の招聘」という、二つの課題を掲げて、任期が三年間の牧師制はスタートしたのであった。

とても一人でできることではなく神様が働いてくださり、副牧師、役員会の方々、その配偶者たちが陰で動いてくださり、彼はトップ・リーダーの役を果たしたに過ぎなかった。

しかし、教会の方向性や牧会理念については、従来よりも明確になったのは事実である。

病院も、理事長はじめ、先生方や職員の皆さんのご理解があってできたことであった。

二．その頃の柊

それまでの彼のキリスト者としての歩みは生き生きとしたいのちには乏しい、半ばマンネリ化したものであった。一方、聖書には以下のように書かれている。

わたしは門です。だれでも、わたしを通ってはいるなら救われます。また安らかに出入りし牧草を見つけます。

盗人が来るのは、ただ盗んだり、殺したり、滅ぼしたりするだけのためです。わたしが来たのは、羊がいのちを得、またそれを豊かに持つためです。

（ヨハネによる福音書一〇章九節、一〇節）

彼は、この聖書の言葉の前半のように、この門を通って入り、救われたのであるが、まだ後半の言葉のようなキリストの豊かないのちには乏しいキリスト者であったわけだ。洗礼を受けて三十年も経つのに……。

心から神を喜ぶことができるようになったのは、この後からの話である。

では、それ以前はいい加減な信仰生活を送っていたかと言えば、そうではない。信じた時から、神の栄光を現わすには如何にあるべきかと考え、日々聖書を読み、祈り、隣人に聖書のことを語り、礼拝にも出席し、傍目《はた》にも模範的クリスチャンと映っていたことであろう。

宣教師はいても、実務を担当する牧師のいない教会であったので、彼は洗礼を受け、しばらく経って役割を与えられるようになると、数名の役員の方々とともに、聖日礼拝のメッセージや聖書研究会の司会や発表を分担しつつ、週報を編集・印刷し、若い青年たちを指導しながら、自分本来の勉学や仕事も着実に行う社会人であった。

しかし、今振り返ると本人はキリストの福音を伝えなければという真剣な気持ちであっても、傍から見ると悲壮感を漂わせて近寄りがたいまじめ過ぎるキリスト者であった。

自分にドグマ（キリスト教的教条）を課すと同時にそれを人にも負わせ、それを理解してくれない人やそれを負いきれない人を心の中で裁く、パリサイ人（ユダヤ教律法主義者）であった。

つまり、自分の尺度でものを考え、相手の言葉に耳を傾けない、正論一本槍で相手を説得する、理想主義者であったのだ。神を重んじるあまり、他人の人格を軽んじている自分に気付かない、頭でっかちで、愛のない、キリスト教的律法主義者であったのである。

前述の聖書の後半の言葉のように、キリストが約束してくださったいのちを心からの喜びをもって生きていたとはとても思えない。

自分の内側が神の恵みと愛に満たされないまま外側を取り繕《つくろ》い、人間的な力で神を喜ばせようとして一生懸命に働く使命感だけが空回りしていたのだ。

本来は自分の罪深さが分かり、謙虚にされ、その罪を赦される神の恵みを感謝して喜び、神をほめたたえることこそ、神に栄光をお返しすること、礼拝そのものである。

当時はそのことに気付いていなかった。気付いて初めてその気付いたことの周辺が見えるようになり、それまで見過ごしていたことの意味が急に分かるようになり、様々なことを教えられ、成長するのである。

彼の場合も、のちに病院での様々の経験及び本書の中で述べるディボーション（聖書の言葉を自分への神の言葉として聞き、日々の生活に適用する）によるところが大きい。

それまで、聖書の言葉を「自分はこれ知ってる」とか「なるほど分かった」とか「自分は関係ない」とか思っていたことにも謙虚に耳を傾けるようになり、分かったことを自分に適用するようになり、間違いや勘違いに気付き、正されたことは枚挙に暇《いとま》がない。

今なら、彼は、罪深く、汚れた自分のような者が、キリストの身代わりの死のゆえに、あるがままで赦してくださっていることを静かに思い浮かべるだけで胸が熱くなり、涙が出るほど嬉しくなり、感謝し、礼拝モードに浸るのだ。

三．家族の多大なる犠牲

柊が人間的なロマンを求めて大学や公立K病院で忙しく働き、それで満たされたかと言えばそうでもなかった。新しいキリスト教病院の設立に参画し、その後も、むしろそれ以上に忙しくして、キリスト教病院の設立を第一として働くことが神に仕えることと錯覚し、家族を忘れていては神のみこころではない。

家族は二の次にされ、妻や子どもたちは多大の犠牲を強いられていた。

それに気付かなかったわけではないが、忙しさの中に逃げていたのかもしれない。

長男は「お父さんは大学病院では三週間の夏休みの間、志賀島の魚捕り、球磨川でのキャンプ、キャッチボールなど、遊んでもらった」と言うが、次男などは、「新しい病院ではお父さんは忙しく、ボランティアをさせられたことぐらいで、遊んでもらえなかった」と言う。

新しくキリスト教病院として立ち上がった病院も地域での信頼も深まり、患者さんも着実に増え、馬車馬のように働く毎日が数年は続いた。数日間、家に帰らないこともあった。

聖日（日曜日）はさすがに休みが取れ、当直もせずに済んだが、礼拝中に緊急呼び出しを食らうこともあった。すだれ越しの満月も一旦黒雲に覆われたが、白いものが目立つようになった。

礼拝後に病院に顔を出すこともあり、そのしわ寄せを受けたのは妻と子どもたちであった。

その間に二度の引っ越しをし、子育てや引っ越しは妻任せであった。

幼い子どもたちにとって、父親は私服でいても、いつも白衣を着て、聖書を小脇に抱えているような、今一つ近寄りがたい存在に思えたに違いない。子どもたちが遠慮することなく抱きついて来てくれれば、と願っていたのに、それをさせないような雰囲気を自分が作っていることに気付かなかったのだ。

二人の娘は、結婚後しばらくするまで柊とは打ち解けて話ができなかった。

妻にしてみれば、本当のキリスト教はこんなはずではないと思いながらも、夫の律法主義的なキリスト教理解を不本意にも守らせられる、心の晴れない日々であったことであろう。

子どもたちが日曜日の運動会で賞をもらっても、出迎えて一緒に喜んだり、ともに食事をしてくれたりするはずの両親は、教会の役員、のちには牧師と牧師夫人という立場で、教会が大事だからと言って運動会の会場にはおらず、きっと寂しい思いをさせたに違いない。

もっと高い父親の視点で考え、実行できていればと、今になって悔やまれる柊だ。

人は、自分の本音を言えて、それを分かってともに悲しみ、ともに喜んでくれる仲間や親のような存在を必要としている。それで人は癒やされ、生きる力を与えられるのだ。

しかし彼の子どもたちは、親の前では本音、つまり親の意に反することを言うのは固く禁じられていた。コミュニケーションがトップダウンであったのだ。言うことを聞かない時は、ラップの芯でお尻を三度叩かれた。

彼自身が、喜びも悲しみもともにしてくださる方を観念的にしか知らなかったのだ。無理もない、自分の本音を言える存在、それに応えて、聖書のみ言葉や日常の出会い、出来事、様々なことの中に生きて働いてくださる方、キリストを知らなかったのだから。

一番上の娘は、知ってか知らずか、誰にも相談できない弟妹たちのお母さん役を演じていたのだなあと、今になって本当に済まなかったという思いでいっぱいである。

長女だけでなく、四人の子どもたちにも大なり小なり似たようなことを強いてきたのである。神様のためにとはいえ、取り戻せない年月が流れてしまった。三、四十年前にプレイバックできれば、思いっきり抱きしめてやりたい気持ちである。

しかし、彼らも家庭や子どもを持つようになり、彼の気持ちを少しは分かってくれるようになり、赦してくれていると感じるようになった。

四．交通事故

ここで、柊の妻についてその名誉のためにこの頃のことを記しておこう。万事につけて詰めが甘いとか書いたが、何から何までいい加減であったわけではない。本質的なことについては、しっかりした信念を持っている。それは、人間的常識はもとより、いつくしみの神の目線で物事を判断するという視点である。

胃を切って、彼がまだがんということも知らない、告知を受ける前の話である。

婚約者の従兄弟たちにも二人の医者がいて、その一人は胃を切ってくれた外科医と同じ医局だったので、柊のことは婚約者とその家族には筒抜けであった。

従兄たちは彼女に、婚約を解消するよう勧めたそうだが、神が選んでくださったのだからと、柊のために祈ることはあっても、その勧めに乗ることはなかった。

それから四年近く経って、既に述べたように二人は結婚したのであった。

それから二十年余り過ぎ、柊が五十歳を少し超した頃であった。病院の院長をしていて、かつ、六本松にある教会の牧師に召されて間もない頃であった。

大学の同門会があって、福岡は中洲にある、ある中華料理店で会合があった。彼は酒を飲まないので、自分の車で行き、大きな道を隔てた真向かいの駐車場に車を止めて、道をまたいでその料理店に入っていった。まだ明るい午後六時頃ではなかったかと思う。

会合も終わったのは夜九時頃であった。そこは福岡でも有名な飲食街、しかも好景気の時代であり、夜になっても車は多く、横断歩道はずーっと左の先か、ずーっと右の先にあり、いずれも遠かった。車はすぐ目の前の駐車場にある。彼は悪いとは感じつつ、左右を見ながら道路の中央線まで進んで、左からの対向車が途切れるのを待っていた。

あいにく、黒いスーツを着ていた。すると突然、右後ろからのタクシーにはねられ気を失った。突然、停電が起きたような感じだ。その後のことは全く覚えていない。

「柊院長が車にはねられた」と、皆が駆けつけた。循環器内科の会合だから皆が医者である。

「意識はないが、呼吸はできている。脈も触れる」

「救急車呼んで！」

てきぱきと事が進み、早速、救急車が来て、すぐ近くの救急病院に運ばれた。

後から聞いたところによると、頭皮が切れて血を流していたそうだ。バンパーで両下肢をはねられ宙に舞い、フロントグラスで頭を打ったらしい。

その時、彼の妻に電話してくれた医師が語った言葉がある。「先生の奥さんは取り乱すこともなく落ち着いて対応されたのでびっくりした」

元気になってから彼女に聞くと、「だって、すべてのことは神様の手を経ずに起こることはないし、今までもそうであったからあまり心配しなかった」との答えであった。確かに神を本当に信じている者にとってはそうである。

どれくらい意識がなかったか、よく分からない。と、ボーッと焦点の定まらない円形の六つの光が見えてきた。焦点が定まるとそれが無影灯《むえいとう》であり、ここは救急の手術室だと分かった。ようやく意識が戻ったのだ。足を動かそうとすると、「痛《いて》っ」と、痛くて動かせないのに気付いた。つい「足が折れてる」と自分に言い聞かせるように言うと、「先生の診断通り！」と、すぐ近くにいた医師が答えた。彼は現在、柊の通う教会の近くで開業している。

柊はようやく事の発端を思い出した。車の所に行こうと道の中央線まで行って、車の途切れるのを待っていて……。彼は事の次第が分かってきた。

左下腿の脛骨、腓骨の骨折に対する手術を受け、プレートが入り、ギプスが巻かれた。右下腿の腓骨の亀裂骨折もあり、右足に体重をかけたり、松葉づえで歩いたりすると痛かった。しばらくは頭位性めまいに悩まされ、頭のＣＴを見直すと外傷性くも膜下出血もあった。

少しずつ車いすに乗るようになり、松葉づえで歩けるようになった。二週間後には教会で松葉づえに頼って説教もした。次男の神学校の卒業式に沖縄まで行った。心まで折れることはなかった。それを支えたのは牧師として、また親としての責任感であった。

彼の妻は、子どもたちを育てる時、「お父さんは世界で一番すばらしいお父さんなのよ」ということを、身をもって教えた。何か特別なことでもあると、「お父さんに聞いてみましょう」とか、見送りや出迎えを子どもと一緒に行い、それは自然に子どもたちに伝わったのである。

彼はかなり厳しく子どもたちを育てたが、彼女は聖書絵本などを読ませながら、あまり厳しくは育てなかったので、子どもたちは母の愛と聖書の教えを自然に受けながら育った。お蔭で、有り難いことに、柊は子どもたちからそれなりの尊敬を受けるようになった。また、子どもたちは聖書絵本などでの情操教育により、優しいだけでなく善悪の判断基準や価値観、世界観も育ったと思っている。

もし、妻も彼同様に子どもたちに厳しい母親であったら、子どもたちに逃げ場がなくなり、悪い道に走ったかもしれない。本当に良かったと感謝している。

五．神の言葉には、人をつくり変える力がある

一般の人はどのように聖書を読まれるだろうか？

ある人は教養として、ある人は人生の指針として、ある人は文学書として、ある人は西欧文化を理解するために、ある人は子どもたちに道徳心を育てるための参考として、またある人は

これからの世界の展開を読み解くために……等々、様々な読み方があるだろう。

聖書が人生の規範となり、それがその人の人生を築き上げた人たちがたくさんいることはご存じの通りである。アメリカの初代大統領G・ワシントン、同じく十六代のリンカーン、日本人でも内村鑑三や、新渡戸稲造、賀川豊彦、等々。けれども、一般の読み方は、まず確固とした自分があり、それを聖書の言葉で補完する、あるいはそれを手段として用いるというスタンスではなかろうか。

柊も、キリストの救いを受け、キリストに倣《なら》いたいと思っていたとはいえ、聖書の世界をもっと知りたいという思いと、日曜学校で教えるため、説教の準備のためにと読んでいた。つまり、興味や必要によって読んでいたわけだ。

彼は神の前に心の膝《ひざ》を屈《かが》めることなく、腕を組んで、「フムフム」と神の言葉を知性でのみ聞いていたわけだ。そして、「なるほど分かった」で終わりであった。感性や霊的感性が動かされて、癒やされ、さらに意志も動かされてそれを実践することの乏しい、観念的な読み方であったのだ。

しかし、年齢を重ねるにつれ、聖書の言葉を神の言葉、神からの語りかけとして聴き、知性だけでなく感性や意志、さらに言えば霊的感性まで動かされることこそ、大切であるということが分かってきた。

そして、ある時から、自分と聖書とのスタンスというか、立場が変わったのである。

分かりやすく言えば、創造主である神が、ご自分の意思である『聖書』を通して語られるのなら、被造物である自分は畏れの心をもって聴き、素直に従うべきではないか？

そのようにすれば、神は聴く者の感性、霊的感性にも働かれるのである。

「聖書を読む」というより、「聖書を通して神の御声を聴く」のである。

ディボーションという言葉は本来、神や尊い仕事に自分の人生を献げることである。

しかし、クリスチャンがディボーションと言う時には、一日のうちに一定の時間を神との交わりに献げる、瞑想や祈り、礼拝の時である。

具体的には、この方の前に礼拝モードで聖書の言葉を黙想し、自分への神の御声を聴き取り、神や世界についての真理を教えられ、慰められ、感謝し、勧めを受けて、それを実行するためにどうすれば良いかと考え、礼拝するひと時である。

ある時、彼ら夫婦は、ディボーションの手ほどきを受けた。

その一つは、前述のように聖書の中にご自分を現わしておられる造物主と自分とのスタンス、すなわち、「神が主《あるじ》、私はしもべ」という関係のあり方であった。

もう一つは聖書の言葉を「なるほど分かった」と知的に蓄えるだけでなく、感性や霊的感性をもって受け止め、感動し、癒やされ、慰められるという霊的感性の大切さであった。

さらにもう一つは、他人事としてではなく自分への神の声と受け取り、勧めや戒めを日常生活で実践する意志の大切さであった。

それまでの彼の聖書の読み方は、もっぱら知性だけで、観念的な聖書の読み方であった。女性は感性や霊的感性が豊かで、彼の妻などはすぐに会得して、毎日がルンルンとなったが、彼は日頃から左の脳だけ使っていたのであろう、体得するのに数カ月もかかった。

しかし、彼の聖書の読み方、ディボーションの仕方は、ガラリと変わった。

礼拝の心で聖書に接するようになり、悟らされたことが自分にどのような意味があるのかを思い巡らし、慰められ感謝するようになった。また、聖書の言葉が観念的なものでなく、日常生活に生かされるようになり、さらには、心の余裕のない時、聖書の言葉通りしようとしても自己を優先する自分の罪の深さを知らされるようになった。

なぜ、もっと早くこのようなやり方を探し求めなかったのかという残念な思いであった。

このような聖書の読み方を通して、彼は神と自分との関係や自分の周りの人や物との関係、自己イメージや生き方を、神の目線で見直すことの大切さを教えられるようになった。

つまり、この頃から、神や聖書への自分のスタンスや世界観、自己イメージ、対人関係、神様に対して無意識に振る舞っていた自分の不遜な態度に気付かされたのだ。しかも、そのような自分をあるがままで完全に赦し、愛してくださっている神に感謝し、神の民とされていることのすばらしさを真の意味で分かるようになったのである。

そして、あれほど、感情的、感傷的なことを軽蔑していた柊が、人間の人格にとって感性の大切さ、傷ついた心にとって感情の癒やされることの大切さを悟り、次第に神の内にあることの喜びを彼自身も実感するようになっていった。

因みに東後勝明という昭和の後半にＮＨＫラジオ英会話の講師をしていた人をご存じだろうか？　この人は、年配になってからキリストを信じられたそうだが、信仰を得てからガラリと変わられたらしく、それまでは寄り付かなかった飼い猫が、膝の上に乗ったのを家族も当人もびっくりしたそうだ。彼も知性だけでなく感性が動かされることの重要性を指摘しておられる(28)。

柊もそれはよく分かる。それでその人の雰囲気も違ってくるのだ。恐らく、それは以下のようなことなのであり、コミュニケーションの一番大切な部分である。

六．コミュニケーションを妨げるもの

人生を重ねていく中で、自分の無意識の言動や物腰、年齢、性別、体格、職業、肩書きなどによる存在感、相手に抱かせる距離感、圧迫感などについても今まで自分が気付かなかったことをも次第に教えられるようになった。

それは頭の中の知的理解ではなく、日常生活の中で気付かされる体験的理解であった。人間関係、詳しく言えば、コミュニケーションについてである。

上意下達や情報交換だけがコミュニケーションのすべてではない。

自分や相手がフィルターにかけたりしないで正しく受け取っているかどうかも重要なのである。疎通性があるか、双方向性があるかということである。

さらに、双方向性という言葉が独り歩きしているが、相手に自由に発信させる雰囲気をこちらが持っているかどうかが極めて重要な点である。

これは柊が考える童話の譬《たと》えであるが、ライオンさんはウサギさんやタヌキさんと一緒に遊びたいのに、彼らがなぜ逃げていくのか分からないといった類《たぐい》である。

人が、体格や肩書き、雰囲気や表情によって、相手に対して距離感や遠慮、反感をすら抱かせる可能性については日常生活の中でも経験するが、他人事と思っていて、まさか当の自分がそのような自分であるとは柊も思ってもいなかったのである。

神や人に対する、無意識の傲慢、自分では気付いていないない自己中心性である。

ここで言う自己中心性とは、ただ単にずるいとかいうことだけではない。自分の尺度で物を考え、行うということも含む。

健康な人、有能な人、お金や時間のある人、体格の良い人、偉い肩書きの人が、無意識にその人の都合で物を考え、行動するというのもそうである。相手には遠慮や引け目があるのだ。

そのことに自分で気付かなければ、それは病気の人やお金に余裕のない人にとって傲慢に映るのである。いや、実際そうだろう。

米国人は、自分の本当の思いや考えをそのまま言い表わし、それに対する相手の応答により、相手を知り、もっと広い世界を知り、かつ、自分を知る。それで傷つくことは少なく、それでディベートというディスカッションが広く行われるそうだ。

一方、礼儀や格式を重んじ、建前と本音の違う日本では、そうはいかない。相手の言っているのは建前であって、社交辞令であったり、こちらを実際以上に立ててくれていたり、忖度《そんたく》したり、遠慮したりしているかもしれないからである。

彼も、自分が医者で院長であるから、それもあり得るという思いに立ち至ったのである。若いうちから「先生、先生」と言われ、自分もその気になり、それは言葉や物腰にも表われ、イエス・キリストのように仕える者でなく、無意識に、この世の王のように仕えられることを当然と思いかねない自分に彼は気付かされたのである。

指導する者がそのような自分に気付いて、権威やプライドを取り払い、イエス・キリストのように、仕える心を持たなければ誰も本音を言ってくれないのだ。

本音の中には、患者さんには言いにくい本当の訴えがあったり、苦情や「先生こそ間違っていますよ」という点があったりするに違いない。遠慮なく言ってくれなければ、医者の側も患者さんのニーズが分からない。

苦情を聞かされて、自分の本当の姿や欠点を教えられ、屈辱を経験することがなければ、人の気持ちも分からない。従って、自分が矯正され向上することもなく、下手すると、まさに「裸の王様」である。

彼は中学生の頃のことを、今になって思い出した。

彼がO君と一緒に、宮崎の一ッ葉浜に松露《しょうろ》を取りに行った時のことである。松露取りに夢中になっていると、同じぐらいの年齢の少年がつかつかと近寄ってきた。立ち上がって、何事だろうと声をかける間もなく、顔面に鉄拳を食らった。泣き出したりはしなかったものの、びっくりして松露取りは取り止め、家に帰ったが、母親は心配して、なぜ叩かれたのかと聞かれたが、彼は自分でもよく分からなかった。

お蔭で、一週間ぐらい四谷怪談の「お岩さん」のような顔をして登校した。

今考えると、長男は総領の甚六だが、一つだけ良い所がある。それは甚六なだけあって、へつらうことを知らない。悠揚《ゆうよう》迫らず、意図せずして落ち着いて見えることである。それが喧嘩っ早いその男性に「この野郎、偉そうな面《つら》して」と思われたに違いない。

自分は全然そんなつもりはなかったのに、そのように見えていたのかと、今振り返る。

そう言えば、彼の長男も中学生の頃、教会で礼拝が終わった時間に、ある牧師に「あんた大学何年生か?」と聞かれたことがある。

人はそのような自分が現われ、それがコミュニケーションを妨げる可能性を秘めているということは意識していない。

そのような者に対しては、よほど謙虚な人でなければ心を開かないであろう。

柊はある明け方、こんな夢を見た。

帰宅すると、玄関で現代風の女子学生が三人、彼の妻と話をしていた。ルーズソックスは履《は》いていたと思うが、それほど、ど派手な格好をしていたわけではない。彼は気にそぐわない何ものかを感じて、声もかけずに自分の書斎に直行したのであった。

すぐ目が覚めて、「お前の他人に対する態度は何だ、牧師のくせに」と彼は考え込んだ。柊は、教会では「茶髪でピアスの男の子に対しても眉《まゆ》をひそめたりしないで受け入れましょう」と言っていた自分が、実際にその場に臨んで本当にそのようにできるだろうかと考えてしまった。

そのように、真に心の交流のない状態で、診療や教育、牧会ができるとすれば、それは単なる知的、学問的レベルに過ぎないのではないかと考えさせられたのである。

こちらに、先入観や上から目線の「あなたの間違いを直してあげましょう」という心があるなら、その心はすぐ相手に伝わり、よほど謙虚な人でなければ心を開かないであろう。

他方、そのような自分に気付くようになれば、それは態度や物腰にも表われ、相手も心の扉を開いてくれるであろう。そうして初めて、真の心の交流が成り立ち、互いに人格的に影響を与え合い、学び合うことができるはずだ。

しかし、事はそう簡単にはいかない。私たちは意識的にも無意識のレベルでも、自分の心や態度に鎧《よろい》を着せていて、容易に相手に対して心を開かない。そのような人に対しては、相手も心を開かない。

ここにプライドや利害、感情的な何かがあれば、互いに相手に心を開くのは容易ではない。効率中心の現代社会では、忙しいので、つい、目の前の相手より次のことを、と思ってしまう心が生まれがちだ。習慣化された事務的で温かみのない言葉、すきを見せると足元をすくわれる競争社会の中で自分を守ろうとして無意識に自分の周りにバリアーを設けたり、相手のウィーク・ポイントを攻撃したり、専門用語を連ねて相手を気おくれさせたりする心……。

そのような自分中心に振る舞っている自分には気が付いていないのが実情である。けれども、先に書いたディボーションの方法で神の臨在の前に膝を屈め、聖書を通して神の御声を聴く時、聖書の言葉は剣のように、無意識に蓋をしていた心の秘密を神の前に鋭くえぐり出す。次の聖書の言葉は真実である。

神のことばは生きていて、力があり、両刃の剣よりも鋭く、たましいと霊、関節と骨髄の分かれ目さえも刺し通し、心のいろいろな考えやはかりごとを判別することができます。

（ヘブル人への手紙四章一二節）

七．心を開けるコミュニケーションの場の必要性

このように、相手にすきを見せられない緊張した毎日の中に生きる現代人は誰に対して心を

開き、どこに心の重荷を下ろして癒やされるのであろうか？

教会にその解決と交わりを求めて来ても、自分より立派に見える人たちに圧倒されて帰っていく人、表面的で冷たいと感じて去っていく人。本当は、お互いにそうなのだが……。

以下は、昨年か一昨年だったか、ある新聞に書かれた女性の投稿である。

「心が疲れ、清いものを求めて聖書を学ぼうと教会に行きました。すると、そこの牧師は他宗教の悪口、それらを信仰する人を非難するばかりです。世界のあちこちで宗教戦争は後を絶ちませんが、安らぎを得るために出かけたのに悪口を聞かされ、がっかりです……」

すべての牧師がこのようであるとは思わないが、この牧師は来談者のニーズに応えるより、心にあることが自分でも気付かずに口に出たのであろう。

その女性は牧師にとって、たくさんの来談者のうちの一人かもしれないが、来談者にとってはただ一人の相談相手である。一縷《いちる》の望みを吹き消されたことになり、とんでもないことだ。

教会は人の苦しみや悲しみを癒やし、人の徳を高めるため神が備えられたものだ。大体、牧師は教えるのが好きだ。相手のお話をじっくり聞いて相手が安堵《あんど》でき、質問があればそれに答えるのが常識なのに。

内輪を暴露するようでこんなことは書きたくないが、キリスト教界に猛省を促したいと思って書いた次第である。決してこれは上から目線でなく、ごく当たり前のことだから……。

その一方で、異端や新興宗教の、人を受け入れる温かい態度にほだされて、それに迷い込む人たちが如何に多くいるかはご存じの通りである。

これが現代人のニーズなのにそのニーズに社会、そして教会すらも応え切れていないのである。

もちろん、いち早くそれに気付いて異端からの救出のために働いている牧師や団体もあり、柊の次男も牧師の働きをしながら、その救出の働きの一端を担っている。

八．居場所としての小グループ

現代人は心の触れ合いを求めている。所属意識を満たしてくれる仲間、自分がくつろげる居場所と言うことができるであろうか。

言い換えれば、人は自己確認つまり、自分の存在や言動に人が温かく反応してくれる手応えによって、仲間とされている、愛されていると確認し合い、安心できるのである。

若い人たちにとってのスマホ、ＳＮＳなどはまさにそれだと思う。若さから来る未熟さのゆえに、大人社会で十分には評価されない自分を、同じ仲間たちと互いに自己確認し合い、慰め合うことができるのはこれらのスマホなどのツール（道具）を通してだという。井戸端会議や飲み屋でのボヤキ合い、あるいはパブでの語らいと似た種類のものなのであろう。

最近はそのような、カフェやサロンのような場を高齢者のために用意しようと公的機関、Ｎ

ＰＯなどの取り組みが、なされるようになってきた。

小グループは所属意識を満たしてくれる「場」である。教会でも小グループ制の教会が散見されるようになってきた。

普段着とサンダルで来て、素顔で交わることのできるのが小グループである。

温かく受け入れられ、取り繕う必要がなく、互いにありのままが出せて、相手に対しても、素直に自分の気持ちを言い表わせるような、つまり居心地の良い雰囲気が出来上がる。すると、人は集まってきて、そこに自分の居場所を見つけるのだ。

それは大人数でなく、七、八人程度の、形式張らない、自分を出せる、打ち解けた小グループである。

小グループはただ単に聖書の勉強をするだけのものではない。このことを、教えることの好きな牧師や指導者の側はよく分かっていなければならない。

柊も外来診療の時、患者さんに水を向けると堰《せき》を切ったように話し出されて止まらない。人は対話を求めているのだ。そのようにすると、患者さんは満足げに帰ってゆく。

水を向けると言ったが、この「聴きますよ」という姿勢が、人の心を開いて自由に語らせその心を癒やすのだ。前述の某新聞に書かれていた牧師さんもこれを忘れていたのだ。

牧師やリーダーの「教えよう」とする思いが強過ぎると、小グループのうちにある、キリストのいのちによって動かされ、互いが心を開いて自由に会話を交わすことのできる、生き生きとした交わりを消してしまうのである。

リーダーは自分もグループの中で教えられる必要のある者であることをわきまえ、謙虚にその交わりの中に溶け込まなくてはならない。

人が救いを経験した後にすぐ、自分の居場所、あるグループや仲間があるかないかは、極めて重要である。その人が教会に留まり人間として成長していくかどうかが決まるからである。若い人の場合には特にそうである。というのは、キリスト教の救いは、先に書いたように、信じて洗礼を受けるのはスタートなのである。

この救いに与ると神の国の臣民になる。つまり神の国はこの地上で始まり、そこで神の国を味わい、地上の人生を終えると、天にある神の国に移されるのである。

その神の国は獲得すべき富で満ち満ちていて、持ち物全部を売り払ってでも手に入れる価値があるのだ。ただし、その門は、探し求めない限り見つけることはなかなか難しい。次のキリストの言葉の通りである。


狭い門からはいりなさい。滅びに至る門は大きく、その道は広いからです。そして、そこからはいって行く者が多いのです。

いのちに至る門は小さく、その道は狭く、それを見いだす者はまれです。

（マタイによる福音書七章一三節、一四節）

しかし、狭い門を通り過ぎると、奥には広大で豊かな神の国の領地が拡がっているのだ。

九．教育・訓練される場としての小グループ環境

一般社会の競争的・管理的企業の中で他人との優劣や対立、自己犠牲を強いられ、疲れて傷ついた人は居心地の良い小グループの中で自分を受け止めてくれる優しい人々に囲まれ、慰められ、所属感を与えられ、癒やされる。

癒やされると、人の心は素直になって、人を責める怒りの心も消え去り、人からのアドバイスにすら過度に心を閉ざして必死で自己弁護しようとしていた自分にも足りないところがあることに気付かされ、教えられていくのである。

そのようにして、癒やされた人は、時間はかかるが成長しながら人を癒やす人、人を助ける人、育てる人に変えられていくのだ。

医師が一人前になっていくのにも、教育の環境が大きく左右する。忙しくてもやりがいのある仕事があり、医学的知識と技術のレベルも高く、人格的にも立派な指導者がいて、自分を受け入れてくれて、分からないことも手ずから教えてもらえる。そんな教育環境なら、その教育環境のレベルは高く、知識的なことだけでなく、技術的なことも自然に入ってきて、それを実

地に移すのもそれほどのこともなくできるようになる。人格的なものも伝わっていくのだ。そのような中では、どんなにものぐさな医者の卵でも、いつの間にか周りと同じように優秀で優しく、誠実な医師に成長していく。

逆に、医学的にいくら高い知識を持っていても、自分の学問的業績に血道を上げ、技術や経験の乏しい指導者たちの環境のもとでは、頭でっかちの医者は育っても、人を正しく治療することのできる優しく、誠実な医師は育たない。これが教育の環境である。

これは大きな企業の、各セクションでも同じであろう。

そのセクションの長がこのことを分かっていて、人を温かく受け入れ、それぞれに居場所と出番を与え、そのセクションがそのような組織風土をつくり上げるのである。

その中で、新しく参入した人が質問なども交え、周囲を見聞きしながら学び取っていく。

最近は、リーダーはコーチングの素養を身につける必要があると言われる所以である。

第一八章　二足のわらじで学んだこと

柊が、医師としての仕事以外に、牧師としての使命を与えられて二十数年、その間に痛切に感じたことを、率直に言い表わせば、「牧師先生方の仕事は報われることの少ない、大変なお仕事だなあ」ということであった。

神に本気で従おうとすれば、イエス・キリストの生涯と同様に、目に見える報いは本当にわずかなのだ。人間的にも力不足の者が、時間的にも不十分な中から、一生懸命、犠牲を払ったり、成し遂げたりしても、牧師がそれをやるのは当然だと思われる。

気にも留めてもらえないと言ったほうが正しいであろう。その労苦を信徒は知らないのだ。

柊たちの教会はそれまで、牧師がいなかったので、彼も役員の一人として、牧会的なことは妻ともども人一倍やってきたのであった。

その苦労や気持ちを本当に分かってくれるのは、ともに労苦を負い続けてくれた妻、様々の苦労を経験し、人の心を分かってくれる人たちと神様だけである。

また、超多忙であったので、家族の犠牲も半端ではなかった。

一方、医者は、院長が最終責任者である。

柊は最初、副院長であったが、その上に最終責任者として院長がいた。間もなく、院長が理事長に格上げになり柊が院長になっても、最終責任を負うのは理事長である。つまり彼は最終責任者にはなったことはなかったわけだ。

しかし、自分が牧師として当事者、霊的な最終責任者となってみると、その責任の重さは、「大変なお仕事ですね」という一言ですまされるものではなかった。

人は当事者でない間は、悪気はなくても色々の身勝手な言動を繰り返す。しかし当事者になるとそうはいかない。第三者として見ていた牧師先生方の苦労がよく分かるのである。

一方、自分が最終責任者となると良いこともある。自分の意思で計画を立てたり、発案したりすることができる。

さらに、最終責任者になると真剣に取り組まなければならない。取り組んで初めて、知っていると思っていたことが単なる知識であったということが露呈する。

その第一のことは、牧会理念であった。教会を治め、建て上げるための理念である。それについても、ところどころで既に述べた。

第二に、そのために必要なことは、信徒一人ひとりが聖書の教えによって自立することであり、そのためには聖書を一人で正しく読めるように指導することが重要である。

聖書を正しく読めるというのは、聖書の知識を詰め込むのではなく、愛する神が、聖書を通して語られる愛やいつくしみの言葉を自分に当てはめて慰められ、聖書を通して語られる勧めや戒めに従順に従い、日常生活の中で行うことである。神がともにおられるということが実感となってくれば日常生活の中で様々な神の助けを経験するので、そのことでも慰められ、感謝できる。

従おうという努力を通して、従えない自分、聖書の言葉と乖離《かいり》している自分、自分の罪の深さが初めて見えてくるのだ。その経験を通して、そのような者を赦す神の愛や聖書の言葉の真の意味が分かってくるのである。

教えるためには柊自らがそのことができなければならない。

彼はそれを追い求めて、遅まきながらようやく聖書の読み方が分かり、それにより、彼自身が変えられたことは大きな収穫であった。

それによって、聖書の世界観、神観、人間観、自己イメージ、人が癒やされ育てられる組織風土、コミュニケーション等々について教えられたのであった。

エピローグ

柊が、かつて通勤の途中で紅葉を見た時から数年の歳月が流れていた。

あの時以来、少しずつ体重は減少しつつあり、まだフレイル（寝たきり直前の心身の衰弱）の状態ではなかったが、それは、仕事をしていたので予防できていたのである。しかし、サルコペニア（全身の筋肉が落ちていく）は確実に進んできていた。

食べれば良いと思われるが、如何せん彼は胃を切っていて、おまけに忙しいので、十分な量の食事を摂る時間がないときている。

夏に妻と一緒にラジオ体操をする時、彼は上半身を裸にすることがあるが、妻に冗談半分に、「あなたは、骸骨の骨格標本みたいね」と言われるようになっていた。

医者である彼は、自分が日本人の死因、第四位の肺炎で亡くなるだろうということはしっかり分かっていた。

ひいらぎ号は、エンジン（心臓）は良好、コクピット（操縦士＝脳）はまだ大丈夫だが、経年劣化が進み、翼や胴体はボロボロで、ここ数年は低空飛行を続けており、今にも火を噴いたり、胴体着陸をしたりしかねない状態になっていた。

けれども、「翼よ、あれが御国《みくに》の灯《ひ》だ」と、ひいらぎ号は目的地を見誤らなかった。

仕事は毎日続け、病院や教会での朝礼や礼拝説教をそれぞれ月に一度はこなしてきた。

早く退職して、時間が取れて晴耕雨読の日々を過ごしながら体力の回復をと思っていたが、永年ともに歩いてきたA元院長は既に天に召され、残された現名誉会長を置き去りにするのは忍び難く、病院と別れるのも辛いという思いもあった。

人生の総決算を間近に控え、その気配を感じていた。

彼にはその前にこの地上でなすべきことがいくつかあった。いわゆる「終活」である。天国への準備はできていたので、それ以外の終活である。

一つは教会の牧師職の継承であるが、これについては既に述べたように、次男が引き受けてくれることとなった。

残りは自分の学んだ牧会理念(29)やディボーションについて(17)紹介することであった。

もう一つ残っていたのが、自分の求道と究道の軌跡を綴《つづ》ることであった。それは今まで縷々《るる》述べてきたことであり、それもこのエピローグで終わろうとしている。

時は真冬を過ぎて、新型コロナのニュースが流れていた。武漢だけでなく、点々と飛び火している事実を告げていたが、柊を含め多くの日本人は対岸の火事と思っていた。

居間の窓際の、キャロラインジャスミンの生垣でミカンの輪切りをついばんでいたメジロたちも姿を見せなくなり、寝室の窓際の庭には、黄色カタバミやパンジーが花開き、上に向かってまっすぐ伸びたシャクヤクはつぼみをつけている。昨年の誕生日を祝ってくれた大輪のボタンは、今年は三つのつぼみをつけ、先っぽにはピンクの花びらが透けて見えていた。

昨年は元気に誕生日を祝ったが、来年はもうこれらを見ることはできまいと感じていた。

心残りは母のことであったが、母がもしもの時は内輪の葬儀を、と次男に託していた。

もちろん彼は、自分自身の葬儀の規模や会場、司式者など、これも次男に託していた。

他にもあった。遺《のこ》された妻を誰に託そうかという課題である。

また、四人の子どもとその連れ合いに、親として言い遺しておきたいこともある。

ちょうどイスラエルの祖先、ヤコブが、十二人の子どもを臨終の床で呼び寄せ、杖によりすがって子どもたちの未来を託し預言したように……（創世記四八章、四九章）。

そのように遺言を書いた矢先であった。

彼は病院で仕事をしていた。午後になって、「先生、顔がほてっていますよ！」とスタッフが言う。予防注射はしていたが、「インフルエンザにかかったかな？」と体温を測ってみると三十八度もある。仕事を終えてから帰ろうと思っていたが、「先生すぐ帰ってください。タクシーを呼びましょうか！」と事務長まで来て言う。スタッフが彼に伝えたのであろう。

彼はほうほうの体《てい》で運転して帰ってきたが、家に着いてホッとして気が緩んだのか、車庫に入れようとして車の横を柱にぶつけてしまった。血圧が下がり一瞬、脳貧血のようになったのだ。

物音を聞きつけ、びっくりして彼の妻が飛び出してきた。彼の顔を見るなり、「まあ、熱があるんじゃない？」と言って測ると、三十八度五分まで上がっているではないか。

彼女は早速布団を敷いて彼を寝かせると、水枕を用意し、熱さましの坐薬を持ってきた。彼女はペーパー薬剤師であるが、基本的なことは分かっている。彼女が坐薬を渡すと、彼はそれを自分で入れた。妻であっても恥ずかしいのである。

しばらくすると熱も引いて、彼はすりリンゴとチーズとご飯を一口か二口食べ、味噌汁を飲んでしばらく座っていたが、その後布団に入ると寝入ってしまった。夜中はひどく咳が出たらしいが、疲れ果てていて、よく覚えていない。

翌朝はやや早めに目が覚めたが、またも熱っぽい。体温を測ると三十八度七分もあり、歩くと息が上がり、身体もきつい。

「今日は休ませてもらったら？」と妻が言うが、「馬鹿言うな、インフルエンザか、今流行《はや》りの新型コロナによる肺炎かもしれないから病院で調べてもらうよ」と言って、坐薬で熱を下げて、マスクをつけてタクシーで病院に出かけた。

診察を受け、インフルエンザは陰性であったが、胸のレントゲンを撮ってもらうと両肺のあちこちが真っ白になっている。新型コロナのＰＣＲの結果は翌日出ることになっていた。

息が苦しそうで、肩で息をしている。呼吸数は毎分二十五回で、顔も蒼《あお》ざめている。酸素飽和度をパルスオキシメーターで測ると、日頃は九七パーセントぐらいだが、八〇パーセント前後しかない。白血球が一万九千にも増えており、その八九パーセントが好中球だ。炎症を表すCRPが簡易検査で七以上と出ている。正常値は〇・五以下である。

胸部のCTを撮ると、両肺のあちこちに浸潤影と言われる気管支肺炎の所見があった。急速な悪化なので、新型コロナウイルスによる肺炎も疑われた。

彼は久留米のK病院に救急入院させられた。長男が勤めている病院で、数年前もお世話になった病院だ。カニューラが両鼻孔に入れられ、抗真菌薬と抗生物質の点滴が始まった。

彼の息子や娘たちとその連れ合いも、これが最期かもしれないと車に分乗してついてきた。

酸素飽和度はさらに低下し、カニューラでは間に合わないと酸素マスクが装着された。

熱はなかなか下がらない。血圧は低下してきて昇圧剤も始まったが、血圧も酸素飽和度も上がらない。前回のように点滴を多量にするわけにはいかない。

そのような状態が六時間ほど続いた。主治医は、ここを乗り切ればと、「人工呼吸器をつけましょうか？　恐らくECMO《エクモ》でしょうね！」と尋ねたが、もう彼は観念していた。

「いや、もう十分です。今までの人生に満足していますから。それは他の人のために使ってください」と彼は答えた。

今度こそ最期かもしれないということで息子、娘たちが呼ばれた。

彼自身は血圧低下のせいか、気が遠くなるような、眠たくなるような心地よい気分になった。

病院の理事長の指示で、オンラインでのお別れと看取りのために、デイルームにパソコン二台と大型のディスプレイが用意された。

柊は自分のパソコンでデイルームの二つのパソコンの中の二人の顔を見ながら会話をした。デイルームの皆にも、大型ディスプレイで柊の姿が見えた。

彼は自分の気持ちを奮い立たせ、時々マスクを外しながら、画面に映っている妻に言った。

「羊子さん、五十年間、何度も死ぬ目に遭った私を支え、助けてくれて本当にありがとう。あなたのように私を愛して誠実に仕えてくれた奥さんは世界中どこにもいないと思うよ。今もあなたを愛しているよ！」と、ハグしようとしたができなかった。

気を取り直したように彼は続けた。

「一つお願いがある。あの二人にはくれぐれもよろしく、私のこれから行くところに、彼らも絶対来てほしいと言っていたと伝えてくれ」

これを受けた妻は、親指と人差し指でＯＫのサインを作って答えた。

ややあって、彼は皆に「みんな聞いてくれ！」と、呼びかけた。

「世の中にはすばらしいものがたくさんあり、それに目を眩《くら》まされないように注意しなさい。本当の幸せと永遠のいのちはそれでは得ることはできないのだ。

聖書に書かれている宝の函を掘り当てているのだから、函を開けて宝石の一つひとつを身に着けなさい」

彼は続けた。

「お前たちは私の誇りだ。子育ての若い頃、大変厳しく育てて、行き過ぎもあったのによくついてきてくれた。優しく、誠実な人間として育ってくれたからだ。お前たちの将来には希望的観測をしているよ。お前たちの人生はまだ発展途上なのだから。

エペソ書にも書いてあるように、夫は妻を愛し、妻は夫を尊敬しなさい。それを表わすには具体的にどうすれば良いかということはこれからのお前たちの人生の課題だ。くれぐれも宝の函の持ち腐れにならないようにと天から祈っているよ」

次に彼は長男を画面に呼び出して、こう語りかけた。

「義一君、お前に今後の家族のことを頼む。年に一回は、今まで通りお母さんを中心に集まって讃美歌を歌って祈り、楽しい食事会をしなさい。各人に新しい年の目標を挙げさせなさい。次のことも頼む。今から、このパソコンに入れている遺言を後でプリントアウトしてくれ」

そう言いながら、息子二人とその妻たち、長女とその夫の六人に呼びかけた。

次女とその夫、子どもたち三人は西宮にいて、コロナ禍のために福岡には戻れなかった。福岡の七人の孫たちはデイルームで騒いでいたが、年長の孫たちは神妙な顔をして祖父の顔に見入り、その声に聞き入っていた。

四人の子どもたちと連れ合いたちには、「このような時代であり、もっとひどい日本、世界になるだろう。子どもたちが生きていくには知的教育だけでなく、情操教育や霊的教育が必要だろうと思うよ。明確な世界観に基づいた価値観や善悪の基準を植え付けてやらねばなるまい。夫婦が仲良く、子どもたちから尊敬され、教育方針が一致していることが一番だ」

次男には、

「謙次君、以下は神様からの言葉として聞くように。いやしくも神の教会を預かっていることを忘れるなよ。健康のことをもっと真剣に考えるように！　年に一回は健診を受け、その結果についてのコメントを自己判断せず、素直に兄貴に聞くように。

教会のことを頼んだぞ！　教会の将来はお前たちの心身の健康と健全な信仰、人間理解と牧会理念にかかっているんだ。一人で教会を背負い込まず、各人に役割を与えなさい。それがその人を生かし、成長させるのだから」

十人の孫たちには、一人ひとりその名を呼び、

「人格を磨き、優しく、誠実で、努力を惜しまない人間を目指すんだぞ。それについては両親を見習うように。お前たちもお祖父ちゃんの行くところに来るんだぞ」

と言った。奈良にいる孫もタブレットで柊を見つめていた。

こう言い終わると急に気が緩んだのか、彼は気が遠くなった。すると彼の耳には遠雷のような通奏低音とともに、鈴の鳴り渡るような美しい天使の合唱が聞こえ、その部屋の一角が明るくなった。天が開けてそこに自分を招いておられるキリストの姿が見え、「わが子よ、よく信仰を守り通した。こちらに来なさい」という声が聞こえた。

彼は、「今、みもとに参ります」と、目を見開き、夢心地になった。
デイルームの家族の中から、誰からともなく賛美が起こった。

♪ われ聞けり「かなたには、うるわしき都あり」♪
♪ かがやけるかの岸に、われはまもなく着かん♪
♪「ハレルヤ」と歌いつつ、歌いつつ進み行かん♪
♪ わが足はよわけれど、みちびきたまえ、主よ♪

♪ われ聞けり「かしこには争いもわずらいも♪
♪ あすの憂いもなし」と、われはまもなく着かん♪
♪「ハレルヤ」と歌いなば悲しみも幸とならん♪
♪ われははやさまよわじ、神ともにいませば♪

♪ われ聞けり「みかむりとましろき衣をつけ♪
♪ 主をほむる民あり」と、われもともに歌わん♪
♪「ハレルヤ」とさけびつつみこえ聞きて喜び♪

♪　み国へとのぼり行かん、わが旅路終わらば♪

（讃美歌第二編　ロシア民謡　作詞者不詳　河辺治訳）

彼は目を閉じ、それに耳を傾けた。三番までは一緒に歌っているかのように、その口元が動いていた。

賛美が終わると、彼はため息をつくようにふーっと息を吐くと、首をうなだれた。次に息を吸い込むかと誰もが思っていたが、それっきりであった。

妻と娘たち、孫娘たちは泣き出したが、男たちは、涙はこぼれても声は出さなかった。

これが柊の最期であった。

あっけないものではあったが、なんと幸せな最期であったろうか。心残りは妻をハグできなかったことだけであろう。

因みに後で分かったことであるが、新型コロナウイルスのＰＣＲ検査結果は陰性であった。

引用・参考文献

聖書からの引用は、『新改訳聖書』二〇〇五年版（いのちのことば社）に依った。

（1）『Team of Rivals』Doris K. Goodwin, Simon & Schuster.
（2）『牧師の読み解く般若心経』大和昌平著、ヨベル
（3）『日本の仏教』渡辺照宏著、岩波書店
（4）『風土　人間学的考察』和辻哲郎著、岩波書店
（5）『菊と刀』R・ベネディクト著、長谷川松治訳、社会思想社
（6）『漱石・芥川・太宰と聖書』奥山実著、マルコーシュ・パブリケーション
（7）『父　吉田茂』麻生和子著、新潮社
（8）『マッカーサー大戦回顧録』ダグラス・マッカーサー著、津島一夫訳、中央公論新社
（9）『自主独立とは何か』【戦後史の解放Ⅱ】後編、細谷雄一著、新潮社
（10）『シルクロード渡来人が建国した日本』久慈力著、現代書館
（11）『「日本」誕生：東国から見る建国のかたち』熊倉浩靖著、現代書館

（12）『謎の渡来人　秦氏』水谷千秋著、文藝春秋社
（13）『知っているようで知らない日本の宗教と慣習』池田豊著、いのちのことば社
（14）『聖書に隠された日本・ユダヤ封印の古代史』〈二〉【仏教・景教篇】
ラビ・マーヴィン・トケイヤー著、久保有政訳、徳間書店
（15）『古代日本、ユダヤ人渡来伝説』坂東誠著、ＰＨＰ研究所
（16）『幸福論』ヒルティ著、草間平作、大和邦太郎訳、岩波書店
（17）『Preaching to a Dying Nation』
R.L.Hymers Jr.,Christopher L.Cagan, Fundamentalist Baptist Tabernacle.
（18）『天声塵語』折田泰彦著、いのちのことば社
（19）『パンセ』パスカル著、前田陽一、由木康訳、中央公論新社
（20）『異端見分けハンドブック』尾形守著、プレイズ出版
（21）『自主独立とは何か』【戦後史の解放Ⅱ】前編、細谷雄一著、新潮社
（22）『ハーバードの医師づくり』田中まゆみ著、医学書院
（23）『いのちのことば』二〇一七年十二月号、いのちのことば社
（24）『チョウを追う旅』小岩屋敏著、ヘキサポーダ
（25）『胃を切った人のための毎日おいしいレシピ２５０』木下敬弘、千歳はるか著、学研
（26）『ＡＬＰＨＡ ＣＬＵＢ』二〇二一（令和三）年一月第四四五号

胃を切った人 友の会 アルファ・クラブ
(27)『リーダーシップのダークサイド』
ゲーリー・L・マッキントッシュ、サミュエル・D・ライマ著、松本徳子訳、
いのちのことば社
(28)『あなたはあなたでいい』東後勝明著、新教出版社
(29)『魂をいやし、はぐくむ霊的風土』折田泰彦著、いのちのことば社

著者プロフィール

神頼 義和（かみより よしかず）

本名、折田泰彦

1942年　宮崎県生まれ、福岡市在住（妻と二男二女あり）

1964年　キリスト教の洗礼を受ける

1969年　九州大学医学部卒業、医師免許取得。胃亜全摘術を受ける

1986年　国・公立病院を経て、福岡亀山栄光病院勤務。副院長、院長を経て現総院長。スポーツ医、産業医。専門は循環器内科、健康管理（健診）、キリスト教カウンセリング

1994年　福岡六本松キリスト福音教会牧師を兼任

現在　同教会協力牧師。宗教法人六本松キリスト福音教会理事長

著書

『魂をいやし、はぐくむ霊的風土』『天声塵語』（共にいのちのことば社）

秘められた宝は…

2021年10月15日　初版第1刷発行

著　者　神頼 義和

発行者　瓜谷 綱延

発行所　株式会社文芸社

〒160-0022　東京都新宿区新宿1－10－1

電話　03-5369-3060（代表）

03-5369-2299（販売）

印刷所　株式会社フクイン

ISBN978-4-286-22991-1　JASRAC 出 2105730－101